KB044553

포옹가족

대산세계문학총서 158

포옹가족

抱擁家族

고지마 노부오 지음 — 김상은 옮김

문학과지성사

대산세계문학총서 158_소설

포옹가족

지은이 고지마 노부오
옮긴이 김상은
펴낸이 이광호
주간   이근혜
편집   김필균 김은주
펴낸곳 ㈜**문학과지성사**
등록번호 제1993-000098호
주소 04034 서울 마포구 잔다리로7길 18(서교동 377-20)
전화 02) 338-7224
팩스 02) 323-4180(편집) 02) 338-7221(영업)
전자우편 moonji@moonji.com
홈페이지 www.moonji.com

제1판 제1쇄 2020년 6월 5일

ISBN 978-89-320-3635-9 04830
ISBN 978-89-320-1246-9 (세트)

이 도서의 국립중앙도서관 출판예정도서목록(CIP)은 서지정보유통지원시스템 홈페이지(http://seoji.nl.go.kr)와
국가자료공동목록시스템(http://www.nl.go.kr/kolisnet)에서 이용하실 수 있습니다.
(CIP제어번호: CIP202002174)

이 책은 대산문화재단의 외국문학 번역지원사업을 통해 발간되었습니다.
대산문화재단은 大山 愼鏞虎 선생의 뜻에 따라 교보생명의 출연으로 창립되어
우리 문학의 창달과 세계화를 위해 다양한 공익문화사업을 펼치고 있습니다.

차례

일러두기

1. 이 책은 小島信夫의 『抱擁家族』(東京: 講談社, 1988)을 우리말로 옮긴 것이다.
2. 본문의 주는 모두 옮긴이의 것이다.

미와 슌스케는 언제나처럼 생각했다. 가정부 미치요가 오고 나서 이 집이 더러워졌다고 말이다. 게다가 이 지저분한 정도가 요즘 들어 더욱 심해지는 것 같았다.

미치요는 집안일이라고는 모조리 내팽개친 채 부엌에 온종일 틀어박혀, 아침부터 차를 마시면서 수다를 떨거나 웃기만 하며 하루를 보냈다. 거실은 어젯밤 상태 그대로였다. 슌스케의 아내인 도키코는 본래 깔끔한 성격이었지만, 오늘도 미치요를 관리하는 걸 잊어버린 모양이었다.

내 집 부엌을 이런 꼴로 놔둘 수는 없어.

그러나 떨떠름한 표정을 지은 슌스케는 부엌에 모습을 드러내고는, 다정한 목소리로 아내에게 말을 걸었다.

"도키코, 얼마 전에 여행 가자고 했던 얘기는 어떻게 됐어? 같이 가지 않겠어?"

하지만 도키코는 슌스케의 시선을 피하더니, 대신 미치요에게 말했다.

"어머, 미치요 씨. 들었어요? 이 사람이 나를 데리고 가겠다네요. 해가 서쪽에서 뜨겠네."

이어서 도키코는 뿌리치듯 대답했다.

"아이고, 내가 왜 가? 당신이랑 둘이서 가봐야 요만큼도 재미없을 텐데."

"사모님, 그러지 말고 다녀오세요. 전 남편이 없어서 그런지 부럽기만 하네요. 중년 부부 여행이 얼마나 좋은데요."

미치요는 아양 떠는 목소리로 말했다. 이 중년 여성의 목소리를 듣자, 슌스케는 또다시 집이 더럽혀지고 있다는 생각이 들었다.

"딱 이틀인데 뭐. 강연만 끝나면 모처럼 둘이서만 있을 수 있어."

"아, 싫대도! 미치요 씨, 이 사람 있잖아요, 예전에 미국에 연수 갈 때 부인도 데려오라는 말을 들은 모양인데, 그걸 혼자서 간 거 있죠?"

미치요는 도키코의 불평을 듣는 둥 마는 둥 무시했다.

"저 같으면 말이에요, 남편이 이렇게까지 가자고 하면 '네에' 하고 따라가버릴 거예요, 사모님."

그 말에 도키코는 집이 떠나가라 웃어댔다.

"그런 거 말고, 차라리 이번에 차를 산다면 다들 태우고 여행 가자. 운전은 내가 할 테니까."

"그래, 자동차 여행도 재밌겠네."

슌스케는 슬그머니 끼어들어 맞장구쳤다.

"당신은 집이나 지키고 있어. 조지에 미치요 씨에, 료이치랑 노리코까지 태우면 빈자리가 없을 거야."

"이제 슬슬 조지가 일어날 시간이지?" 슌스케가 말했다.

"당신이 그걸 신경 써서 뭐 하게. 그 사람은 내가 미치요 씨한테 부탁해서 아이들이랑 놀아주라고 데려온 사람이잖아?"

"그건 그렇긴 한데."

슌스케는 쓴웃음을 지으며 말을 이었다.

"그래도 난 이 집의 주인이야. 그리고 일종의 책임자이기도 하고."

슌스케는 쑥스러워하며 그렇게 말했다.

"그런데 미치요 씨, 미국에서는 아내가 가정의 책임자라면서요?"

"그야 그렇죠. 그 대신 착실하게 일하면 분명히 남편이 귀여워해줄 거예요."

도키코는 '흥' 하는 표정을 지었다.

이윽고 스물세 살의 미국인 병사가 부엌에 들어왔다. 슌스케와 키가 거의 비슷한 청년은 난방을 해야 할 정도로 쌀쌀한 날씨였음에도, 위에 러닝셔츠 하나만 입고 있었다. 옅은 갈색 머리를 군인답게 짧게 밀어서 작은 머리가 한층 더 작아 보였다. 그는 녹색 눈을 찡긋거렸는데, 이는 무언가 우스꽝스러운 행동을 할 거라는 신호였다. 그의 팔은 굵직했으며 솜털이 빛났는데, 그 덕분에 몸의 윤곽이 부드러워 보여 일본인 가정 한가운데에 있는 미국인치고 위화감이 크게 느껴지지 않았다.

"이 녀석 있잖아요, 글쎄 크리스마스 때 영창에 들어갔지 뭐예요? 이 집에 너무 오고 싶어서 휴가를 하루 착각했다나요." 미치요가 도키코에게 말했다.

"그렇게 좋았나?"

"당연하죠. 제대로 된 일본의 가정집에서 환영까지 받았으니까요. 요 녀석, 구두쇠인 주제에 이 집에는 온갖 선물까지 가져오잖아요?"

"구두쇠는 무슨."

도키코는 슌스케보다 두 살 연상으로 체격이 큰 여자였다. 그녀는 언제 샀는지 모를 분홍색 남성용 스웨터를 입고 있었다. 그녀는 조지의 윙크에 화답했다. 윙크하는 걸 보니, 조지 역시 자신이 화제에 올랐다는 것을 알아챈 모양이었다.

"얘, 찰스턴* 좀 춰보렴." 미치요가 말했다.

미치요의 여동생은 늙은 서양인 헨리 씨의 온리**였는데, 헨리 씨는 조지의 후견인쯤 되는 사람이기도 했다.

"노, 아임 헝그리."

"요 녀석, 밥 얘기를 하는 게 아냐. 찰스턴이라니까. 자, 꾸물대지 말고 어서!"

그러자 조지는 부엌 한가운데에서 신나게 춤을 추기 시작했다.

도키코를 처음 알게 되었을 무렵, 그녀는 하숙집 다다미방에서 슌스케에게 찰스턴을 춰준 적이 있었다. 서양인의 춤을 구경하면서 슌스케는 그 시절의 추억을 떠올렸다. 원래 이 집에 놀러 와달라고 부탁받은 사람은 헨리 씨였다. 그런데 어쩌다 보니 이 청년이 그의 집에 오게되었다. 조지가 온 지 벌써 한 달이 되어가고 있었는데, 슌스케는 그가 언제까지 여기를 찾아올 작정인지 궁금해지던 참이었다.

"어머, 제법이네?"

---

　* Charleston: 1920년대의 미국에서 유행했던 댄스 형식 중 하나로, 사우스캐롤라이나 주 찰스턴시가 발상지였던 데서 이름을 따왔다. 당시의 흑인 문화를 대표하는 예술 양식이다.

　** オンリー: 매춘부 중 불특정 다수가 아닌 특정한 한 사람과 관계를 맺는 여성을 가리키는 속된 말로, 제2차 세계대전 이후 일본에서는 미군을 상대하는 '온리'가 다수 존재했다.

아내가 일어섰다.

"자, 이제 우리도 식사하자. 조지, 지난번에 네가 스크램블드에그 만들어줬지? 오늘은 내가 그걸 만들어줄게."

슌스케는 그 말을 통역해주었다.

아내는 등을 돌린 채 조리대에 있었는데, 조지의 시선이 그 뒷모습을 좇고 있었다. 슌스케도 그를 따라하듯 아내를 바라보았다. 그는 어수선한 마음을 애써 진정시키려 들었다.

휘트먼을 알고 계십니까? 전 그 사람을 고등학교 수업 시간에 배웠어요. 조지가 물어보았다. 그러고는, 손짓 몸짓을 섞어가며 서툴게 일본어 몇 마디를 구사했다.

나, 당신, 친구, 됩니다.

나, 당신, 찾았다.

함께, 이야기한다, 먹는다, 잔다.

"아, 「To A Stranger」라는 시구나."

"네, 맞습니다."

조지가 대답했다. 슌스케는 도키코에게 그 시의 원문을 낭송해주었다. 그러나 도키코는 고개를 끄덕이지도 않았다.

"사모님, 이참에 저 애한테서 춤을 배워보는 건 어떠세요?"

"뭐, 나중에 시간이 나면요."

그러자 미치요는 조지에게 「시나의 밤」*을 부르게 했다.

---

* 支那の夜: 1938년 12월 발매된 유행가로, 가수 와타나베 하마코가 부른 것으로 유명하다. 1939년부터 군인들 사이에서 크게 유행했으며, 이후 동명의 제목으로 영화화되

"가사는 그렇다 쳐도, 너 정말 음치구나." 아내가 말했다.

그러자 슌스케가 그 노래를 직접 불렀고, 점점 제 흥에 취하기 시작했다.

"당신, 그만 좀 해. 쓸데없는 짓은 그만하고 외출을 하든가 일이나 하러 가는 건 어때? 마흔다섯이나 먹은 남자가 철없이 굴지 마."

슌스케는 몸을 일으켰다. 그는 아내가 부엌일을 계속하는 걸 보고는, 옆방으로 향한 뒤 "잠깐 좀 와봐" 하고 그녀를 불렀다.

"왜?"

도키코가 마지못해 따라왔다.

"왜라니. 여행을 가지 않겠다는 건 알겠는데, 차도 당분간은 살 수 없을 거야. 지난번에 기껏 면허도 땄는데 찬물 끼얹어서 미안하긴 하지만."

"고작 그거 말하려고 부른 거야?"

그 말에 슌스케는 갑자기 갈 데가 없어진 듯한 기분이 들었다. 바쁜 와중에 옛날 유행가까지 불렀던 것에 속이 부글부글 끓어오르는 것 같았다. 결국 그는 자신의 일인 번역을 하기 위해 서재로 향했다. 집 구조상 서재로 향하려면 아내의 방을 지나가야 했다.

한 시간이 지난 뒤, 슌스케는 외출할 준비를 시작했다. 그런데 코트의 단추 하나가 떨어져 남은 실밥만 꼬리처럼 대롱대롱 매달려 있었다. 분명 며칠 전, 도키코에게 다시 달아달라고 말해뒀는데. 슌스케는 부엌에 있는 미치요를 부르고는 오늘이 아니어도 좋으니 단추를 다시 달아달라고 부탁했다.

기도 했다.

"사모님이 여기에 맞는 단추를 못 찾으셨나 보네요. 다음에 꼭 달아둘게요, 선생님." 미치요가 대답했다.

2~3일이 지난 뒤, 슌스케는 주부를 대상으로 하는 좌담회 겸 강연에 초빙되었다. 슌스케는 대학 강사이자 외국 문학 번역가로, 2년 전에는 미국 대학에서 일본 문학을 번역하고 소개하는 일을 하며 1년을 지내기도 했다. 그는 귀국한 후 미국 생활이 어떠했는지 다른 사람들에게 말해주기도 했는데, 어느 순간부턴가 이런 강연회가 열리는 곳에 불려 다녔다.

그곳에 다녀오고 2주쯤 지난 뒤의 일이었다. 늦은 밤에 슌스케가 집에 들어서자 "돌아왔어! 돌아왔어!" 하고 외치는 목소리가 들렸다. 이제 고등학생이 되는 아들 료이치의 목소리였다. 유리문을 열고 거실로 얼굴을 내밀어 보니, 중학생인 노리코, 조지, 도키코, 료이치가 텔레비전 앞에 옹기종기 모여 있었고, 료이치와 조지는 맥주를 마시고 있다. 슌스케는 웃으면서 인사를 한 다음 무리에 끼어들려고 했다. 그러자 조지가 이상한 표정을 짓더니 슌스케 쪽을 바라보았다. 모두가 웃음을 터뜨렸다. 도키코도 "거봐, 이렇잖아"라고 말하면서 조지와 똑같은 표정을 지었다. 대체 이건 무슨 꿍꿍이인가.

"거봐, 거봐, 내가 말했지?"

도키코는 그 표정 그대로 슌스케를 가리켰다. 어떻게든 대응을 해야 할 것 같았다.

"아, 내 표정 말이구나?"

슌스케는 찡그린 표정을 웃는 얼굴로 바꾸었다. 그녀의 흉내는 정말 그럴듯했다. 당사자 코앞에서 이런 표정을 짓고 있는 것이니, 딱히 그녀가 무슨 악의가 있는 건 아닐 거라고 그는 지레짐작했다.

그는 한동안 그 자리에 머무르며, 조지가 원숭이 흉내나 염소 울음 소리를 내는 모습을 웃으며 지켜보았다. 도키코는 그 서양인이 남편을 흉내 내는 걸 비롯한 온갖 흉내를 내는 것을 구경하며 소리 내어 웃었는데, 슌스케는 그 웃음소리에 오한을 느끼고 말았다. 그것은 아까 집에 들어왔을 때, 종소리처럼 울려 퍼지던 바로 그 소리였다.

슌스케가 부엌에서 아침 식사를 하고 있을 때, 도키코와 미치요는 미군기지 병원에 입원해 있는 군무원 헨리 씨의 병문안 계획을 짜고 있었다.

"군에서 차를 빌려준대요, 사모님."

"그날이라면 나도 갈 수 있겠네."

슌스케는 달력을 살펴보며 말했다.

"그 헨리라는 사람, 예전에 존 웨인*이랑 같은 기병대 소속 친구였다고 하더라. 진짜인지는 모르겠지만."

"조지 있잖아요, 걔는 그 할아버지를 엄청 무서워해요. 예전에 영창에 들어갈 뻔했을 때, 그 사람이 손을 써서 도와줬거든요. 그래서 항상 그 사람을 존경하고 있다나 봐요."

"여보, 선물 살 거니까 백화점에 같이 가자. 병문안 전날이라도 상관없어." 도키코가 말했다.

"음, 물론이지." 슌스케는 수긍했다.

딱히 병문안을 가고 싶은 건 아니었지만, 그렇다고 해서 가지 않는 건 예의 없는 짓이다. 그런 복잡한 심정이었기 때문에, 때마침 도키코

---

* John Wayne(1907~1979): 미국의 배우이자 영화감독.

가 선물 이야기를 꺼내자 안도감마저 느꼈다.

  병문안을 가는 날이 되었다.
  "꽃집에 갔는데, 웬 남자가 날 뚫어져라 쳐다보더라고. 기분이 나
빠서 누군지 확인하려고 돌아봤는데, 글쎄 학생처럼 보이는 사람인 거
있지? 빨간 스웨터를 입은 사람이었어. 꽤 젊은 사람이었는데, 요즘은
그런 애들도 나 같은 아줌마한테 관심이 있는 걸까?"
  꽃집에서 돌아온 후 도키코는 그런 이야기를 꺼냈다. 슌스케가 웃
자, 그녀는 말을 계속했다.
  "게다가 있지, 버스를 타려고 하니까 남자 여자 할 것 없이 다들 날
쳐다보지 뭐야? 나 정도 나이의 여자가 제대로 차려입으면 그렇게 눈
에 띄나?"
  슌스케는 자신의 방에서 옷을 갈아입은 뒤 코트를 걸쳤다. 그리고
꽃병을 들고 조지의 차를 기다리기 위해 거실로 다시 나왔다. 곧이어
화장을 고친 도키코가 미치요와 함께 거실로 들어왔다. 꽃을 든 그녀는
고개를 갸웃거렸다.
  "당신도 가는 거였어?" 그녀가 말했다.
  "가야지 그럼."
  아무렇지도 않게 대답했지만, 어째서 아내가 자신이 가지 않을 거
라고 생각했는지 의문이 들었다.
  차가 기지로 향하는 동안 도키코는 운전하는 조지에게 도로 양옆으
로 펼쳐진 풍경을 설명해주었는데, 마치 슌스케의 입을 막으려는 것 같
았다. 누군가와 팽팽하게 신경전을 벌이는 것 같은 광경이었지만 정작
그 상대가 누구인지는 알 수 없었다. 이윽고 부부는 조지가 근무하는

비행장에 도착해 터미널 응접실에서 잠시 기다리게 되었다. 슌스케가 도키코의 코트를 벗겨주려 하자 그녀는 그의 손을 거칠게 뿌리쳤다.

"이게 매너인데 왜 그래."

슌스케가 따지자 도키코는 대꾸했다.

"꼴사나워."

미국인 장교가 이 광경을 구경하고 있었기 때문에 슌스케는 조용히 도키코한테서 떨어졌다. 꽃병에 꽃을 꽂은 후, 슌스케는 도키코의 시선이 점잖게 서 있는 조지의 가슴을 향하고 있음을 알아챘다.

"저 넥타이, 제법 괜찮네. 그렇지 않아?"

슌스케는 도키코에게 속삭였다.

"넥타이?"

도키코의 얼굴이 붉어졌다.

"저게 뭐? 별것 아닌 것 같은데."

"아니야. 꽤 괜찮아 보여."

슌스케는 다시 말했다.

그런데 갑자기, 저 넥타이가 도키코가 사다 준 것이라는 생각이 들었다. 슌스케의 소지품들은 전부 아내가 사다 준 것이었다. 제 손으로 무언가를 산 적이 없었던 슌스케는 망연자실했다.

도키코가 화장실을 찾았다. 슌스케는 복도 끝에 있을 거라고 말을 꺼내고는 앞장서 그곳으로 향했다. 정작 그 역시 정확한 위치를 몰랐기 때문에 주변을 두리번거리며 발걸음을 옮겨야 했다. 때때로 그는 뒤를 돌아보고, 아내가 제대로 따라오는지 확인했다. 처음에 10미터 정도 떨어져 있었던 둘 사이의 거리는 어느새 20미터 정도로 벌어졌다. 도키코는 천천히 걸음을 옮겼는데, 앞서 있는 남편에게는 무관심해 보였다.

그녀의 시선은 가끔씩 창밖으로 향하기도 했다. 한편 슌스케는 낭패감을 느꼈다. 아까 병원에 들어왔을 때 입구 근처에 화장실이 있는 것 같았는데, 막상 현관에 도착하니 그곳에는 남자 화장실밖에 없었다. 당황한 슌스케는 도키코에게 그 사실을 알리고 나서 허둥지둥 접수처의 미국인에게 여자 화장실의 위치를 물어보았다. 미국인은 남자 화장실 바로 옆을 가리켰는데, 과연 그의 손이 가리키는 방향에 여자 화장실이 있었다. 그때 그녀는 남편 곁에 도착한 뒤였다. 본체만체하면서도 남편이 접수처로 달려가는 모습을 보고 있었던 게 틀림없었다. 슌스케가 화장실의 위치를 말해주려고 하자, 도키코는 다가오는 그의 손을 거칠게 뿌리쳤다. 그러고는 잔뜩 화난 표정으로 화장실에 들어가버렸다. 접수처의 미국인이 그 광경을 구경했다. 슌스케는 참을성 있게 아내가 나오기를 기다렸다. 그리고 도키코가 나오자, 다시 몇 미터 앞질러 걷기 시작했다.

2~3일 후, 제법 늦은 시간에 슌스케의 방으로 전화가 걸려왔다. 조지의 전화였는데, 그가 응대하고 있던 와중에 옆방에서 자고 있던 도키코가 부리나케 뛰어왔다. 그녀는 수화기를 낚아채더니 방 밖에 대고 "료이치, 료이치!" 하고 외쳤다. 그러고는 슌스케를 날카롭게 노려보았다.

"조지는 료이치한테 연락하고 싶었던 거였어. 그러니 잠깐 기다리라고 전해줘."

"그 정도는 내가 받아도 되잖아?"

"아, 그런 일에 고집 피워서 뭘 어쩌게?"

슌스케는 아내의 사나운 기세에 눌리고 말았다. 그가 아내의 말대로 하자 그녀는 전화를 다른 방으로 돌려버렸다. 그리 대단한 내용도 아닌 것 같았는데 왜 저렇게 화를 내는 건지, 도저히 이해할 수 없었다. 내일부터 다시 바깥일로 바빠질 참인데 말이다.

제1장

"선생님께서 2주일 만에 돌아오셨어요, 사모님. 번역한 책도 나오고, 번역비도 합산해서 입금된다고 하네요."

부엌에 있던 미치요가 그렇게 말하며 일어나자 도키코도 덩달아 일어났다. 슌스케가 있는 거실에는 도키코의 물건을 보관하는 장롱이 있었다. 도키코는 아무 말 없이 들어오더니 옷을 갈아입었다.

"이 스커트 쪽이 어울릴까?"

"글쎄, 나는 그쪽이 더 마음에 드는데."

도키코는 다리 사이에 슬립을 끼워 넣고, 허리를 요리조리 비틀면서 짙은 갈색의 타이트한 스커트를 입었다. 그녀는 거울 앞에 서서 자신의 몸을 비춰보더니 중얼거렸다.

"역시 이쪽이 어울리는 것 같네."

슌스케는 정원으로 나가서 끈 달린 골프공을 치기 시작했다. 미치요는 흐트러진 옷차림으로 걸레질을 하다가 말했다.

"사모님, 공에 끈을 달아두면요, 잘 치는 것처럼 보여도 오히려 나쁜 버릇이 들어버리는 거래요."

도키코는 그 말에 대답하지 않았다. 잠시 동안 그녀는 외출할지 말지 고민하는 것처럼 보였다. 그 모습을 구경하면서 슌스케는 미치요에게 말했다.

"제대로 치기만 하면, 어떻게 배우든 잘할 수 있소."

도키코가 외출한 후 슌스케가 짐을 정리하는데, 그의 곁으로 미치요가 다가왔다. "이걸 선생님이 아셔야 할지, 아니면 모르시는 게 좋을지 잘 모르겠네요"라고 미치요가 운을 뗐다. 이에 슌스케는 '뭘 원하는 거야?'라는 눈빛으로 미치요를 노려보았다.

"아, 아니다. 알겠어, 알겠어, 알겠어."

세 번을 거듭 외치고, 슌스케는 "알겠으니까 어서 말하시오"라고 말했다.

"선생님, 저기 글쎄, 사모님께서…… 조지와……"

슌스케는 미치요의 입에서 나오는 말을 멍하니 듣고 있었다. 이제 그만, 그만하시오. 그는 말했다. 도키코에게 돌아오라고 전화하시오. 아니, 내가 직접 하는 게 낫겠군. 그렇게 말하면서 슌스케는 수화기를 빼앗았다.

"네에, 여보세요!"

도키코의 목소리는 밝고도 침착했다. 다른 사람들 앞에서는 그런 목소리를 내는구나. 슌스케는 도키코가 돌아올 때까지 밖에서 기다렸다. 이윽고 길모퉁이를 돌아 집으로 다가오는 고개를 숙인 도키코의 모습이 보였다. 슌스케는 먼저 그녀에게 다가갔다.

"빨리 들어와."

한시라도 빨리 집 안에 들여보내고 싶었다. 도키코를 따라 집 안으로 들어오자마자, 슌스케는 그녀를 밀쳐 소파 위로 쓰러뜨렸다.

"당신, 무슨 짓을 한 거야!"

"뭘?"

그렇게 말하며 도키코가 몸을 일으켰다. 이제부터 뭘 해야 하는 거지? 뭐라고 말해야 하는 거야? 이런 건 어느 책에도 쓰여 있지 않았고, 어느 누구도 가르쳐준 적이 없었다.

"당신이 그 자식이랑 한 짓, 전부 다 들었어. 세 시간이나 그 자식이랑 붙어 있었다면서?"

도키코는 아직도 반쯤 쓰러진 채, 그를 올려다보았다. 슌스케는 그녀의 머리채를 붙잡고 억지로 일으켰다. 그러고는 다시 넘어뜨리고, 주먹으로 두세 차례 내려쳤다. 도키코는 머리에 손을 올리고 대답했다.

"누가 그런 소릴 했는데?"

"미치요가."

"미치요라고?"

도키코는 볼을 감싸 쥔 채 생각에 잠겼다.

"내가 처음부터 싫어했던 그 미치요가 말했다고!"

"미치요가 어째서……"

"조지가 미치요에게 말한 거라고."

"조지가?"

슌스케는 고함을 질렀다.

"그 자식은 지금 당신이 무섭다는 거야!"

"나도 조만간 사실대로 말하려고 했어."

도키코의 중얼거림에 슌스케는 허탈하게 웃었다.

"자, 나갈 거야, 말 거야?"

"여긴 내 집이야. 내가 이 집을 짓느라고 얼마나 고생했는데!"

"이젠 당신 집이 아니겠지!"

"부탁이야, 제발 그렇게 큰 소리 지르지 마."

"……"

"이런 때에 당신이 그렇게 소리 지르면 안 돼." 도키코가 말했다.

슌스케는 도키코를 그대로 두고 방으로 들어가버렸다.

"선생님!"

미치요가 다가왔다.

"선생님, 왜 사모님한테 말씀하셨어요? 선생님께서 가슴속에 묻어둘 거라고 생각해서 고백한 거예요. 사모님한테 무슨 짓을 하신 거예요? 부부 생활 좌담회에도 나가신 적이 있으니까 잘 이해하실 거라고 생각해서 말했단 말이에요! 사모님도 선생님이라면 이해해줄 거라고 생각하셨을 거예요. 그래서……"

"그래서 저런 짓을 했단 말이오?"

슌스케는 거칠게 숨을 몰아쉬었다.

"미치요, 당신은 저리 가 있으시오. 그리고 이참에 짐도 챙겨서 여기서 나가고."

"아니, 무슨 말씀을 하시는 거죠?"

평소대로 말투는 상냥했지만 미치요는 그를 노려보고 있었고, 얼굴도 새빨개져 있었다. 좋지 않은 예감을 느끼면서도 그는 계속해서 말했다.

"당신도 한통속이었으니, 매일 그런 주제를 안줏거리 삼아서 떠들었을 테지."

"저는 여기에 남겠어요, 선생님!"

"잘 들으시오. 이건 내가 말한 거요. 내 처와는 상관없이 내가 당신에게 말한 거니 나가야 하는 거요. 이제부터 내 명령을 따르시오. 내가 말하는 대로, 여길 나가시오."

슌스케는 일부러 도키코 귀에 들릴 정도로 목소리를 높였다. 그렇게 해서 미치요를 달랠 작정이었다.

"아니요, 저는 누구의 명령도 듣지 않을 거예요."

미치요는 고개를 들어 올리더니 입 끝을 일그러뜨리고, 경멸하듯 어깨까지 흔들며 웃어댔다.

"잘 들어요. 헨리 씨에게도 이렇게 전하시오. 어쩌자고 그런 놈을 우리 집으로 데려왔냐고."

슌스케는 다시 거실로 향했다. 자신 역시 헨리 씨가 일부러 그랬다고 생각하지는 않았다. 도키코는 여전히 뺨을 손으로 감싼 채 멍하니 생각에 잠겨 있었다.

"지난 3개월 동안 계획적으로 이 짓을 해온 거지? 저 남자를 집에 데려온 것도 이 짓을 위해서였을 거야. 도키코, 난 당신의 유일한 장점이 정직한 거라고 생각했어."

슌스케는 감상에 젖어 말했다.

"그런데 그 남은 장점을 그렇게 내팽개쳐?"

"계획적으로 한 건 아니었어."

"미치요가 그렇게 말했는데도?"

"당신, 왜 그리 바보같이 굴어?"

도키코의 말은 마치 한숨을 토해내는 것 같았다.

"어쩜 사람이 그럴 수 있어?"

"미치요는 당신이 전부터 그런 낌새를 보였는데, 나도 이미 알고 있을 거라고 생각했다고 말하더군."

"아니야. 절대로 그런 게 아니야."

"당신은 시치미 떼고 있었잖아? 조용히 입 다물고 그 짓을 계속하려고 했던 거잖아. 그렇지? 그러면서도 아까 그랬던 것처럼 나한테 스커트를 골라달라느니, 용케 그런 짓을 시켰네?"

"당신이 미치요 앞에서 그런 소리를 하니까, 미치요 말이 진짜 사실인 것처럼 돼버리잖아!"

"뭐?"

"그렇지 않아? 당신네들 둘이서 그렇게 몰아붙이면 내가 정말로 그런 인간이라는 걸로 되어버리잖아? 한심한 건 바로 당신 쪽이야. 아내가 그런 짓을 한 이유는 남편에게 불만이 있었기 때문이라는 상황을 만들고 싶은 거지? 정말 지겹다고!"

'그런 건가?'

슌스케는 마음속으로 되뇌었다.

"당신이 이렇게 된 건 바로 당신 자신 때문이야. 나도 언젠가 기회가 오면 말하려고 했단 말야. 그런데 당신 같은 사람이랑 있으면 별별일이 다 일어난다니까!"

도키코가 무겁게 말을 이었다.

"이젠 어떻게 할 수도 없어. 저 여자는 우릴 웃음거리로 삼을 거야."

도키코는 현관으로 향했다. 그리고 신발을 신고 밖으로 나가더니, 길가의 돌담에 기대어 걷기 시작했다. 슌스케는 게다*를 신고 그녀를 잠시 따라다니다가, 다시 팔을 잡고 집으로 돌아왔다.

저녁 식사를 하면서, 료이치가 조지는 어디 있느냐고 물어보았다.

24

조지가 오늘 밤에도 놀러 오려던 모양이었다.

그러자 도키코가 대답했다.

"그 사람, 엄마한테 잘못을 했거든. 그래서 더는 집에 못 오게 했어."

"뭐? 무슨 일이었는데?" 료이치가 말했다.

"엄마를 험담했지 뭐니. 한 적도 없는 일을 남들한테 퍼뜨리질 않나, 헐뜯지를 않나. 그런 인간이 우리 집에 오면 안 되지. 그게 내 방침이야."

"언제 그런 소릴 했대? 엄마랑 영화 보러 갔잖아, 혹시 그다음에 그랬어?"

"이제 와서 그게 무슨 소용이겠니."

"그럼 그저께 우리 집에서 자고 갔을 때나 어제 영화를 보러 간 후겠네." 료이치가 말했다.

"기껏 내 침대까지 빌려줬는데 도대체 왜 그랬을까."

"그래서 난 미국인이 싫다니까." 노리코가 끼어들었다.

"자, 그 얘기는 여기까지 하자!"

슌스케는 온 힘을 다해 괜찮은 척하며 외쳤다.

요즘 들어 슌스케는 말 못 할 부위에 통증을 느끼기 시작했다. 통증은 미치요가 이 사건을 귀띔한 이후부터 시작됐다. 그때 이후로 국부가 세게 맞은 것처럼 아파왔던 것이다. 통증은 하복부를 시작으로 국부 안쪽에 걸쳐져 있었고, 하복부에 도달하기 전에 심장이 조여지는 듯했다.

---

* 下駄: 일본 사람들이 신는 나막신.

예를 들어 도키코가 "여긴 내 집이야"라고 말했을 때, 그리고 "나는 당신 물건이 아니야!"라고 말했을 때 그는 그 통증에 시달렸다.

'아이고, 아파. 도대체 어떻게 된 거야?'

슌스케는 마음속으로 줄곧 비명을 질러댔다. 방 안에 가만히 있으니, 옆방에서 도키코가 평소대로 이부자리를 펴고 그 위에 앉아, 잡지를 넘기는 소리가 들렸다.

"아이고, 아파."

이번에는 입 밖으로 소리를 냈다. 그러나 도키코는 아무 반응도 하지 않았다. 슌스케는 다시 "아이고 아파!"라고 외쳤다. 그러고는 도키코의 방으로 통하는 문을 열고 소리쳤다.

"아프단 말이야!"

도키코가 슌스케를 잠시 흘깃거리더니, 곧이어 빤히 바라보았다.

"아까부터 여기가 아파. 못 참을 정도로 아프다고!"

"뭐 하는 거야, 꼴사납게."

슌스케와 반대로, 도키코의 목소리는 속삭이는 것처럼 작았다.

"여기가 아프다고!"

"저쪽 보고 있어."

"……"

"옷 갈아입을 거니까."

"상관없으니까 내 앞에서 갈아입어."

"싫어."

"저쪽 보고 있을 테니까, 빨리 갈아입어." 슌스케는 말했다.

도키코가 드러눕고 나서야 그는 뒤를 돌아보았다. 그녀는 이불에서 머리만 내밀어 슌스케 쪽을 바라보고 있었다.

"도키코, 당신 그날 아이들과 조지와 술을 마시고 난 다음에 침대로 가자는 것처럼 유혹했다면서? 아이들은 내 방에서 재우고, 그 자식이 있는 애들 방으로 향했다지? 불을 끈 것도 당신이었다며? 내가 아는 건 이것만이 아니야."

슌스케는 물고 늘어지듯 말했다.

"목소리 낮춰."

도키코는 낮은 목소리로 꾸짖듯이 속삭였다.

"아이들 들으면 어쩌려고 그래. 내 말 잘 들어. 앞으로 당신은 이 일을 계속 꺼내겠지만, 그래도 목소리만은 높이지 말아줘."

"그걸 아는 인간이 애들 침대에서 그런 짓을 해?"

슌스케는 슬픈 목소리로 말했다.

"……"

"당신 지금 무슨 생각을 하고 있는 거야."

"이상해."

도키코는 이불에 얼굴을 묻었다.

"왜 그런 거짓말을 한 걸까."

"누가?"

"조지가."

"……"

"여보."

"내가 예전에 당신을 '내 것'이라고 불렀지? 그 말은 당신은 소중한 여자고, 아이들의 어머니이고, 내 아내라는 의미로 한 말이란 말이야."

그러자 도키코는 갑자기 흐느끼기 시작했다.

"그럼 그렇게 중요한 것을 왜 때렸어!"

"목소리 낮춰."

이번에는 슌스케가 말했다. 이제는 그 역시 씩씩대고 있었다.

"뭐가 이상한 건지 말해봐. 내가 직접 본 적은 없긴 하지만, 난 이게 이상하다고 생각하지 않아. 나랑 처음 잤을 때도 당신이 불을 끄지 않았어? 당신은 똑같은 짓을 한 거야. 무의식적으로 말이지."

그러나 도키코는 골똘히 생각에 잠겨 있었다.

"이상해…… 어째서지? 그 사람은 왜 거짓말을 했을까?"

슌스케가 생각하기에, 이 여자는 딴청을 피우는 게 아니었다. 그게 더욱 문제라고 생각했다.

"그놈한테는 아무한테도 이 일을 발설하지 말라고 말했겠지?"

도키코는 고개를 끄덕였다.

"맞아, 그게 제일 마음에 걸려. 정말로 그 사람이 떠벌린 걸까?"

도키코는 무언가를 생각하며 대답했다.

"아야야, 당신은 무슨 상담이라도 하는 것처럼 말하는군……"

그러자 슌스케는 하복부와 국부를 누르면서 소리쳤다.

"상담이 마음에 들지 않는다면 더는 얘기하지 않을 테니까, 신경 쓰지 마."

"무슨 소리야. 전부 다 말해."

슌스케는 도키코의 이불 속으로 파고들더니, 빠져나가려는 어깨를 냉큼 붙잡았다. 그의 손에 잡히자, 도키코는 더욱 심하게 몸부림쳤다.

"당장 말해!"

"알았어, 알았다니까! 알겠으니까 그렇게 우악스럽게 잡지 말아줘. 예전처럼 부드럽게 끌어안아줘."

"예전처럼?"

슌스케는 시키는 대로 했다.

"자, 이제 말해."

"꼭 끌어안아줘. 그렇게 안아주면 한결 더 말하기 편할 것 같아."

그러자 도키코는 술에 취하기라도 한 것처럼 이야기를 시작했다. 슌스케는 그 이야기를 듣다가 대답했다.

"그렇다면 침대에 가자고 한 건 그냥 쉬자는 의미에서 했던 소리였던 거야? 그 남자는 그걸 착각한 걸지도 모른다는 말이지? 그리고 당신이 양치질을 하다가 뒤에 다가온 조지에게 '기다려라'라고 말한 걸 침실에서 기다리라는 의미로 오해했을지도 모른다는 거지? 그리고 당신이 잠을 자다가, 그 남자가 하도 소란스럽게 굴어서 살피러 갔다가 안으로 끌려 들어갔고, 불을 끈 것도 그 남자라는 거지? 당신은 아이들도 코앞에 있으니까 도망칠 수도 없었다는 거고. 소리를 지를 수도 없는 상황이었으니 말이야. 세 시간이나 잡아둔 쪽도 당신이 아니라 그 남자였다는 말이고? 그런데 미치요 말로는 당신이 다음 날 아침 그 남자 방에 키스를 하러 들어갔다는데? 그리고 놀란 것도 조지 쪽이었고."

"무슨 소리를 하는 거야, 당신 바보야?"

그녀는 단호하게 말했다.

"혹시 흔적이 남았을지도 모르니까…… 그걸 보러 간 거라고. 알잖아?"

도키코의 목소리가 작아졌다.

"그렇다면 조지야말로 나쁜 놈이고 거짓말쟁이겠지."

슌스케는 집요하게 물고 늘어졌다.

"그렇게 소심한 사람이었나? 아니면 무서워서 거짓말을 한 걸까?"

도키코는 한숨을 쉬었다.

"그 녀석, 그 주제에 베테랑이더라. 내가 도망치지도 못하게 했으니까."

"무슨 짓을 했는데?"

슌스케는 도키코의 말에 웃으면서도, 채찍으로 얻어맞는 듯한 기분이 들었다.

도키코는 당황하면서 대화를 중단했다.

"더? 더 말하라는 거야? 이제 충분하잖아. 여보, 난 당신이 훨씬 더 좋아. 이제 제발 묻지 말아줘. 난 일본인끼리 있는 편이 더 좋아."

슌스케는 도키코의 몸을 만지작거렸다.

"그 사람과는 많은 걸 했어. 그러니까 당신도 그렇게 해줘."

슌스케의 예측대로 관계가 시들하게 끝났을 때, 도키코는 살짝 비명을 질렀다. 슌스케는 상반신을 일으키고 도키코에게서 떨어졌다. 그는 자신의 방에 재빨리 돌아가서 쓰러지다시피 드러누웠다. 곧이어 도키코의 하품 소리가 들려왔다.

슌스케는 잠들지 않고 도키코의 잠자는 숨소리에 귀를 기울였다. 두 시간 정도 지나, 그는 도키코가 들을 수 있을 정도로 신음 소리를 냈지만 그녀에게서는 아무런 반응도 돌아오지 않았다. 한참이 지나고 나서야 돌아온 그녀의 첫마디는 "도대체 왜 그래?"라는 말이었다.

"내가 이렇게 된 건, 당신 때문이야."

"그게 왜 나 때문인데?"

"당신 때문이야. 아마 당신도 기억하고 있을 거야."

슌스케는 그녀의 방으로 뛰어 들어갔다. 그러고는 그녀의 머리맡에 주저앉았다.

"10년 전에 해수욕 갔을 때 일을 잊어버린 거야? 그때 난 일이 있어서 먼저 돌아가야 했지. 그리고 당신은 한 2주일 정도 아이들하고만 있었지. 그사이에 당신은 학생들과 함께 놀러 다녔잖아? 그중 한 명은 당신이 도쿄에 돌아온 이후에 직접 여기에 찾아오기까지 했다며. 그때 내가 집에 있는 사이 당신은 차를 마시러 그 학생과 외출했지? 당신은 '그 학생에게 여자를 소개시켜주려고' 그랬다고 말했지. 하지만 당신은 그 학생에게 편지를 써서 책장의 책 사이에 숨겨놓지 않았어? 그 편지는 뭐였어? 떳떳하지 않은 데가 있으니까 편지를 숨겨놓았잖아. 아마 그때, 나와 당신이 처음으로 어긋났을 거야."

그때 부부는 아이가 태어난 이후 처음으로 해수욕을 하러 갔다. 그들이 묵었던 민박집은 부엌은 물론이고 변소도 몹시 지저분해서, 도키코는 바다에 있을 때를 제외하면 항상 불평불만을 늘어놓았다. 도키코는 모래사장에 발을 들여놓자 슌스케가 있다는 것도 잊어버린 것처럼 그 위를 느긋하게 걸었다. 도키코는 남편과 함께 있을 때에는 항상 그렇게 걸었다. 도키코는 슌스케와 바다에 들어간 뒤 200미터 정도 떨어진 바위까지 헤엄쳤다. 원래 그곳까지 갈 생각이 없었던 슌스케는 "슬슬 돌아가자"고 말했다. 그렇지만 그녀는 그 말을 무시했다. 슌스케가 먼저 돌아오자, 노리코가 모래사장에서 놀고 있었다. 그는 료이치의 모습이 보이지 않아 몹시 당황하여 얕은 물가에서 허둥거렸는데, 곧 료이치가 수면에서 몸을 일으켰다. 안도한 슌스케가 바다로 시선을 돌리자, 도키코의 머리가 보였다. 제법 멀어져 작아 보이는 도키코의 머리가 계속해서 바위로 나아가고 있었다. 이윽고 도키코가 바위 위로 올라갔다. 검은 바위 위에 그녀가 머무르는 동안, 슌스케는 줄곧 그 모습을 바라보았다.

돌아온 도키코는 아이들에게 "엄마는 저기까지 갔다 왔다"면서 자랑했지만 정작 남편에게는 아무 말도 하지 않았다. 슌스케가 그곳에 머무르는 사이 도키코는 한 번 더 먼 곳까지 헤엄쳐 갔다. 슌스케가 같이 가자고 말하자 그녀는 몹시 질색했다.

"모처럼 바다에 온 건데, 좀 혼자 있게 해줘." 그녀는 당당하게 말했다.

그때 슌스케는 뭐라고 생각했던가. '난 예전부터 이 여자한테 참견한 적이 없었어. 마음속으로 반대를 하더라도 항상 내키는 대로 할 수 있게 놔뒀다고 생각하는걸. 그런데 왜 저런 표정인 거야?'

그 후 도키코는 틀림없이 그 학생과 바위까지 헤엄쳤을 것이다.

도키코는 갑자기 무슨 소리냐는 듯한 얼굴로 남편을 바라보았다. 이미 한참 예전에 잊어버렸던 일을 끌고 나와서 당황한 것 같았다.

바다에서 돌아온 이후 도키코가 갑자기 집을 짓자고 제안하고, 슌스케에게 돈을 장만하게 하여 불과 반년 만에 그 꿈을 이룬 것과 바다에서의 경험. 둘 사이에는 어떤 관계가 있었던 것일까? '가족의 행복'을 원했던 걸까. 아니면 자신의 힘을 보이려고 했던 걸까.

"아아, 맞아. 당신 그런 사람이었지." 도키코가 말했다. "이제야 알겠어. 날 의심하는 그런 눈초리로 보고 있었구나. 그런 눈으로 보니까 내가 그렇게 된 거야. 난 항상 당신에게 불만이었어. 알아? 불만이었다고."

갑자기 도키코가 소리쳤다.

"나도 그 남자처럼 군 적 있었어. 그 대신 상대했던 여자를 기쁘게 했지만 말이야."

"뭐? 언제?"

도키코는 벌떡 일어났다.

"유부녀였지. 외국에 가기 전 일이었어."

"그런 짓을 했으니까 천벌을 받는 게 당연하지! 무슨 짓을 한 건지 말해봐!"

"그 여자에게는 요만큼의 애정도 생기지 않더군. 그 여자와 자는 순간에도 당신 생각만 하고 있었으니까."

문득 슌스케의 머릿속에 젊음과 활기로 가득한 조지의 육신이 떠올랐다.

"호텔이겠지? 아이고 그래, 그럴 거라면 나도 호텔에 갈 걸 그랬어! 이런 집에서 뒤엉키고 싶었겠어? 당신은 우리 집의 침대가 최고라느니 뭐니 말하는데 순 헛소리야. 밖에서라면 나도 더 즐길 수 있었을 테니까!"

"남자와 여자는 달라!"

"다르긴 뭐가 달라! 좋아하지도 않는 여자랑 자는 짓거리야말로 가장 끔찍한 짓이야!"

그리고 그녀는 돌아섰다.

"자, 그래. 그 여자한테 한 것처럼 나한테도 똑같이 해봐! 자, 해보라고! 못 해? 못 하겠어? 아이고, 천벌을 받았구나, 천벌을 받은 거야!"

그러더니 도키코는 웃음을 터뜨렸다. 이제는 슌스케가 물러설 차례였다.

"미치요가 말한 대로였군! 넌 그 남자와 관계를 계속할 작정이었어. 넌 동네방네 떠벌려대는 남자를 좋아하는 거지?"

"조지를 싫어하지는 않아. 그렇지만 그 자식은 구두쇠 같은 놈이야. 걔 말고 더 제대로 된 남자였다면, 나도 지금보다 젊었다면 같이 이 집을 나가서 미국이든 어디든 따라갔을 거야."

"그렇군!"

슌스케는 일어섰다. 그는 아침을 기다리는 병자와 같은 심정으로, 아침이 오기를 기다렸다.

이런 때에 한해, 평소에 관심도 없는 정원을 둘러보는 이유는 왜일까? 앞길이 막막할 때 누군가에게서 도움이라도 바라는 양 정원을 구경하는 이유는 어째서일까? 정원에는 히말라야 삼목에 백일홍, 매화나무, 영산백, 칠엽수에 감나무가 심겨져 있었고, 백일홍에는 붉은 꽃이 맺혀 있었다.

그는 어째서인지 소유물에 대한 정열을 느끼지 못했다. 그렇다면 '나는 당신 물건이 아니야!'라던 도키코의 그 말은, '소유물에 정열적이었던 적도 없는 주제에'라는 뜻이었을지도 모른다.

그러나 슌스케의 관심은 지금 다른 곳에 쏠려 있었다. 백일홍이 피었다. 참새 세 마리, 아니 네 마리가 정원에 들어왔다. 부지런히 무언가를 쪼았다. 거북이 모양 연못 안에서 이제 막 연꽃이 피려던 참이었다. 담장 밖에서는 개 두 마리가 어슬렁거렸다. 그중 한 마리는 슌스케네 개였다. 인근 주택들은 망원렌즈를 통해 보는 것처럼 여러 상(像)이 겹쳐져 있는 것처럼 보였다. 꽃은 수정될 때 기쁨을 느낄까? 남자와 여자가 서로 몸을 맞대는 것과 같은 감각을 느낄까? 틀림없이 있을 거야. 슌스케는 질투를 느끼며 생각했다.

꽃뿐만이 아니었다. 흙무더기나 돌조각에도, 이들을 충만케 할 환희라는 것이 마땅히 있을 것이다. 그렇지만 아까 그에게 등을 돌린 도키코와, 슌스케 자신은 도대체 무엇이었을까. 나는 도대체 뭐란 말인가. 거북이 모양 연못에는 물이 고여 있었다. 어째서인지 그는 물이 마음에 걸렸다. 거북이 안에 고여 있을 뿐인, 저 별것도 아닌 물이 왜 이다지도 신경 쓰이는 걸까.

어느 틈에 슌스케는 도키코의 곁에 다가갔다. 도키코는 축 처진 표정으로 식사를 준비하고 있었다. 미치요가 없는 집에서 식사 준비를 마친 그녀는 거실로 향하더니 정원을 내다보았다. 그녀의 모습은 아까 전 슌스케의 모습과 몹시도 흡사했다. 둘이서만 있으니 불편하기 그지없었다.

그녀는 무엇을 생각하고 있을까.

그때, 도키코는 등을 돌린 채로 중얼거리듯 말했다.

"근데 남자는 상대방을 전혀 좋아하지 않아도 같이 잘 수 있는 거야?"

"그럼 당신은 상대에게 호감이 있어서 같이 잤다고 생각하는 모양이네. 그건 당신들 일이고 나야 알 수 없지. 난 당신네들이 무슨 대화를 나눴는지 모르니까."

결국 이번에도 아내는 전혀 엉뚱한 생각을 하고 있었던 거구나. 슌스케가 그렇게 생각하자 하복부가 또다시 아파왔다. 그래도 슌스케는 말을 계속했고, 그런 말을 하는 자신에게 놀랐다.

"아마도 그 정도의 매력이 당신에게 있었던 거겠지."

"그럴까? 그런 생각을 하는 건 당신뿐일걸."

도키코는 뒤를 돌아보았다. 그녀의 얼굴에는 눈물이 번져 있었다.

"그럴 리가."

그는 이런 대화를 계속해도 좋은 것일까, 라고 생각했다.

"예전에 말하지 않았어? 꽃집에서 젊은이가 쭉 쳐다봤다고 말이야. 그게 당신한테 매력이 있다는 증거겠지."

"어딘가 가고 싶다. 아무에게라도 말하고 싶어…… 우리 어딘가로 가버릴까?"

"글쎄."

슌스케는 당황했다.

"나중에 후회할지도 모르니까, 지금 그러고 싶어도 하지 않는 게 좋을 거야."

그 말에 도키코는 고개를 끄덕였다.

이때, 슌스케는 자신에게 변화가 일어나고 있음을 직감했다. 그의 시선이 도키코의 목과 꼰 다리로 향했다. 차분하게 말하는 것과 달리, 그의 마음은 혼란스러웠다. 호기심을 자극하는 저 목과 다리는 젊은 남자에게서 집념 어린 애무를 받았을 것이다. 슌스케는 정말로 계획적이었던 것일지도 모른다고 생각했다. 그러나 그는 그 사실에 분노하는 대신, 한 사람의 여자가 있다는 눈부신 사실에 압도당하고 있었다.

이 여자는 그가 지금 느끼는 눈부신 감정을 스스로도 느꼈으며, 남들에게도 인정받고 싶다고 오랫동안 생각해온 걸까? 그는 그 생각을 애써 거부해왔다. 눈부시다고 생각하는 대신, 우스꽝스러울 뿐이라고 암시를 걸었을지도 모른다. 그래서 아내를 줄곧 외면했던 것일지도 모른다. 왜 그는 '우스꽝스럽다'고 생각해야만 했던 것일까? 어쩌면 슌스케는, 그녀의 모습을 우습다고 치부하면서도 동시에 눈부심과 애착을 느꼈을지도 모른다.

도키코의 혈관 속 피의 흐름, 그것이 자아낸 윤기 있는 피부, 시들고 피어나기를 반복하는 속눈썹의 움직임, 뒷목과 어깨로 자연스럽게 이어지는 골격의 윤곽, 군살로 인한 아랫배의 두세 줄 주름, 크기가 조금씩 다른 두 개의 유방, 그리고 튼튼하면서도 비교적 긴 다리에 이르기까지, 슌스케는 도키코의 모든 것을 창조한 신이라도 된 듯한 기분으로 감상했다. 그리고 그의 손아귀 밖에서 자립한 한 인간의 무게에 감탄했다. 이 상태에서 하루빨리 벗어나고 싶었다.

'이 집 안을 다시 수리해야 해.'

그는 침대에 누워 자는 도키코의 모습, 그리고 그 체중에 삐걱대는 침대에 고통을 느꼈다.

그때 슌스케가 중얼거리듯 말했다. "그 남자를 집에 데려온 거, 내가 당신을 외국에 데려가지 않아서 그랬던 거야?"

"뭐? 당신이 나를? 아, 그 얘기였어? ······그래, 그럴지도 모르겠네. 정말로 그래서였을지도 몰라. 아, 힘들어. 난 정말이지 당신이 힘들어. 매사에 그런 식으로 생각하더라. 당신이 그렇게 말하니까 정말로 그런 것 같잖아. 아······ 당신이랑 함께 있기만 하면 내가 평소에는 생각도 안 해본 것들이 진짜인 것처럼 느껴져. 이게 다 당신 때문이야. 당신이 '그렇게 생각해라' 하고 명령한 것 같아. '저 남자를 집 안으로 끌고 와'라고 말한 것도 당신일 거야. 틀림없어."

"난 잘 알지도 못했어. 그리고 그걸 막을 여유도 없었단 말이야."

"아니, 그렇지 않아. 당신이랑 함께 있으면 꼭 그렇게 명령받고 있다는 착각이 들어. 똑같은 거야."

"이참에 확실하게 하고 싶은데, 정말로 내가 당신을 데려가지 않았기 때문에 그런 짓을 했던 거야? 그놈의 미국 문화라는 걸 집에 끌어들이고 싶어서 그 애송이를 끌고 들어온 거야?"

"맞아. 당신 말대로야. 당신이 그렇게 생각하니까 틀림없이 그렇겠지. 그 사람이 왔을 때 당신은 그렇게 생각했지? 그래서 난 바라신 대로 그렇게 된 거라고."

"그렇구나. 그래서 당신이 그 남자를 애완동물로 삼으려 한 거구나."

"어휴, 이제 두 번 다시 춤을 배우러 가나 봐라!"

'그런 걸 배우고 있었구나. 이 나이가 되어서까지.'

하지만 슌스케의 생각이 입으로 튀어나오는 일은 없었다.

배 위에서 부두를 내려다보자, 배를 배웅하는 인파 사이로 그의 가족이 섞여 있는 게 보였다. 외국인 승객 사이에 섞여, 슌스케는 다른 사람들처럼 도키코를 향해 테이프를 던졌다. 두 아이가 손을 벌리고 "엄마한테!"라고 외치면서 아우성치는 것이 보였기 때문이다. 배의 갑판이 높은 곳에 있어서 부두의 가족까지 거리는 제법 멀었다.

이렇게나 멀리 떨어져서 작아 보이는 도키코를 오랫동안 쳐다보는 일은 이걸로 두번째였다. 첫번째는 그가 군에서 전역한 후, 피난처였던 산속 마을에 들어섰을 때였다. 그때 도키코는 개인적인 용무로 산속 절에 있었다. 산길을 따라 슌스케가 작은 마을 어귀의 강가를 걷고 있을 때, 100미터쯤 떨어진 절에서 몸뻬 차림의 도키코가 나왔다. 그녀는 절 입구에서 움직이지 않고, 그가 가까이 다가올 때까지 기다리고 있었다. 무거운 배낭을 메고 있었기 때문에 슌스케는 달릴 수 없었다. 그는 그저 도키코를 바라보며 천천히 걸었다.

'왜 달려오지 않는 거지?' 슌스케는 생각했다.

슌스케는 이제 배 위에서 안도했다. 하지만 도키코가 왜 '나도 데려가줘'라는 말을 꺼내지조차 않았는지 의문이었다. 만약 그녀가 그렇게 말했다면, 그는 도키코도 데리고 갔을 것이다. 30분이 지나자, 부두에서 배웅하는 사람들은 거의 콩알처럼 작아 보였다.

2~3일 지난 후, 홀에서 사람들이 북적거리기에 가까이 다가가니, 스냅 사진이 50~60장 정도 붙어 있었다. 가격은 한 장에 2달러였다. 언제 찍었는지 승객이나 배웅하러 나온 사람들이 찍혀 있었는데, 그 가운데 한 장에 슌스케의 가족이 큼지막하게 찍혀 있었다. 두 아이가 도키코를 얼싸안은 채 서 있었다. 그녀의 눈에 눈물이 맺혀서 빛나고 있었다. 예전에 슌스케는 그녀의 눈물을 보면 반드시 웃었지만, 이 순간만큼은 웃을 수 없었다.

출발하기 이틀 전, 도키코는 슌스케의 방에 슬며시 들어와 곁에 앉더니 입을 열었다.

"아이들은 어쩌려고?"

슌스케는 하던 일을 멈췄다.

"아직 우리 애들에 대해서 전혀 얘기한 적이 없잖아."

"필요하면 그때그때 편지로 의논하면 되잖아. 이럴 거면 나한테 가지 말라고 진작 말하지 그랬어?"

"이해할 수 없어!"

도키코는 울음을 터뜨렸다. 블라우스 소매로 눈물을 닦는 모습을 보며, 슌스케는 자신이 뭔가를 착각하고 있다는 느낌이 들었다. 지금까지 애교 대신 고압적인 말투로 애정 표현을 해온 그녀가 울음을 터뜨리며 눈물을 닦고 있었기 때문이다.

'뭐야, 얘기가 다르잖아.' 그는 생각했다.

슌스케는 부드럽게 말을 걸며 정신적으로 남편에게 의지하고 '당신이 원하는 대로 하세요'라는 태도를 바랐던 것이다. 그러나 도키코는 오열하면서 "당신은 정말이지, 여자 마음을 요만큼도 알지 못해!" 하고 마디마디 끊어가며 말했다. 그러더니 슌스케의 무릎을 주먹으로 두들겼다.

"난 시간이 없단 말이야. 그리고 이것도 좋아서 하는 게 아니라고."

슌스케는 어이없다는 듯 웃으며 말했다.

"누가 그런 뜻으로 말한 줄 알아? 당신은 여자가 행복할라치면 그 행복을 깨부수는 사람이라고 말하려는 거야!"

그러곤 어쩔 수 없다는 듯 다시 웃었다.

열흘 전까지만 해도, 슌스케는 불륜 상대와 만나고 있었다. 그때에도 슌스케는 '여유가 없다'고 생각했다. 그 여자에게 아무것도 주지 못했지만, 그럼에도 그녀에게는 '무언가 있을지도 모른다'는 공허한 바람을 품은 채 만남을 이어가고 있었다. 하지만 만날 때마다 마지막에는 실망감만을 느꼈고, 이 만남도 허망하게 느껴졌다. 상대 여자는 그에게 왜 그런 표정을 하고 있느냐고 물어보았다. 그때 그는 "즐거운 표정을 지을 여유가 없는걸"이라고 대답했다. 그러자 여자는 "정말 이상한 사람이네, 그럼 왜 나랑 만나는 거야?"라고 말했다. '여자의 마음을 모른다'는 도키코의 말은 슌스케에게 청천벽력과도 같았다. 겉으로는 태연한 척하면서도 그의 마음은 혼란으로 가득했다. 두 여자는 똑같은 얘기를 하고 있었다. 그는 매사에 건성이었다. 여자의 마음을 모른다는 말 자체보다, 도키코가 그런 말을 했다는 사실이 훨씬 충격적이었다. 도키코가 스스로를 '여자'라고 칭했다는 것 또한 그를 놀라게 했다.

어쩐지 슌스케는 사진 속 도키코의 모습과 이틀 전 그녀가 남긴 말을 도저히 잊을 수 없을 것 같았다.

한편, 출발 전에 벌어진 소동은 두 번 다시 도키코의 입에 오르내리지 않았다. 그녀는 매주 그에게 편지를 부쳤는데, 항상 아이들의 성장에 대해 자세하게 설명하는 내용이었다. 그 편지를 외국의 우체통 앞에서 읽으며, 슌스케는 종종 어두운 표정이 되었다. 그 안에 달콤한 말이라고는 단 한마디도 실리지 않았기 때문이다. 이후에 그가 귀국하여 도키코를 처음으로 만났을 때, 그녀의 얼굴은 몹시 사납고 날카로워져 있었다.

"덧문을 닫지 않으면 잠을 잘 수가 없어. 닫아도 아침까지 잘 수 없는 건 마찬가지지만."

하지만 그날 밤, 도키코는 잠을 푹 잤다. 그리고 다음 날 아침 그에게 말했다.

"당신이 있으니까 이렇게 다르네. 이래서 가정에 아버지가 있는 게 중요하다고 하나 봐. 앞으로 소중하게 대해줄게."

슌스케는 침실을 같이 쓰고, 잘 때는 허심탄회하게 각자의 마음을 털어놓고, 때로는 성생활을 가지는 광경을 상상했다. 당시 그들의 성생활은 도키코가 그런 의도를 품고 슌스케의 방에 들어오느냐 마느냐에 달려 있어서, 그가 일을 하면서 기다려도 아내가 들어오지 않는 때가 있는 반면, 아내가 들어오더라도 슌스케가 내키지 않을 때도 있었다. 마음은 적극적이지만 자신의 몸이 남의 몸처럼 부자연스럽게 느껴져서 도저히 관계를 진행하지 못할 때도 있었다. 이는 그날 밤마다 달랐는데, 어떤 날은 술을 잔뜩 마시고 아내를 잊고 있다가 창부처럼 쉽게 그녀의 방으로 기어 들어가 잔 적도 있었다. 의외로 그런 때에 관계가 수월하게 진행되기도 했다.

우습게도 슌스케는 외도를 시작하면서 도키코와의 성생활에 그다지 신경 쓰지 않게 되었고, 그녀에게 죄책감과 애정을 품으면서도 적극적으로 그녀와 몸을 맞댈 생각이 없었으며, 그런 자신에게 저항감을 느끼지도 않았다. 도키코가 뭐라 말하든 전혀 신경 쓰지 않다 보니 둘은 무미건조한 관계가 되었다. 그럴 때 그녀가 자신의 방에 오면, 그녀를 만족시킬 수 있으리라고 생각했다.

순스케는 도키코가 자택 개축을 계획했을 때, 그녀를 특별히 의식하지 않고 둘이 한방에서 함께 잘 수 있는 그들만의 침실을 꾸미려고 했다. 이윽고 그녀는 집의 절반쯤 부수고 새롭게 짓기 시작했다. 그의 방과 도키코의 방은 서로 나란히 늘어선 구조로 완성되었는데, 아내는 자신의 방을 둘의 침실로 공유하기 싫다고 했다.

"당신이 그런 소리를 해봤자 얼마나 계속하겠어? 당신은 자기 욕심만 채우면 금방 자기 방에 가서 쉬고 싶어 하잖아. 그런데 나랑 같이 잘 수 있을 것 같아? 내가 뭔가 말하려고만 하면 금세 마누라 입을 막으려고 하잖아? 하여간 당신은 남의 말을 들어주겠다는 생각이 애초부터 없다니까."

"그런가?"

정말로 그럴지도 모른다고 순스케는 생각했다. 그는 항상 남의 말을 듣지 않는 사람이 아니었지만, 아내의 말만은 들으려 하지 않았다. 그녀와의 대화 주제는 항상 아이의 교육이나 문화생활 향상 같은 것이었고, 그녀는 더 이상 예전처럼 이웃집 여자의 험담 같은 것은 언급하지 않았다. 그저 이웃집보다 훌륭해지고, 이웃집에게는 지지 않겠다는 계획이나, 그 목표를 이루지 못했을 때의 불평불만을 늘어놓는 정도에 그쳤다. 여기에 더해서 도키코 또한 순스케의 말을 귀담아듣지 않았기에, 덩달아 순스케도 그녀의 말에 귀를 기울이지 않게 되고 말았다.

하지만 슌스케는 도키코를 볼 때마다 몹시 불안해서, 고작 성생활에서나 그녀를 통제하고 있음을 확인할 수 있었다. 행여나 이 저열한 마음이 도키코에게 들킬까 봐, 그는 자신의 주장이며 의견을 밀어붙일 수 없었다.

"그래서 당신은, 내가 귀국한 후에 점점 절망하게 되었다는 거지? 그 사실을 말하기 싫으니까 나를 일부러 무시했던 거고."

"그래, 틀림없이 그럴 거야. 전부 다 당신이 생각하는 대로겠지!"

"말 다른 데로 돌리지 마! 중요한 일이니까 제발 사실을 말해봐."

슌스케가 붙잡고 늘어져도 도키코는 거칠게 고개를 흔들 뿐이었다.

"중요한 일이 아니야. 이유는 아무래도 좋아."

"내가 당신한테 절망하고 있는 꼴이 보기 싫었다고 말하고 싶은 거야?"

"왜 이유를 찾으려고 드는 건데? 찾아봐야 당신만 난처해질 거야."

도키코는 한숨을 쉬더니 덧붙였다.

"미치요를 직접 만나서 하고 싶은 말이 있어. 조지한테도."

그날 저녁, 슌스케는 '외국의 가정생활에 대해'라는 주제로 작은 강연을 열었다. 강연이 끝난 뒤 밖에서 택시를 잡으려고 하는데, 이전의 그 부위에 다시 통증이 엄습했다. 어찌나 아프던지 그는 그만 길 한가운데에서 웅크리고 말았다.

한참을 그러고 있다가, 슌스케는 길 건너에 있던 병원에 들어갔다. 50대 정도 되어 보이는 의사가 그를 맞아주었다.

슌스케는 그에게 호소했다.

"여기, 심장 부위가 꽉 죄는 것처럼 아픕니다. 그리고 이렇게 아래쪽도, 여기도 아파요."

"......"

"제 아내한테 어떤 일이 있었는데, 그 이후로 이렇게 됐지 뭡니까. 그 사건을 떠올리기만 하면 이렇게 아프고 말이죠."

의사의 표정은 웃음을 참는 것처럼 보였다.

"안정제를 처방해드리겠습니다. 그걸로 증상이 가라앉겠지만 손님 같은 분들은 자율신경이 예민해서 통증이 재발할지도 몰라요. 혹시 나중에 같은 증상으로 더 상담하고 싶으시면 언제든 찾아오세요."

그는 고개를 끄덕인 뒤, 의사가 일러준 대로 안정제를 곧바로 복용했다.

"잠시 편히 쉬고 계세요."

2~3분이 지나자, 슌스케는 일어나서 진료실 안쪽에 있는 의사에게 소리쳤다.

"선생님, 나았습니다. 정말로 괜찮아졌어요!"

"그렇죠? 또 통증이 생기면 지금처럼 안정제를 복용하시면 됩니다."

안쪽에서 의사가 대답하는데, 어째서인지 그는 웃는 것 같았다. 슌스케는 갑작스럽게 멎은 통증에 깜짝 놀란 채 병원을 나섰고, 그날 밤 곧바로 귀가했다.

"아빠는 아직이니?"

때마침 도키코는 그를 찾던 중이었다.

"돌아왔어, 엄마. 걱정할 필요 없어."

그렇게 대답하는 사람은 료이치였다.

"정말로 돌아오셨니? 그렇구나, 난 또 오늘은 돌아오지 않는 줄 알았어."

도키코는 아들과 딸 사이에 누워 텔레비전을 시청하고 있었다. 그러고는 길게 하품을 했다.

"여보, 가정부를 새로 구하든가 해야겠어." 그녀가 말했다.

한밤중에 슌스케는 자신의 방에 누워 있다가 느닷없이 벌떡 일어나더니, 옷을 갈아입고 도키코가 자는 방을 가로질러 복도로 향했다.

"어디 가?"

"몰라. 갈 데가 있는 건 아니지만 잠시 산책 좀 하고 와야겠어."

도키코는 평소대로 이불에서 머리만 내밀고 있었는데, 눈을 말똥말똥하게 뜨고 있었다.

"걸을 거라면 운동화를 신는 게 어때? 젊은 사람들이랑 다르니까 아무 신발이나 신으면 발에 무리 가."

"운동화?"

아내가 일러준 대로, 그는 운동화를 신었다. 콘크리트 계단을 내려가서 문을 열었다. 계단이며 문이며, 온갖 곳에 돈을 들여왔건만, 지금 우리는 도대체 뭘 하고 있는 거지?

거리로 나서자, 전등 켜진 집들이 우뚝 서 있었다. 슌스케의 다리는 집에서 고작 한 발자국을 내딛고는 더는 움직이지 못했다. 교차로로 갈까? 오른쪽으로 갈까? 아니면 왼쪽으로 갈까? 그의 마음은 좀처럼 갈피를 잡지 못했다. 간신히 비탈진 길 쪽으로 걸음을 옮기자, 위를 바라보기가 무섭게 미지근한 것이 이마를 적셨다. 굵은 빗방울이었다. 봄에는 좀처럼 보기 드문 비였다.

슌스케는 미국에서 지내던 어느 가을날, 지방 도시의 가로수길을 걷던 기억을 떠올렸다. 당시 슌스케는 한가할 때면 도키코와 함께 있고 싶다고 생각했고, 그때도 정원의 잔디나 안쪽의 목조 주택을 구경하면서 아내에 대한 생각에 잠겨 있었다. 그런데 모자 위로 단단한 물체가 떨어졌다. 벗어보니 호두 열매 하나가 모자 한가운데의 움푹 파고든 부분에 떨어져 있었다.

사건이 벌어진 지 사흘이 지나, 슌스케는 저녁 무렵 전화 한 통을 받았지만 아무 말도 꺼내지 못했다. 그것은 조지의 전화였다. 상투적인 "하우 아 유, 미스터 미와"라는 인사에 그는 "저스트 파인" 하고 고함지르듯 대답했다. 우스꽝스럽기 그지없는 대답이었지만, 상대와 대화할 준비가 전혀 되어 있지 않아서 어쩔 수 없었다. 안쪽에서 도키코가 "누구야? 누가 전화했어?"라고 외치면서 달려 나왔다. 슌스케는 그 모습이 마음에 들지 않았다. 하지만 도키코가 모습을 드러내지 않았어도 기분 나쁘기는 매한가지였을 것이다.

"그 사람 지금 뭐래?"

도키코가 다가왔다. 혹시 둘이 파티에 초대받지 않을까, 하고 잔뜩 기대할 때도 이런 모습이겠지. 갑자기 그런 생각이 들었다.

"지금 나와 만나고 싶다고 해서 어디서 만날지 얘기하는 중이야."

그는 일부러 수화기에 손을 대지 않았다.

"나도 가게 해줘!"

"그래?"

그는 도키코의 얼굴을 바라보았다. 이 여자가 동행을 자청하는 이유는 무엇일까. 만일 영어를 할 수 있었다면, 틀림없이 혼자서 조지를 만나러 갔을 것이다. '당신 혼자서만 가게 할 수 없어, 무슨 일을 저지를지 모르니까'라는 생각에서일까? 만약 남편이 자제심을 잃고 난동을 피운다면, 남편이 곤란한 처지에 놓일 거라고 생각하는 것일까? 아니면 저 남자가 불쌍하다고 생각하는 걸까? 도키코가 무슨 꿍꿍이인지 알 수 없었지만, 슌스케는 적극적으로 그를 따라가려는 도키코의 모습에 혼란스러웠다. 슌스케야 당연히 조지와 도키코 양쪽 다 믿지 않았기 때문에, 두 사람을 서로 만나게 해야겠다는 흑심도 품고 있었다. 무슨 일이 있어도 한 번 정도는 삼자대면을 해야 한다는 잔인한 생각이 들던 것이다.

"비가 많이 오니까 우비를 걸치는 게 좋을 거야. 우산은 내가 하나 가져갈 테니까 괜찮아."

도키코는 고개를 끄덕였다.

"뭘 입고 가면 좋을까."

"연두색 투피스는 어때. 일단 머리를 단정하게 손질해둬."

"그래야겠네."

슌스케가 이렇게까지 자세한 지시를 내린 것은 난생처음이었다. 자신의 입에서 막힘없이 말이 흘러나오고 있었다.

"당신도 그 넥타이 말고 다른 걸 매는 게 좋을 것 같아."

"그럼 감색은 어때."

"응, 약속 시간은 괜찮은 거야?"

"걱정하지 않아도 돼."

슌스케는 딱 잘라 말했다.

"난 그걸 물어보려고 한 게 아니야."

택시를 탄 뒤, 슌스케는 운전사에게 긴자로 가달라고 부탁했다. 슌스케는 요즘 도로 공사가 잦다는 것을 시작으로, 올해는 첫번째, 지난 몇 년 전까지를 포함한다면 벌써 세번째로 길을 뒤집어엎고 있으며, 미국의 고속도로에서는 시속 60마일, 즉 시속 100킬로미터까지 속도를 낼 수 있다는 이야기를 늘어놓았다. 그러면서도 옆에 앉은 아내를 향해서 마음속으로 '당신은 지금 무슨 생각을 하는 거야?'라고 중얼거렸다.

때때로 슌스케는 자신과 불륜 관계였던 여자의 남편이 찾아와서 자신에게 얼굴을 들이밀면 어떻게 대처할지 고민하기도 했다. 찾아올 일 없는 남자가 슌스케를 찾아온다면 그 이유는 뻔하다. 슌스케는 그를 웃음으로 맞이하겠지만, 당연히 상대방은 웃지 않을 것이다. 그렇다면 그다음에 어떻게 행동하는 게 좋을까? 그리고 남자의 눈빛은 어떤 것일까? 그 눈빛을 본다면 결코 웃을 수 없을 것이다. 그 순간의 웃음은 이제 전혀 다른 종류의 것이 될 텐데, 무슨 배짱으로 상대방 앞에서 웃을 수 있겠는가. 자신이라면 그다음에 어떻게 생각하고 행동할지, 슌스케는 더는 상상할 수 없었다.

그런데 지금의 슌스케 또한 자신의 입장을 알면서도 어떻게 말하고 행동할지 감이 잡히지 않기는 마찬가지였다. 상대방을 매섭게 몰아붙일 만한 이유가 도무지 떠오르지 않았기 때문이다. 만약 이 상황에서 누군가를 죽인다면, 어느 쪽을 죽일까? 아마 남자 쪽을 죽일 것 같았다.

이윽고 슌스케와 도키코는 D호텔의 로비에 도착했다. 하지만 로비가 워낙 서양인들로 혼잡했기 때문에, 그는 아내를 데리고 나와 일부러 음악이 흘러나오는 '살쾡이'라는 카페에서 기다리게 했다. 그다음에 슌스케는 호텔 지하의 바로 향했다. 그곳에도 십수 명의 서양인이 있었다. 가장 안쪽에 위치한 자리에서 조지가 입구 쪽을 바라보고 있었다. 그 시선은 날카로웠지만, 슌스케는 자신도 잔뜩 사나운 표정을 짓고, 필요 이상으로 어깨까지 들썩이며 큰 걸음으로 조지에게 다가가고 있다는 것을 깨달았다.

"아내는 다른 데에서 기다리고 있으니, 먼저 자네 말이나 듣지."

그렇게 말하며 그는 코트를 벗었다. 술은 뭘 시키시겠습니까? 상대방이 건넨 질문에 슌스케는 맥주로 하겠다고 맞받아쳤다. 부드럽게 대꾸하려던 것이, 그만 시비라도 거는 것처럼 거친 말투가 나와버렸다. 몇 번이고 떠올렸고 몇 번이고 뿌리치려 했던 남자의 얼굴이, 도키코의 얼굴이나 몸을 만지며, 그녀를 기쁘게 하려 들었던 남자의 얼굴이 눈앞에 있었다. 바로 그 남자의 얼굴이 슌스케처럼 딱딱하게 굳어 있다는 게 우스꽝스러웠다.

"당신 와이프는 어디에 있습니까?"

"다른 데에서 기다리고 있다고 말했잖아."

슌스케는 스스로도 불쾌하게 느낄 정도로 쌀쌀맞게 대꾸했다. 그 '와이프'라는 단어에 화가 치밀어 올랐다. 일본인에게는 '와이프'라는 단어가 고압적인 뉘앙스를 주기 때문일 것이다.

"미스터 미와. 당신은 몹시 마음에 상처를 받은(heart-broken) 모양이군요. 많이 힘들어(sick) 보입니다. 정말로 유감입니다."

"유감이라니? 도대체 무슨 소리를 하는 거야?"

슌스케도 고압적으로 한마디 한마디 단호하게 힘주며 내뱉었다. 그 영어에 주변에 있던 서양인들이 돌아보기 시작했다.

"많이 화가 나신 모양인데, 걱정하지 않아도 됩니다. 당신의 아내와 제 사이에서는 아무 일도 없었으니까요(Nothing happened between your wife and me)."

"아무 일도 없었다고(Nothing happened)? 진심으로 하는 소리인가?"

또다시 몸 한구석이 욱신거려왔다.

"아무 일도 없었습니다. 미와 씨는 제 말을 믿고 진정해주시길 바랍니다."

"헤이, 유!"

슌스케는 일부러 군인들이나 쓸 법한 거친 단어를 꺼냈다.

"이보세요, 그렇게 제 입으로 말하게 하고 싶은 건가요?"

조지는 쓴웃음을 지었다.

"정말로 괜찮습니까? 당신 쪽이 난처해질 텐데요."

"내가 난처해져?"

"저는 강제로 당한 입장이니까요."

"강제? 좋아, 그럼 무슨 일이 일어났었는지 자세하게 말해봐. 여기서 당장."

"그걸 말해봐야 당신은 화만 날 겁니다."

"좋아. 그럼 아내에게 데려다줄 테니, 거기서 전부 말하도록 해."

슌스케는 일어나 코트를 꺼냈다. 그리고 또다시 어깨를 들썩이며 앞장섰다.

"돈은요?"

"오늘은 네가 내야지."

슌스케는 잔뜩 기세등등해져서 소리쳤다.

"지금 친구가 기다리고 있어요."

"약속은 취소하면 되잖아."

손님도, 바텐더도, 모두 두 사람을 쳐다보고 있었다. 그래도 슌스케는 목소리를 낮추지 않았다. 조지가 친구에게 전화를 거는 동안, 슌스케는 그의 곁에서 떨어지지 않았다. '도망치게 둘 것 같으냐' 하는 자신의 의지를 보여주고 싶었다. 밖으로 나오자 다시 비가 내리고 있었다.

머리가 작은 서양인 청년은 풀이 죽어 말했다.

"전 우산이 없는데요."

"군인에게 우산 따윈 필요 없어."

그렇게 내뱉은 뒤, 슌스케는 일부러 우산을 혼자서 썼다. 그러면서 그는 슬며시 웃음을 흘렸다. 조지가 온 이후로 자신의 영어가 더 유창해졌다는 생각이 들어서였다.

남자를 아내가 기다리는 장소로 데려가면서, 슌스케는 상대방이 제대로 따라오는지 돌아보며 확인했다. 서양인 청년은 절레절레 고개를 내저으며, 시선은 차도 쪽으로 고정한 채 따라오고 있었다. 마치 몇 발자국 앞에 슌스케가 있다는 게 너무나 짜증 난다는 것처럼 보였다. 조지의 그런 모든 모습이 꼴사나워 보였다.

도키코는 카페의 구석진 자리에서 기다리고 있었다. 테이블 앞의 두 의자에 슌스케와 조지가 앉자, 도키코는 잠시 두 사람을 바라보았다.

"어떻게 됐어?"

도키코의 질문에 슌스케는 자신이 들은 내용을 설명했다.

"거짓말!"

도키코는 조지의 얼굴을 바라보며 나지막하게 말했다.

"이 사람에게 말해줘. 어쩌자고 그 일을 주변에 떠벌렸는지, 왜 있지도 않은 일을 입 밖에 꺼냈는지."

슌스케는 조지에게 그 말을 전했다.

"노, 노, 당신은 그녀의 말을 믿는 겁니까?"

"어느 쪽도 안 믿어. 왜 주변에 떠벌렸지?"

"그녀는 미쳤습니다. 무서워요."

"미쳤다고? 무섭다고? 그래, 알겠다."

슌스케는 도키코를 도발하듯, 조지의 말을 그대로 전했다.

"그렇다면 자네에게는 그때 무슨 일이 있었는지 그녀가 하는 말을 옮길 건데, 그 일이 강요된 건지 알기 위해서니까, 만약 사실과 다르다면 말해."

"오케이."

상대방은 동의했다. 슌스케는 그날 밤 있었던 일을 하나하나 도키코가 구술하게 하고는, 이를 통역해서 조지에게 전했다. 그런데 각자의 이야기가 전혀 들어맞지 않았다. 공통점이라는 것도 도키코가 오랜 시간 침대에 있었다는 것과 조지의 애무를 받았다는 점 정도였다. 그때까지만 해도 슌스케는 언성을 높이는 정도였지만, 기어코 손바닥으로 조지의 얼굴을 밀어버리고 말았다. 조지는 쓰러질 것처럼 비틀거렸다.

"그만해!" 도키코가 외쳤다.

가게에는 재즈 음악이 울려 퍼지는 가운데, 모든 사람들의 이목이 세 사람에게 쏠렸다.

"난 나름대로 책임을 느끼고 있는데, 당신은 책임을 느끼고 있기는 한지 물어봐줘."

슌스케는 그녀의 말을 그대로 통역했다. 그러자 조지가 말했다.

"책임감? 누구에게 책임감을 느끼라는 겁니까. 제가 책임감을 느끼는 대상은 부모님과 국가뿐입니다."

울컥해버린 슌스케는 다시 조지에게 손찌검을 했다. 그리고 그 말을 다시 아내에게 전하니, 도키코는 한숨을 쉬며 말했다.

"미국인을 경멸한다고 전해줘."

들은 대로 전하니 이번에 조지는 "어째서 경멸한다는 겁니까"라고 말하며 어깨를 으쓱했다. 도키코는 그 말에 기가 막히다는 듯 말했다.

"대단하네! 이 지경이 되었는데 변명에 거짓말까지, 굉장해서 말이 다 안 나오네."

슌스케는 놀라 아내를 바라보았다. 도키코는 덧붙였다.

"이제 됐어. 난 이걸로 충분해."

그리고 도키코는 돌아가자며 남편을 재촉했다. 조지는 다음에 슌스케가 무슨 말을 할지 기다렸지만, 그가 일어서자 자신도 출구 쪽으로 향했다. 그러고는 화장실에 들어갔다. 슌스케는 돈을 내고 도키코와 바깥에서 기다렸다. 그리고 조지가 나오자마자, 생각조차 못 했던 단어를 써가며 고함을 질러댔다.

"고 백 홈, 양키! 고 백 홈, 양키!"

"어차피 저는 한 달 후에 돌아갈 겁니다."

청년이 발걸음을 돌린 후, 슌스케는 도키코에게 우산을 씌워주고 반대 방향으로 향했다.

"저 사람 얼굴, 당신이 추궁할 때 하얗게 질리더라."

"그렇지."

슌스케는 흥분한 나머지 몸까지 떨었다. 다시 몸이 욱신거려왔다. 결국 슌스케는 마지막까지 그 청년을 어떻게 대처해야 할지 알지 못했다.

집에 돌아가 식사를 마친 뒤에도 두 사람은 부엌에서 끊임없이 대화했는데, 도키코는 시계를 보고 애원하기 시작했다.

"세상에, 벌써 11시야. 늦은 시간인데 이제 제발 그만하는 게 어때? 11시까지 사람을 잡아두고……"

그 순간 슌스케는 도키코의 입을 손으로 막았다. 그녀가 머리를 흔들어 손을 뿌리치자, 이번에는 목을 졸랐다.

"미친놈, 이 살인자!"

그녀는 사납게 욕을 했다.

"어떤 악당도 당신보다는 훨씬 괜찮은 사람일 거야. 내가 조금만 더 젊었다면 누구든 따라갔을 거라고!"

도키코는 한 시간이 지나고 난 뒤에야 진정할 수 있었다.

이튿날, 다른 가족이 아침 식사를 마친 뒤에도 도키코는 이불 속에 틀어박혀 있었다.

"당신은 이제 괴롭지도 않은 거야?"

그녀는 슌스케를 올려다보며 물었다.

도키코는 해가 질 무렵까지 누워 있었다. 슌스케가 그녀를 부르자, 오후에 미치요가 올 것이라는 대답이 돌아왔다. 서로의 말이 맞지 않았던 것에 대해 물어볼 참이냐고 되물으니, 그녀는 그렇다고 대답하고는, 그러는 편이 나을지도 모르겠다고 덧붙였다. 그러나 저녁이 되어서도 미치요는 오지 않았기에 슌스케는 목욕을 시작했다.

"여보."

유리문이 열리더니 도키코가 머리를 내밀었다.

"무슨 일이야."

그때 슌스케는 등을 돌리고 있었다.

"물 온도는 괜찮아?"

"좋네."

"등을 제대로 안 닦았잖아."

"그래?" 그가 되물었다.

"등도 깨끗하게 닦아야지." 도키코가 말했다.

그녀가 지금처럼 남편의 목욕을 구경한 건 고작 한두 번 정도였다. 한 5~6년 전이었던 것 같다. 그때 그녀는 "등 밀어줘?"라며 일부러 퉁명스럽게 말했다. 그런데 지금의 그녀는 가만히 서서 그의 몸을 구경하고 있었다.

"그래, 알았어."

도키코 앞에 그의 나체가 전부 드러났다.

"내가 할 일 없으면 문 닫을게."

그가 목욕을 마치고 나오자, 이번에는 도키코가 목욕을 했다. 슌스케 역시 도키코의 몸을 보고 싶다는 생각이 들었다. 그래서 그는 아까 전의 도키코처럼 유리문을 열고 들어가서 들여다보았다. 자신처럼 도키코도 욕조 밖에 나와 있었다. 그는 아내가 무어라 말할 때까지 기다렸다.

"머리 감아야겠네." 그녀가 말했다.

밤이 되어 도키코가 슌스케를 불렀다.

"미치요 씨가 왔어."

미치요가 입은 원피스는 슌스케의 눈에 익은 것이었는데, 예전에 도키코가 준 옷이었다. 미치요는 태연히 거실로 들어오더니 조용히 앉았다. 얼마 전까지만 해도 눈앞에서 자기 마누라를 때리고 반쯤 제정신이 아니었던 남자가, 지금은 가장 노릇을 하면서 앉아 있네? 도키코보다 불결해 보여. 도대체 언제, 어떻게 화해한 거람? 그런 생각이 미치요의 얼굴이며 태도에 고스란히 묻어났다.

"어젯밤 조지를 만났소. 그가 먼저 연락한 거였고, 도키코도 데려갔소."

"어머, 이상하네요. 그 아이가 어젯밤 누가 캠프로 전화를 해서 무섭다고 말하던데요. 그럼 그때 연락한 사람은 사모님이 아니었나 보네요."

"그렇게 생각하고 있었던 거요?"

슌스케는 무심결에 말했다.

'아내가 몇 시간이고 놓아주지 않았다'는 멍청한 소리는 조지도 하지 않았으며, 그건 당신의 과장 섞인 상상에 지나지 않는다고 미리 강조해두고 싶소, 라고 슌스케가 말했다.

"선생님, 여자란 사랑하지 않는 남자와는 그런 짓을 할 수 없다고, 흔히들 그렇게 말하지 않던가요?"

"그런 소리는 꺼내지 않는 게 좋을 거요."

"그런가요? 그럼 돌아가겠습니다. 이런 대화는 나눠봐야 소용도 없는걸요."

미치요는 일어섰다.

"전 말이죠, 조지와 당신 여동생의 관계도 수상쩍다고 생각해요."

갑자기 도키코가 말했다. 슌스케가 제지하려고 하자 그녀는 가만히 있으라고 쏘아붙였다.

"사모님, 저와 제 여동생이 그런 부끄러움도 모르는 인간으로 보이세요? 물론 저는 청소가 서투르긴 하지만 말이에요."

"과연 그럴까요?"

도키코는 비웃었다.

"덕분에 좋은 공부를 할 수 있었네요."

미치요는 천천히, 그러나 딱 잘라 말했다.

"조지는 오늘 여동생과 아이스 스케이트를 타러 간 모양이에요. 그 아이가 불쌍해서 위로해줄 겸 갔죠."

56

잠시 뜸을 들이더니, 미치요가 다시 딱딱 끊어가며 말을 이었다.

"선생님, 이번 일을 헨리 씨에게 전했는데 '아이들도 아니니 조지와 사모님 둘이 알아서 해결할 일'이라고 대답하시더라고요. 그 아이가 미국에 있었다면 총에 맞아 죽어도 할 말이 없다면서 화를 내긴 하셨지만, 사모님 역시 스스로 책임을 질 필요가 있다고 말씀하셨죠."

슌스케는 마지막 말에 충격을 받았다.

부부는 미치요를 현관까지 배웅했다. 미치요는 몸을 좌우로 흔들면서 점점 멀어져 갔다.

"이제 무슨 말을 해도 소용없어. 당신이 계획적이라는 말실수를 하는 바람에, 저런 가정부까지 우릴 우습게 보고 있잖아." 도키코가 말했다.

"여보."

날씨가 쌀쌀했던 탓에 코타츠*에 다리를 넣고 드러누워 있던 도키코가, 조금 떨어져 자신처럼 누워 있는 남편에게 말했다.

"무슨 일이야."

슌스케가 대답하자, 도키코가 발가락으로 그의 발가락을 꼭 붙잡았다.

"이런 일이 있어도 당신은 잘 참고 견뎌야 해. 냉정하게 있어야 한다고. 이런 건 희극일 뿐이라고 생각하는 게 좋아. 당신은 외국 문학 전문가잖아?"

"희극? 그래야 해?"

---

* 炬燵: 무릎을 덮어 따뜻하게 하는 온열기구.

"비극조로 생각하는 건 고리타분하잖아. 당신도 늘 그렇게 말하지 않았어?"

순스케는 생각에 잠겼다.

"「잔디는 녹색」*이라는 영화를 봤어."

"그 남자랑?"

"우리 애들도 같이 봤어. 딱히 그 영화를 볼 생각은 없었지만 기왕이면 희극을 보고 싶었고, 그 사람도 그렇게 생각했고, 아이들도 그랬으니까."

"그건 무슨 영화야?"

"미국인 벼락부자가 영국의 저택에 관광을 오는데, 저택 주인의 부인과 사이가 좋아진다는 스토리야."

"그래서 그 남편은 어떻게 되는데."

"두 사람은 총으로 결투를 하게 돼. 그런데 남편이 다치고, 아내는 당황해서 그를 간병하지."

"총으로 결투를 하는데 그걸 희극이라고 할 수 있어?"

순스케는 겉으로는 냉정한 척을 했지만, 이런 이야기를 시작한 아내한테서 알 수 없는 무언가를 감지하고 무척 동요했다.

"사실 집사가 두 사람의 총에서 탄환을 미리 빼놨어. 그리고 자기가 총으로 주인의 팔을 쏴서 찰과상만 입혔을 뿐이었어."

"그럼 상대방은 도망쳤겠지?"

"맞아."

"그럼 부부는 화해하게 되고?"

---

* 芝生は緑: 원제는 「The Grass is Greener」. 1960년에 제작된 영국 영화로 한국에는 '남의 것이 더 좋아'라는 제목으로 소개되었다.

"그게 있잖아, 옥신각신하던 끝에 아내도 가출하고 말더라고."

"그렇구나. 남편에게도 애인이 이미 있었던 거지?"

"한 여자가 남편을 유혹하지만, 남편에게는 그럴 생각이 없었어."

"그래? 어디가 희극인지 전혀 모르겠어."

"직접 한번 보는 게 좋을 거야."

슌스케는 살짝 웃음이 나왔다.

"당신은 웃어야 해. 나와 얘기할 때는 전혀 웃지 않으면서, 다른 친구들과 있을 때는 웃기기도 하고, 웃기도 하고, 다른 사람이 웃지 않을 때에도 웃고 그랬잖아."

"그런 적이 없진 않았지."

"그걸 고맙게 생각한 적은 없지만, 그래도 당신이 그렇게 웃는 게 좋아. 당신은 이번 일도 웃어넘길 수 있는 그런 사람이 되어야 해."

'잔디는 녹색'이란 관용구는 다른 사람의 잔디가 더 선명해 보이는 것, 즉 '남의 떡이 더 커 보인다'는 의미였다. 그건 그렇다 치고, 그런 영화를 저 남자와 함께 봤기 때문에 그날 밤에 그 사건이 벌어진 게 아닐까. 저 코미디의 가벼움이야말로 이번 사건의 불씨가 아니었을까.

"이젠 정말 싫어. 이제 그때 일은 생각하고 싶지도 않아. 난 아줌마인걸."

"절대로 그렇지 않아."

슌스케는 딱 잘라 말하고는 그녀의 발에서 자신의 발을 뗐다.

"하루라도 빨리 평범한 부부로 돌아가야 해. 이렇게 당신이 아름다워 보인다니 안 될 일이지."

누워 있던 도키코는 슌스케의 얼굴을 빤히 쳐다보았다. 그때 노리코가 "엄마"라고 부르며 방에 들어왔다.

'엄마'라는 단어를 듣는 순간, 갑자기 도키코를 향해 분노가 치밀어 올랐다.

슌스케는 모자를 쓴 아내와 함께 걷고 있었다. 그들은 시카고나 뉴욕 같은 대도시 어딘가에 있을 법한, 커다란 빌딩이나 주차장으로 보이는 곳에 있었다. 그들이 있는 건물 내부는 회색과 주황색으로 칠해져 있었다. 바깥을 내다보자 공터가 있었고, 별안간 그곳에서 건물이 쑥쑥 자라났다. 슌스케는 그 건물에서 숙박할 예정이었다는 생각이 들었다. 건물 너머의 언덕배기 위에는 녹색 소나무 숲이 있었다. 그런데 두 사람의 몸이 요동치더니, 어느새 방금 자라난 건물 안에 들어와 있었다. 알 수 없는 이유 때문에 부부는 그곳의 소파에 앉아서 무언가를 기다리고 있었다. 어디선가 목소리가 들렸다. 이미 한참 전부터 그 목소리가 들리리라고 짐작하고는 있었지만, 그래도 슌스케는 아내의 손을 꼭 쥐었다.

"미스터 앤드 미세스 미와!"

확성기에서 기계적인 목소리가 울려 퍼졌다.

"사형 집행까지 앞으로 한 시간 남았습니다."

"누구의 사형 말입니까?"

슌스케는 일어섰다.

"당신의 자녀들입니다."

"말도 안 돼. 어떻게 그럴 수 있지? 도키코!"

도키코는 가만히 그를 바라볼 뿐이었다. 아이들을 마지막으로 만난 지는 제법 오래되었으며, 애초에 그들은 여기서 멀리 떨어진 곳에 살고 있었다. 그런데 한 시간 후에 사형이 집행된다고?

"어디선가 감형을 신청할 수 있을 거야!"

안내 데스크에 물어보자, 감형을 신청하는 곳의 방 번호를 알려주었다. 계단을 올라가던 슌스케가 뒤를 돌아보니 아내가 보이지 않았다. 슌스케는 사형의 이유를 전혀 몰랐지만, 형 자체를 아예 취소해달라는 생각 역시 하지 못했다. 그는 감형을 신청하려 했을 뿐이었고, 도키코 역시 그의 의견에 반대하지 않았다. 그 방을 찾는 사이에 남은 시간은 점점 줄어들었다. 지나가던 사람에게 물어보니 감형을 신청하는 곳은 별관에 있는 모양이었다. 아무래도 이 건물은 백화점이었고, 원래 부부는 여기서 쇼핑을 할 예정이었던 것 같았다.

슌스케는 혼자서 쇼핑을 했다. 캐러밴 슈즈가 필요했기 때문이다. 백화점에 그것을 파는 매장이 있었다. 슌스케는 신발을 사면서, 며칠 전부터 제대로 걷기 위해서 사려고 했다는 걸 기억해냈다. 왜 걸으려고 했는지, 그 이유 역시 기억나지 않았다. 그렇게 시킨 사람이 아내였던 건 확실하다. 그런데 아내는 어디에 갔지? 밖을 내다보니 언덕배기의 소나무 숲에서 아내가 등을 돌리고 허공에 편지를 쓰고 있었다. 그것을 엿보려 하자, 아내가 일어서서 편지를 숨기더니 숲속으로 도망가 버렸다.

슌스케는 큰길을 건너서 별관으로 향했다. 하지만 예정된 한 시간이 이미 지난 뒤였고, 그걸 깨달은 슌스케는 통곡하기 시작했다. 도키코의 목소리가 들렸지만 머리가 베개에 달라붙은 것처럼 움직이지 않았다. 그래서 그는 가만히 누워 깨어날 순간이 찾아오기를 기다렸다.

"당신 왜 그래?"

도키코가 말을 걸었지만 슌스케는 좀처럼 눈을 뜰 수 없었다.

"머리는 기억하는 것 같은데 난 다 잊었어. 지금이 낮이야, 밤

이야?"

"새벽이야. 갑자기 울기 시작해서 와봤더니 글쎄, 당신 얼굴이 말이 아니더라고."

"당신이야말로 뭘 하고 있었어? 여태까지 깨어 있었던 거야?"

그렇게 말하며 슌스케는 몸을 일으켰다.

제2장

미치요 덕분에 내 집이 여기까지 유지될 수 있었던 게 아닐까?

종종 슌스케는 이런 생각이 들었다. 가정부가 없어지면서 생긴 불편함 때문만은 아니었다. 그녀에게 약점을 잡혔기 때문도 아니었다. 자신과 아내가 괴물처럼 느껴질 때 이 생각이 들었다. 자신들의 몸이 온통 바늘로 뒤덮여 있어서, 그것으로 서로를 찔러대는 것처럼 느껴지기도 했다. 어쩌면 그것은 바늘이 아닌 다른 무언가일지도 모른다.

슌스케는 자신이 늙은 게 아닌지 걱정했는데, 도키코한테서도 어딘지 모르게 추하고도 혼탁한 기운이 풍겨와서 그녀의 노쇠를 감지할 수 있었다. 도키코는 아침에 간신히 일어난 뒤에도 침상에 앉은 채 움직이지 못하곤 했다. 슌스케는 우뚝 선 나무처럼 버티면서 그 뒷모습을 지켜보았다. 잠시 후 도키코는 손을 내저으며 "저리 가!"라고 사납게 외쳤다. 그럼에도 슌스케가 그 자리에 끝끝내 버티고 있었던 것은 첫번째로 아내를 꼭 끌어안아주고 싶다는 마음이 폭발할 것처럼 부풀어 올랐기 때문이고, 두번째로는 아내가 일어나든 일어나지 않든, 지금처럼 가정부가 없는 상황에서 주부로서 가사가 힘들지 않겠느냐는 걱정을 드러내기 위함이었다.

그는 주저앉아 있는 도키코에 대한 걱정과 안도를 동시에 느끼면서 부엌으로 향했다. 그가 아침 식사를 준비하자, 때마침 도키코가 늘어지게 하품을 하고, 한숨을 푹 쉬면서 몸을 일으켰다. 저 행동은 나를 놀리는 건가? 만약 놀리는 거라면, 도대체 뭘 놀리려고 하는 거지? 오늘도 불안한 하루가 시작된다면, 나는 지금부터 뭘 해야 하나? 우리 집에 정상적인 일상이 돌아오려면, 멍청해 보이는 짓이더라도 해야만 한다. 그 사건이 일어나기 전부터 슌스케는 아내를 지켜보는 일이 있었지만, 지금처럼 두려움을 느낀 적은 없었다. 당시에 그는 아내에게 무시당하고 있다는 울분을 품고 있었다. 한편 도키코는 불쾌한 일을 겪더라도, 남편과 거리를 두고 있는 한 대체로 기분이 좋은 편이었다. 오후가 되고 나서야 아내의 표정이 약간 좋아진 것 같았다. 그래서 슌스케는 그녀에게 말을 걸었다.

"노리코가 보고 싶은 영화가 있나 봐."

"난 영화 안 봐. 보고 싶지 않다고 말했잖아?"

"채플린이 만든 히틀러 영화래."

슌스케는 도키코의 눈치를 보면서 넌지시 건넸다.

"연애 장르도 아니야."

"……"

"안 갈 거야? 가자."

지금까지 슌스케는 영화를 보러 가자고 한 적이 거의 없었다. 지금 생각해보면 왜 그랬는지 이해가 가지 않을 정도였다. 그는 딸을 재촉하여 셋이서 긴자행 버스에 몸을 실었다.

"저기 있는 두 사람도 함께 계산해줘요. 네, 맞아요. 내 아내랑 딸입니다."

슌스케는 버스에서 여자 차장에게 소리쳤다.

"어느 분이시죠?"

"저기에 있는 사람들이요. 같이 있지 않아도 내 아내고 내 자식이라니까!"

차장은 짜증스럽다는 듯 슌스케와 도키코 일행을 번갈아 바라보았다. 승객들의 시선이 슌스케에게 쏠렸다. 무슨 할 말이라도 있느냐는 태도로 슌스케는 어깨를 으쓱거렸다.

버스에서 내린 후, 도키코가 다가왔다.

"당신, 아까 그 눈빛은 뭐야?"

"이상하게 본 적 없어. 당신 눈에나 그렇게 보였겠지."

슌스케는 말했다. 난 다른 사람들이 널 어떻게 보는지 감시하고 있었던 거야. 너는 내 아내니까.

"무슨 소리야? 집에서도 모자라서 바깥에서까지 그런 눈빛을 하면 어떡하라는 거야? 그럴 거면 영화는 왜 보러 나온 거야?"

"이유가 있어? 그냥 보러 나온 거지."

사실 슌스케가 나온 이유는 영화를 보기 위해서만이 아니었다. 도키코는 '집에서도 모자라서'라고 말했지만, 그는 집에서 보이던 것과는 다른 눈빛을 하고 있었다. 버스 안에서 슌스케는 '이게 제 아내입니다, 그런 일이 있었던 내 아내란 말입니다'라고 외치고 싶었다. 그렇다고 누군가가 그녀를 책망하려 한마디라도 입을 뗐다간 그 사람을 때려죽일 참이었다.

도키코의 몸이 당장 고꾸라질 듯 휘청거렸다. 그녀는 자신의 발이

걸렸던 보도블록을 돌아보고, 슌스케에게 시선을 옮기더니 피식 웃었다. 슌스케는 고꾸라질 뻔한 사람이 아내가 아니라 자신이라는 착각이 들었지만, 곧 진정하고 아내의 동작을 하나하나 지켜보았다. 비틀거리던 순간의 그 우아한 몸, 다리, 그러나 다시 걸음을 내디딜 때 엿보이는 나이 든 사람 특유의 움직임.

영화가 시작하고 얼마 지나지 않아 슌스케는 아내 쪽을 보았다. 도키코는 노리코와 슌스케 사이에 앉은 채 곤히 잠들어 있었다. 그 모습이 마치 아이 같았다.

"아빠!" 노리코가 말했다. "엄마 좀 봐. 보기 흉한데 깨울까?"

"아니, 놔두렴. 그냥 자게 두자."

"안 돼."

노리코는 고개를 가로젓더니 도키코의 어깨를 흔들었다.

"엄마, 일어나. 창피하게 왜 그래."

"음?"

그녀는 그래도 눈을 뜨지 않았다. 딸아이가 두번째로 흔들고 나서야 잠시 머리를 들어 올리는가 싶더니, 이내 다시 곯아떨어졌다. 채플린의 영화가 끝나자, 스크린에는 명작 「미모사의 집」*에 등장하는 프랑소와 로제이의 큼지막한 얼굴이 비춰졌다. 이제 슌스케는 서양인이 영화에 등장하기만 해도 하복부에 심한 통증을 느꼈다.

예상했던 대로, 도키코는 집으로 돌아가는 내내 기분이 좋지 않았다. 이들이 돌아가는 길에는 러시아 식당이 있었다. 슌스케는 그곳에서 식사하고 가자고 했다. 예전에 조지가 "내 친구인 미국인 통신원 부부

---

* 「Pension Mimosas」: 1935년에 제작된 프랑스 영화.

가 일본에 방문했으니 이 러시아 식당에서 만나자"며 제안한 적이 있었다. 그러나 도키코가 가지 않겠다고 했고, 슌스케도 아내가 가지 않으면 자신도 굳이 가지 않겠다며 거절한 적이 있다. 그때의 기억이 불현듯 떠올랐던 것이다.

가게에 들어가 메뉴판을 들여다보다가 슌스케는 중얼거렸다.

"꽤 비싸네. 이 정도만 시키고 나머지는 집에 돌아가서……"

슌스케는 말을 잇다가 아차 싶었다. 아니나 다를까, 도키코의 얼굴이 구겨지기 시작했다.

"그럴 거면 나가면 되잖아?"

밖으로 나오자 도키코는 트집 잡듯이 입을 열었다.

"다른 괜찮은 식당은 없어?"

"당신 입에 맞을지는 모르겠는데, 롯폰기 근처 중국집이 괜찮아. 아니면 집에 가서 먹어도 좋고."

"싫어!"

그녀는 거칠게 소리쳤다.

"당신은 정말이지 아무 데도 모르는구나."

도키코는 당장 울음이라도 터뜨릴 것 같았다.

"그럼 거기라도 가자."

"됐어. 이제 돌아가! 하나도 재미없어!"

"그럼 택시를 잡자. 차로 돌아가는 거야. 알았지?"

슌스케는 도키코와 외식하는 것이 즐겁지 않았고, 마음이 차분해지지도 않았다. 함께 걸을 때도 그랬다. 마치 적과 함께 있는 것 같았다. 왜 그렇게 생각하는지 스스로도 알 수 없었다. 이는 상대방이 도키코가 아니라도 마찬가지였다. 그는 용무만 마치면 빨리 집에 돌아가서 쉬고 싫어 하는 버릇이 있었다. 그런데 모처럼 여자들을 데리고 밖에서 재미있게 해주려고 마음먹은 오늘 같은 날, 바로 그 버릇이 도지고 말았다. 큰 실수를 저질러버렸다고 후회했지만 이미 엎질러진 물이었고, 슌스케는 "잠깐 기다려"라고 말한 뒤 택시를 잡을 수 있는 곳까지 달려갔다. 이제 그는 남들보다 빨리 택시를 잡아서 가족을 태워야 한다는 보잘것없는 사명에 혈안이 되었다. 이것마저 실패한다면 돌이킬 수 없이 쓸모없는 인간이 되리라는 절박함에 사로잡혔다. 당신은 정말 재미없는 인간이야! 당신은 정말 재미없는 인간이야! 마치 뒤에서 도키코가 그를 가리키며 주변 사람들에게 외치는 것 같았다.

"아, 결국 날 집으로 다시 끌고 왔잖아!"

화난 듯 돌계단을 성큼성큼 걸어 올라가, 집으로 들어가자마자 도키코가 외쳤다.

"재밌게 해주지 못하게 해서 미안하긴 한데, 나라고 딱히 즐거웠던 건 아냐."

"그게 무슨 차이야? 앞으로 내가 하라는 대로 해라, 내가 시키는 대로 해라, 당신은 그렇게 말하는데, 그런 명령 따윈 듣기도 싫어! 미국에서 돌아오면 조금은 달라질지 모른다고 편지에 쓴 것도 다 거짓말이었어! 이번에도 내가 시키는 대로 굴라고 말했지만 당신한테는 그럴 깜냥도 없어. 경솔하게 굴어버리니까! 그 짓에 더는 안 속아!"

"내가 경솔하게 구는 건 상대방을 배려해서 그런 거라고. 하지만 내 입장도 생각해봐. 당신은 다시 집으로 끌고 왔다고 말하는데, 난 외출하면 서로 발을 맞춰야 한다고 생각해. 안 그러면 둘 다 신경이 날카로워지잖아. 일단 당신이 나를 잘 따라오기만 하면, 나도 자신감이 생겨서 두 사람 보조도 잘 맞출 수 있을 것 같단 말이야. 안 그래? 그렇게 생각 안 해?"

노리코는 자기 방으로 도망쳤다.

"그래서 오늘 밤은 뭘 먹겠다는 건데? 응?"

도키코는 애원하듯 말했다.

"난 아무거나 좋아. 중요한 건 우리 가족이 사이좋게 식사하는 거
니까."

"아, 그래서 단란(團欒)함을 먹고 싶다 이거지? 내가 단 한 번이라
도 당신 식사를 소홀하게 준비한 적이 있었어? 그 똥 씹은 표정으로 식
탁에 오는 주제에…… 당신이야말로 그놈의 단란인지 뭔지를 위한 노
력조차도 안 하잖아! 쓸데없는 짓이나 하고, 쓸데없는 얘기나 하면서
하루하루 보내고 있다고!"

그녀는 발을 쿵쿵 굴렀다.

"하지만 당신 쪽이 나보다 오래 살 것 같은데?"

실실 웃으며 대답하면서도, 슌스케는 지금 내뱉은 말을 어떻게 수
습할까 하는 심정에 눈앞이 캄캄했다.

"시간 낭비야, 시간 낭비! 이런 짓을 하면서 시간 낭비만 하고 있
어! 그래, 이렇게 살면 되겠네. 날 괴롭히면서 계속 살던 대로 살면 되
겠네. 돌려줘, 돌려달란 말이야!"

"뭘 돌려달라는 거야. 젊은 시절이라도 되돌려줘?"

슌스케는 크게 소리 내어 웃었다.

"그래, 그렇게 속 편하게 웃고 있어!"

도키코는 주간지를 집어던졌다.

"아니, 내가 웃는 이유는 다름이 아니라……"

슌스케는 자신의 웃음에 무안함을 느꼈지만, 그 기분을 얼버무리려

더욱 웃었다.

"돌려줘! 내 젊은 시절 다 돌려달란 말이야! 내가 말하고 있잖아!"

'내가 말하고 있잖아'라는 말에, 슌스케는 아예 웃음을 터뜨리고 말았다. 그는 도키코가 가끔 성형 수술을 받았던 것을 떠올렸다. 그녀는 슌스케가 미국에 출장 가기 3주 전에 마지막 수술을 받았는데, 배로 남편을 배웅하기 전에 뺨의 굵은 주름을 지우고 싶었기 때문이다. 수술이 끝나고 돌아온 그녀는 마스크를 벗어 얼굴을 슌스케에게 보여주었다. 주사를 맞은 자리는 주름이 사라진 대신, 피부가 비정상적으로 부풀어 올라 있었다. 그 후에도 그녀는 치과에서 치료를 받았지만, 치료에 문제가 생기는 바람에 입 언저리가 다른 사람처럼 변해버리고 말았다.

"당신은 아직 젊잖아. 그리고 나도 당신이랑 얼마나 오래 살았는데. 나도 당연히 내 젊음을 돌려달라고 말하고 싶은걸. 그렇지만 누구와 살아도 젊은 시절은 지나가버리는 법이야."

거기까지 말한 다음, 그는 슬쩍 화제를 돌렸다.

"자, 이제 뭔가 먹자."

슌스케의 마지막 한마디에 도키코의 얼굴이 더더욱 일그러졌다.

"항상 그렇게 말하면서 날 괴롭혀!"

그녀는 고통스럽게 말했다.

"당신은 그런 사람이야! 그렇게 남을 신나게 괴롭히고, 울려댄 다음에는 자기 혼자 기분이 풀어져서 밥이나 먹자는 둥, 당신은 예쁘다는 둥, 아첨이나 떨어대!"

"그건 아니야."

슌스케는 아내에게 다가가 어깨에 손을 올렸다.

"이제 그만하자."

그 말에 도키코의 입가가 일그러졌다. 사나워진 눈이 그를 노려보았다. 화해할 때 항상 그랬던 것처럼, 슌스케는 갑자기 한 옥타브 낮아진 슬픈 목소리를 냈다.

일요일 늦은 아침, 집 안이 소란스러워졌다.

슌스케는 일부러 꾸물거리면서 방에서 나온 다음, 걸레로 맹렬하게 마루를 닦는 도키코의 뒤에 섰다.

"그렇게 무리하지 마."

"이걸 그냥 놔두라고? 이렇게 지저분한데 이걸 놔두라고?"

그녀의 잡아먹을 듯한 기세에 슌스케는 웃었다.

"꼭 해야 하는 거라면 다른 사람들이 하면 되니까 쉬고 있어. 이 정도는 당신이 할 필요도 없어. 아이들이나 나도 할 수 있는 일이니까 괜찮아."

그렇게 말한 것이 더욱 심기에 거슬렸는지, 도키코는 한층 더 힘을 주고 씩씩대면서 마루를 박박 닦았다.

"됐다니까! 당신은 쉬고 있어. 애들아, 이리 좀 와라."

슌스케는 아이들을 불렀다. 그는 물에 적신 걸레를 두세 개 더 가져오고 아이들에게 나눠준 다음, 솔선수범해서 마루를 닦기 시작했다. 도키코는 잔뜩 심술 난 표정으로 그 광경을 지켜보았다.

"그런 식으로 닦을 거면 아예 하지 마. 정말이지 내가 없으면 제대로 하는 게 없다니까! 됐으니까 그만해!"

"아니, 그렇다고 그만두면 안 되지. 더 세게 짠 다음에 닦으라는 소리지? 그럼 그렇게 할 테니까 나한테 맡겨두고 쉬고 있어."

"됐다니까! 됐다는 말 안 들려?"

'아, 바로 이거라니까'라고 슌스케는 생각했다. 아내의 이런 모습이 자신을 망가뜨려버렸다. 가족들은 경쟁하듯 걸레질을 계속했지만, 곧 슌스케와 아이들은 걸레질을 그만두고 멍청히 서 있게 되었다. 더러운 것보다 이런 상황이 더 문제라는 생각이 들었지만, 굳이 입 밖으로 내지는 않았다. 그걸 말했다간 더 큰 난리가 날 것 같았다.

"오늘만 이래봐야 뭐가 달라지겠어."

뒤돌아본 도키코의 얼굴은 얼음처럼 차가웠다.

"우리 마음에 쏙 드는 가정부가 그렇게 많지는 않을 거야. 그래도 다 같이 하면 못 할 일도 없어. 오늘만 그러는 게 아니라 앞으로도 이렇게 할 수 있을 거야."

"말은 누가 못 해."

그녀는 힘겹게 한숨을 내쉬었다.

"그렇게 정해진 것도 아니잖아."

"난 당신에게 두 번 다시 안 속아. 집안일은 내가 하지 않으면 아무도 대신 책임져주지 않는단 말야."

"아니, 그러니까……"

슌스케가 다시 걸레질을 시작했다.

"내놔!"

도키코는 냉큼 걸레를 빼앗았다.

도키코의 이런 행동을 보고 있으면, 슌스케는 지금까지 자신의 행동이며 생각이 죄다 속 편한 짓에 불과했다는 생각마저 들었다. 아내의 행동은 '그 남자'가 말했듯이, 어딘지 꺼림칙한 데가 있었다.

"정말로 필요하다면, 앞으로는 가정부보다는 집에서 숙식하는 식모를 고용하자. 중년 여자는 집에 들여놓기 좀 그렇지? 예전처럼 신문에 광고를 내서 사람을 찾아보자. 시도라도 해보지 않고선 모르잖아? 이번에 사람을 구할 때는 직접 집에도 찾아가보거나 다른 방법을 동원해서라도 믿음직한 사람을 구하는 거야. 일단 그렇게 해보자. 그러니까 제발 그 정도만 하자, 응?"

"안 돼. 믿음직한 사람이란 건 어디에도 없어. 지금까지 만나온 사람들도 죄다 쓸모없었잖아? 그리고 다른 집도 괜찮은 사람을 찾고 있는 판인데?"

"그럴 리 없어. 당신이 그렇게 생각할 뿐이야. 우리 집도 예전에는 남들 눈에 좋아 보였을 거야. 우선 좋은 사람을 찾을 수 있도록 노력해보자."

그렇게 말하면서 이제 괜찮을 거라는 생각이 들었다. 자신의 입에서 조리 있는 말이 나오는 것만으로도 안도감이 들었다. 그래서 슌스케는 여유를 되찾고, 냉정하게 도키코를 바라볼 수 있었다.

결국 그들은 식모 구인 글을 신문에 실었다. 미치요 역시 도키코가 구인 글을 몇 번이나 올려서 구한 사람이었다. 그러나 일이 착착 진행되어도 도키코는 좀처럼 만족스러운 표정을 보이지 않았다.

슌스케는 예전에 강연이 끝나고 들렀던 의원에 가서 주사를 맞기로 했다.

"요즘은 나뭇가지 끝처럼 신경이 날카로워진 기분이 듭니다."

그는 의사에게 말했다. 신경은 자신의 것을 두고 하는 말이었다.

"그 정도까지는 아닌 것 같은데요?"

"그런데 그 신경이라는 게, 유독 저만 예민한 구조로 되어 있을 수도 있나요?"

"그럴 수도 있죠."

의사는 비슷한 치료 사례들이 줄줄이 실린 책자를 건네주더니 주변에 소개해달라고 부탁했다. 슌스케는 그 안에서 자신과 아내의 증상과 유사한 사례를 발견했다. 안도 대신 경멸을 느꼈다.

"사실 제 처도 이 팸플릿과 유사한 원인 때문에 그렇게 된 것 같습니다."

"저희한테 한번 데려오시는 건 어떨까요?"

이에 슌스케는 '예'도 '아니요'도 아닌 어중간한 대답을 했다.

"하품을 한다거나 불면 증세를 보이는 건 호르몬 때문만은 아닙니다."

"서로 신경을 곤두세우며 충돌해서 그런 걸까요? 왜 저희 부부만 이렇게 된 걸까요?"

"비슷한 사례는 얼마든지 있죠. 충돌하게 된 이유는 제각각이지만요."

"그렇게 되기 쉬운 경우와 그렇게 되기 힘든 경우가 있나요?"

의사는 그 질문에 대답하지 않았다. 슌스케 또한 침묵을 지켰다. 잠시 후 팔에 주사를 맞았지만, 끝난 뒤에도 그는 일어나지 않았다.

"만약 예민해진 신경을 방치하면 어떻게 되나요?"

진료실 안쪽으로 들어간 의사가 대답했다.

"저의 경우에는 아내와 이혼했죠."

슌스케는 멍하니 앉아 있었다.

그는 앰플을 포장하는 열일곱이나 열여덟 정도 되어 보이는 간호사에게 도움을 요청하듯 말을 걸었다.

"이 약이 잘 듣기는 하나요?"

"네, 잘 듣는 편이에요. 30번 정도 맞으면 대부분 괜찮아지세요."

"그렇군요."

슌스케는 아기가 울기 시작할 때처럼 얼굴을 찌푸렸다. 어쩐지 그 소녀에게서 어머니가 주는 친밀감 같은 것이 느껴졌다.

"어디에 맞는 거야?"

그렇게 말하며 도키코는 허벅지를 내밀었다. 슌스케는 도키코 몫의 주사약도 받아왔다.

"팔보다는 이쪽이 약효가 더 잘 듣지 않겠어?"

그녀는 슌스케의 방에 있었다. 그곳은 미와 가족의 방 중 가장 작았지만, 어느 정도 방음 처리가 되었다. 여름에는 작은 에어컨도 쓸 수 있었다. 방음 처리를 한 것은 슌스케가 소음에 시달리지 않고 효율적으로 일하기 위해서였다. 그 덕에 멀리 떨어진 텔레비전 소리는 들리지 않았지만, 도키코가 거울 앞에서 얼굴을 두드리는 소리나 책을 덮는 소리, 스탠드의 스위치를 누르는 소리, 하품하는 소리는 들렸다.

"직접 놓을래? 의사가 해준 것처럼 쉽지는 않을 거야."

"당신이 놔줘."

도키코는 비명을 질렀다.

"바늘이 너무 두꺼운 거 아냐? 녹이 슬어 있거나 끝이 휘어 있는 걸지도 모르니까 확인해봐!"

"그런가?"

슌스케는 안경을 벗고 바늘을 확인했다. 바늘 끝이 휘어 있었다.

"찌르다가 휘어버린 걸지도 몰라."

"잘 문질러봐. 아얏!"

그녀는 허벅지를 문지르면서 옷자락을 내렸다.

도키코는 남편의 행동을 지켜보았다. 그는 앰풀을 기울여가며 주사기로 약물을 옮겼는데, 기포가 들어가서 생각처럼 잘되지 않았다. 병에 약이 조금 남았지만 그는 신경 쓰지 않고 다리에 주사를 놓았다. 그리고 남아 있던 약을 마저 빨아들여 다른 데 놓았다.

"그게 뭐길래 그렇게 목을 매는 거야."

도키코는 한숨을 쉬었다.

"당신은 아무리 봐도 어린애 같아. 료이치가 버스에 탔을 때 사람 밀쳐가면서 빈자리로 냅다 달려드는 꼴이랑 똑같다니까."

"그럴지도 몰라."

슌스케는 거의 호통치듯 대답했다.

어째서 도키코와 조지를 놔두지 않고 이들의 관계를 끊어버렸을까? 이미 한번 가져버린 관계였다면, 계속되었던들 결과는 크게 달라지지 않았을 게 아닌가. 만약 이들의 관계가 이어졌다면 어떻게 되었을까? 아마 도키코는 예전에 내뱉었던 것처럼, 어딘가 먼 곳으로 도망갔을 것이다. 만약 그렇게 되었다면, 저 둘이 매번 어떠한 사랑을 나누었을지도 궁금했다. 이 또한 그녀가 내뱉은 대로, 완벽할 정도로 즐거운 사랑을 나누었을 것이 틀림없었다. 아, 슌스케는 불쾌하고 형편없는 자신의 협상을 없었던 일로 하고, 저들끼리 충분히 즐기도록 놔둬야 했다고 후회했다.

슌스케 방의 책장, 책상, 방석, 항상 깔려 있는 이불들, 그리고 자신이 입은 잔무늬의 옷. 이것들의 정체는 도대체 무엇인가? 그의 서재 구석구석에는 도키코의 입김이 닿아 있었다. 책상은 어느 날 집을 찾아온 장사꾼이 등에 짊어지고 있던 것이었다. 그 남자는 예전에 왔던 화초

장수처럼 마당을 가로질러 들어왔다. 화초는 어느 날 갑자기 마당에 심어진 뒤, 아직도 싱싱하게 피어 있다. 책상 장수가 방문한 시기는 아마 초봄쯤이었을 것이다. 슌스케가 밖으로 나오니 아내와 책상 장수는 한창 가격을 흥정하는 중이었다. 그리고 이불은 도키코가 직접 솜을 채워 넣어서 만들었다. 솜틀집에서 솜을 틀어준 뒤, 그 커다란 솜 더미를 자전거에 싣고 배달해주던 것이 기억났다.

슌스케는 일어서서 문에 양손을 짚었다. 이 방 밖에는 가족들이 있다. 이 방에 있으면 자신의 지금 상태를 아무에게도 전할 수 없다. 그는 마치 팔굽혀펴기 자세를 세로로 세워놓은 듯한 모습으로 굳어 있었다. 누가 본다면 아주 우스운 자세일 것이다. 문득 슌스케의 머릿속에 '그렇게 해야만 해'라는 생각이 들었다. 그렇게 생각하니 눈앞에 활로가 활짝 열린 것처럼 느껴졌다. 바로 지금, 그렇게 행동해야 한다는 생각이 들었다. 그래서 슌스케는 문을 힘차게 열고 마치 중요한 사건의 결판을 내려는 양 뛰쳐나갔다.

거실에는 도키코가 드러누워서 노리코와 텔레비전을 보고 있었다. 자세히 보니 아내는 자고 있었다. 그녀는 소리만 나면 자는 것 같았다. 미와 슌스케는 자신이 '미와 슌스케'가 아닌 돌멩이보다 못한 존재 같다고 생각하며, 부리나케 거실에 들어갔다.

"어이, 도키코!"

"왜?"

그녀는 눈을 떴다.

"잠깐 와봐."

"여기서 말하면 안 돼?"

"아니, 이리로 오라니까."

그녀는 몹시 귀찮아하면서 몸을 일으켰다.

복도 구석에서 슌스케가 말을 꺼냈다.

"이 집에 더 큰 벽을 세우자."

"벽?"

"집을 둘러싸는 거야."

"벽이라니?"

도키코는 똑같은 말을 다시 반복했다. 어둠 속에서 빛을 찾아 헤매듯, 한 발자국 한 발자국 다가오는 게 느껴졌다.

"더 큰 벽을 세우고 싶다고? 그래, 그럼 어떻게 하면 좋을까?"

"……"

"벽을 더 높게 세우고 싶은 거지?"

강조하듯 같은 말을 반복했다.

"그래, 더 높은 벽을 세우는 거야."

"그런 걸 하느니 차라리."

도키코의 얼굴에 생기가 돌아왔다. 그녀는 바닥을 바라보며 생각에 잠겼다.

"차라리 여기서 이사 가는 게 좋을 것 같아. 아니, 잠깐만."

이제 그녀는 슌스케의 존재를 아예 잊어버린 듯했다.

"차라리 이 집을 다시 만드는 편이 좋을지도 몰라. 벽은 아무래도 상관없잖아?"

"그렇게 할 필요까진 없어."

"아냐, 있어."

그녀는 자신감으로 가득 찬 태도로 밀어붙였다.

"당신, 지금은 벽을 높이고 싶겠지만 나중에는 후회할걸? 당신은 틀림없이 그렇게 되겠지. 서두르면 안 돼. 마음만 앞서서 벽을 고쳤다가는 전부 다 엉망이 되어버릴 거야."

그러더니 갑자기 힘들어하는 표정을 지었다.

"그렇지만 당신이 그렇게 원한다면 벽을 높이는 것도 고려해봐야겠네."

"됐어! 이제 됐어!"

슌스케는 소리 질렀다.

그날 밤 슌스케는 방문을 슬며시 열었다. 그리고 문으로부터 멀리 떨어진 곳에서 자는 아내에게 살금살금 다가갔다. 슌스케는 눈을 감고 아내 곁에 슬며시 누웠다. 잠시 그러고 있었다. 그는 이불 속으로 들어가지 않았다. 그저 여자의 체취를 온몸으로 맡으려는 듯한 자세로 있을 뿐이었다. 그는 아내의 잠든 얼굴 위로 자신의 얼굴을 가까이 들이댔다. 그리고 줄곧 감고 있었던 눈을 뜨고, 아내의 입술에서 코까지 시선을 훑듯이 움직였다. 그러다 크게 뜬 도키코의 눈과 시선이 마주쳤다.

도키코의 시선은 허공을 향하고 있었다. 그녀의 눈이 남편의 얼굴을 잠시 흘깃거리나 싶더니, 다시 허공으로 향했다. 슌스케가 다시 눕자, 도키코는 혼잣말하듯이 중얼거렸다.

"벽 말고 집 안을 고쳐야 해. 저 부엌은 잘못 지었어. 저건 부엌이라고 말하기도 힘든 수준이잖아. 아니, 그 정도의 비용을 들이느니 차라리……"

"아니, 나는 벽이면 충분해. 집을 둘러싸야 해."

똑같은 말을 반복하면서도 슌스케는 아내의 반응을 살폈다. 나는 도키코를 가두고 싶다. 도키코를 가두고, 나와 가족만 생각하게 하고 싶다. 물론 그 말을 입 밖으로 꺼내지는 않았다.

"도키코, 문제는 우리 가족의 생활이야. 어떻게 해야 화목하게 지낼 수 있을지가 중요해."

그의 말을 듣는 둥 마는 둥, 도키코의 시선은 여전히 허공을 헤매고 있었다.

"그럼 아무도 모르는 지역으로 이사 가면 되잖아."

여기를 떠나면 벽도 필요 없다는 의미인 걸까.

"어차피 어디에 가도 벽은 필요해. 안 그러면 먼지도 쉽게 들어오고, 누가 엿볼지도 몰라. 그렇다면 아예 다른 곳으로 이사 가는 게 어때? 응? 그렇게 하자."

도키코의 목소리가 밝아졌다.

"그것도 괜찮겠네."

이렇게 갑작스러운 계획을 들이대는 저 태도 때문에 내 집이 엉망이 되는 거야. 한편으로 슌스케는 생각했다. 이 여자가 이렇게 열정적으로 굴고 이를 위해 나한테 의존할 수밖에 없다면, 그녀의 말을 따르는 것도 나쁘지는 않겠지. 적어도 그동안만큼은 이 여자를 가정에만 몰두하게 할 수 있어.

그녀가 집에 집중하고 있다는 사실에, 벽에 대한 슌스케의 집착은 희미해졌다. 하지만 멍하니 연못만 바라보고 집안일은 팽개쳐놓은 아내의 모습을 상상하자, 또다시 냉정을 잃을 것 같았다. 어떻게든 그녀가 집에만 집중하게 해야 했다. 그러나 이미 도키코는 집에 대해서 골똘히 생각하고 있었다.

"이번에 집을 짓는다면 미국식 중앙난방 시스템이라는 걸 꼭 설치해보자." 그녀는 중얼거렸다.

이런 생각을 하고 있었군.

"그건 지하실에 중유를 주입하면 통풍구를 통해서 방마다 그 열기가 전해지는 시스템이야. 그거라면 추운 밤에 얇은 요 하나만 덮고 잘 수 있어."

이렇게 슌스케가 미국의 지식을 떠들 때, 도키코는 일부러 귀를 기울이지 않았다.

"여름에는 냉방이 가능해야 해. 지금 쓰는 에어컨 같은 것 말고, 더 성능이 좋은 걸로 바꾸는 거야."

"좋네. 피서하러 갈 필요도 없고, 나도 일에 집중할 수 있고, 다들 잠도 푹 잘 수 있겠지."

정작 슌스케는 마음속으로 자연풍이 낫다고 생각하고 있었다. 그런 호텔 같은 집은 비용이 만만찮게 드는 데다가, 민폐가 되지 않더라도 남들 눈치가 보였다.

예전에 미국에서 어떤 농가를 방문했을 때, 슌스케는 그곳 주인의 말에 감동받은 적이 있었다.

"전 에어컨 같은 건 좋아하지 않아요. 자연의 바람이 중요해요."

집주인은 슌스케에게 낡고 작은 선풍기를 빌려줬다. 그 집에 있는 유일한 선풍기였다. 슌스케는 자신이 묵는 페인트칠 된 목조건물 2층의 작은 방에 앉아서 선풍기의 스위치를 켰다. 그 선풍기는 전원을 켜고 2~3분이 지나서야 천천히 작동하는 물건이었는데, 안전망도 달려 있지 않아서 날개를 바깥으로 고스란히 드러낸 채 뱅글뱅글 돌아갔다.

"이 집은 팔아버리고 새로운 땅을 사는 거야."

"새로운 곳은 어디가 좋을까……"

"그건 당신이 알아서 해줄 거지?"

"그럴게."

필사적으로 대답하면서, 슌스케는 이 여자가 도대체 무슨 생각을 하는지 파악하려고 애썼다.

얼마 후, 모자를 쓰고 노란 원피스를 입은 젊은 여성이 구인 광고를 봤다면서 그의 집으로 찾아왔다. 하얗고 동그란 얼굴에 시원시원한 인상이었고, 작고 마른 몸집에 종종걸음으로 걸어 다녔으며, 발은 슬리퍼를 신으면 거의 보이지 않을 정도로 작은 편이었다. 그 여자의 이름은 야마네 마사코였다.

가슴은 작은 데다 실없이 웃어대고, 달리는 모습은 쥐 같다느니 생리를 해도 작은 얼룩만 묻어나는 정도일 거라느니 하는 도키코의 평가가 쏟아졌다. 슌스케는 그 말을 듣는 둥 마는 둥 했다.

"이번에 이사를 가게 되면 좋은 방을 줄게. 그럼 우리 남편을 챙기기도 편할 거야."

가정부에게 늘 그랬듯이, 도키코는 블라우스 두세 장을 마사코에게 선물했다.

부부는 신주쿠에서 오다큐 선으로 약 40분 떨어진, 외진 T 마을의 경사지를 구입했다. 건축가는 경사 지형을 염두에 두고, 유리창이 달리고 냉난방이 완비된 집을 설계했다.

"아예 이 연못을 수영장으로 만들어버리면 어떨까? 옹벽을 활용하면 좋을 것 같아. 아이들이 운동 부족 상태가 되면 큰일이잖아. 바다에 가느라고 들이는 수고에 비하면 이게 더 낫지 않겠어? 그리고 난 산이 싫으니까."

슌스케는 다른 곳을 보며 딴청을 피우지도 못했다. 그녀를 기쁘게 해야 했으니 말이다.

"침실은 어디에 지을 거야?"

"내 방은 계단 밑의 니혼마*야. 위치는 별로 마음에 안 들지만."

그러곤 얼굴을 찌푸렸다. 그녀의 표정이 다시 원래대로 돌아오지 않았다간, 돌이킬 수 없는 일이 벌어질 것이다.

"당신은 작업실에서 자고, 손님이 오면 당신의 침대에서 재우도록 하자."

"그럼 손님이 없을 때에는 그 방에서 자도 좋다는 거지? 그럼 니혼마에는 자물쇠도 달아놔야겠다. 아이들도 이제 다 컸으니까."

"당신 꽤 달라졌네?"

"기왕이면 애들이랑 수영장에서 놀고 싶어."

슌스케는 별안간 낙원이 집 한가운데에 솟아난 듯한 기분이 들었다.

부부는 수영장에서 헤엄치며 장난을 쳤다. 서로를 포옹하면서 잔디 위로 쓰러진 다음, 잠시 그대로 누워 있었다. 그녀의 군살 하나하나가 자신의 군살에 맞닿아 있다는 걸 느꼈지만, 상상 속 슌스케와 아내의 몸은 군살 하나 없이 파릇파릇했다. 마치 용기를 시험하는 것 같았다. 그는 침실에서 아내를 아이처럼 끌어안고 싶었다. 그가 체중이 늘었듯이 도키코 역시 무겁겠지만 말이다. 지금 슌스케는 20대일 때보다 몇 곱절이나, 장밋빛 기운에 취해 있었다. 정다운 대화를 나누자. 소란스러운 건 질색이다. 도란도란 얘기하는 게 더 좋다. 장래를 걱정하는 이야기는 기분이 어수선해지니 피하고 싶고, 둘이 서로를 알게 되기 전에 있던 과거의 이야기며, 옆집은 일이 잘 풀리지 않는다며 수군거려보

---

* 日本間: 다다미(畳), 후스마(襖), 쇼지(障子) 등으로 구성된 일본의 전통식 방을 가리킨다. 와시쓰(和室)와 같은 의미로 사용된다.

자. 그것도 제법 즐겁지 않을까?

슌스케는 도키코를 끌어안고 팔뚝에 입술을 가져다 댔다. 그러자 도키코는 눈을 뜨더니 그를 밀어냈다.

"잠깐, 거기 살살 만져봐."

"여기? 여기 말하는 거지?"

"아파!"

도키코는 얼굴을 찌푸렸다.

그녀는 양쪽 유방을 그에게 내밀었다. 슌스케는 그것을 애무하기 시작했다.

"그렇지만 봐봐. 이렇게 커져 있잖아. 당신 가슴은 정말 아름다워."

그는 점점 흥분했다.

"왼쪽 가슴 있지, 예전에 모유를 그만했을 때 아팠던 적이 있었어. 그런데 요즘은 월경 때 저절로 아파져. 잠깐, 거기야. 지금 만진 거기."

그녀는 눈을 빛내며, 슌스케의 손을 억지로 아픈 부위로 이끌었다.

"월경 전에 가슴이 부었을 때와는 다른 것 같아."

"거봐. 뭔가 있지?"

그녀는 어째서 위대한 발견이라도 한 것처럼 말하는 걸까?

"이건 언제부터 생겼던 거야?"

"잘 모르겠어. 노리코가 학교에서 이런 걸 배워와서 나는 괜찮으냐고 물어보더라고. 그래서 시험 삼아 만져봤더니 이 멍울이 잡혔어. 잡지에는 이것보다 더 작아서 팥 정도 사이즈고, 아프지도 않다고 적혀 있던데……"

"어느 잡지에?"

"저거."

그 잡지는 화장대 위에 있었다. 슌스케가 잡지를 펼쳤지만, 손에 잡힌 멍울이 아내가 두려워하는 병인지는 알 수 없었다. 잡지 내용이 지나치게 두루뭉술한 탓이었다.

"내가 암이라니 말도 안 돼. 친정에는 그런 사람이 한 명도 없었고, 나는 지금 건강하단 말이야. 게다가 생리 양도 남들보다 많은 편이야. 집에 온 가정부들보다 더!"

"그럴 거야. 그럼, 그렇고말고."

슌스케는 열심히 외쳤다.

미와 일가는 새집을 세우기 위해 지금 사는 집을 비우기로 했다. 새집 공사가 그다지 순조롭게 진행되지 않았던 탓에, 미와 일가는 T 마을에 임시로 살 집을 구해야 했다. 그 집은 예전에 어떤 회사가 기숙사로 사용한 곳이었다. 이삿짐은 트럭 세 대에 나누어서 옮겼다. 이사 내내 이들의 애견은 미친 듯이 짖어댔고, 트럭에 태우자 료이치의 무릎에 올라앉아 바들바들 떨었다.

병원에서 부부는 바짝 달라붙어 순서를 기다렸다.

옆에 있는 어떤 환자가 설문지에 무언가를 적고 있었다. 슌스케는 그 내용을 엿보면서 점차 오한을 느꼈다. 그 설문지의 질문 항목 내용은 매우 자세했는데, 그중 '애무' 항목이 있었고 '완전, 보통, 불완전' 세 가지 선택지 중 하나에 동그라미로 체크해야 했다. 도키코 역시 예전에 혼자서 진찰을 받았을 때 이 설문지를 작성했을 것이다. 그때 그녀는 어떤 대답을 했을까?

의사가 수술실 앞에 서 있는 슌스케를 불렀다.

"부인은 암입니다. 모르셨습니까?"

"네, 몰랐습니다."

"모르셨나요? 유방을 많이 절제해야 할 겁니다. 그럼 실례하겠습니다."

세 시간이 흐르고, 슌스케 앞에 아내가 돌아왔다. 그는 참담한 심경으로, 간호사와 함께 아내의 옷매무새를 고쳐주었다. 그는 남편이니까 그녀의 곁에 있는 것이다. 지금 두 사람은 누가 보아도 영락없는 남편과 아내였다. 도키코는 중대한 순간에 시선을 슬쩍 돌린다면서 슌스케에게 여러 번 화를 낸 적이 있었다. 그랬던 그녀의 눈이, 지금은 힘없이 풀려서 간신히 초점이 돌아오던 참이었다.

"괜찮대."

"괜찮다니, 뭐가?"

"환부는 깨끗하게 절제했으니까, 앞으로 별일 없을 거라고 했어."

"난 그런 병 안 걸렸어."

"당신 말이 맞아. 악성 종양만 아니라면 괜찮을 거야. 아마 병실을 비우려는 의사들 구실이겠지. 그 사람들은 자기들끼리 병실을 갖고 다투고 있으니까."

이번에는 아까와는 다른 의사가 그를 복도로 불렀다.

"종양 크기가 꽤 크더군요. 지방이 깨끗하게 둘러싸고 있었지만 말이에요."

"역시 암인가요? 제가 듣기로 아내는 유선증(乳腺症)이라고 진단받았다는데요."

"저기, 미와 씨. 처음에 진료했을 때 아내분만 오셨다면서요?"

"네."

"그걸 본인에게 어떻게 말합니까. 그 정도도 알지 못하세요? 보통은 남편에게만 사실을 알리고, 아내분을 포함한 다른 가족들에게는 알리지 않아요. 실례지만 그때 선생님은 뭘 하고 계셨습니까?"

"일로 바빴습니다. 좀처럼 손을 뗄 수 없었고요. 게다가 당분간은 일을 계속해야 해요…… 사실 집을 지어야 해서…… 어떻게 해서든 일을 해야…… 돈을……"

"지금 집 짓는 게 가장 중요한 일이 아니잖습니까. 지금 당장 살 집이 없는 것도 아니잖아요? 저도 집을 지은 적이 있긴 하지만, 미와 씨는 마치 집 짓는 것도 아무래도 좋다고 생각하는 것처럼 느껴져요. 지금 이러신다고 원하는 대로 집이 지어질 리 없잖습니까. 저는 부인분의 유방을 절제하긴 했어도 직접 부탁을 받은 의사는 아니고, 책임자인 부장도 아닌데요. 그래도 부인분을 혼자 둬선 안 된다는 것 정도는 알아요. 혹시 부인께서 혼자서 가겠다고 말하셨어요?"

'이 남자, 사례금 같은 걸 받지 못해서 이러는 건가?' 슌스케는 속으로 생각했다.

"물론 제 처가 그렇게 말하긴 했습니다."

"그거 좋지 않은 얘기예요. 선생님의 도움이 필요한 상황이라고요. 그리고 왜 저 지경이 될 때까지 방치해두신 거예요? 듣기로는 증세를 알아챈 지 벌써 석 달이나 되었다면서요. 저는 인텔리라고 하는 사람들 중에서도 선생님 같은 분은 일찍이 본 적이 없어요. 게다가 유방암은 겉으로 증세가 드러나서 비교적 알아채기도 쉬운 병이라고요! 세 달 동안 도대체 뭘 하고 계셨어요? 부인분과 그런 얘기는 나누지도 않으신 거예요?"

"한두 번 정도 다른 병원에도 가봤는데, 아내가 철석같이 유선증일 거라고 믿고 있길래……"

"그때도 선생님은 동행하지 않으셨던 거죠?"

"네에."

슌스케는 작게 고개를 끄덕였다.

"거참 이해할 수 없는 사람이네!"

의사는 몹시 화가 나 있었다.

"혹시 재발 위험은 있나요?"

"깨끗하게 절제했으니 괜찮을 거라고 생각은 합니다. 하지만 앞으로 제대로 치료를 해야 하고, 100퍼센트 안전하다고 할 수도 없어요. 조기 발견이 늦었으니까요!"

의사는 딱 잘라 말했다.

미와 슌스케는 계속 병실에 묵었다. 잘 때는 아내의 침대 밑에 있는 보조 침대와 대여한 이불을 사용했다.

"여보."

"어, 왜?"

그는 대낮부터 침대에 누워 있었다.

"잠깐 여기 좀 주물러줘. 팔이 저려서 힘들어."

"팔이 저린 건 붕대 때문인데, 상처를 빨리 낫게 하려고……"

"나도 알아! 별소릴 다 하네. 쓸데없는 소리 말고 어떻게 좀 해봐. 난 폐활량이 남들보다 많아서 이렇게 꽉 압박하면 힘들단 말이야."

슌스케는 일어나 팔을 주물렀다. 아무리 시간이 지나도 아내의 입에서 '이제 됐어'라는 말이 떨어지지 않았다. 거의 한 시간이 지났다. 슌스케는 눈을 감고, 가끔 뜨고, 다시 감고, 그리고 이쪽을 바라보고, 다시 눈을 감는 그녀를 곁눈질했다. 이윽고 두 사람은 허탈하게 웃었다.

"어휴, 우린 지금 대체 뭘 하고 있는 걸까?"

"당신은 날 주무르고, 난 당신을 노려보고 있지."

"노려보지 마."

"여보."

"왜."

"나 빨리 목욕하고 싶어……"

그는 고개를 끄덕이고, 다시 팔을 주물러주었다.

"그리고 있지, 다리 쪽 옷자락도 손질 좀 해줄래? 내가 원시인 같은 꼴을 하고 수술대 위에 누워 있었다고 생각하니 창피해 죽겠어."

환자복 허리띠를 두고 하는 말이었다. 허리띠가 느슨해지는 바람에 도키코는 거의 알몸이나 다름없었다. 그는 최대한 시간을 끌면서 옷을 정리하고, 배에 슬며시 입을 맞추었다.

도키코는 입을 다물고 있었다. 그녀가 무슨 생각을 하고 있는 건지 신경 쓰였다. 슌스케가 이불을 덮어줄 때 도키코가 다시 입을 열었다.

"나 지금은 그럴 생각 전혀 없어. 그렇지만 3주 지나서 목욕하고 난 후에는 할 수 있을 거야."

"아아, 그런 건 아무래도 괜찮아."

"대중목욕탕 같은 데는 싫어. 이런 꼴로 거길 어떻게 가. 빨리 집이나 완성해줘. 당신이 꺼낸 얘기니까 당신이 마무리 지어야지."

"그 일꾼 녀석들이 게으름을 어지간히 피워야 말이지."

문이 열렸다. 료이치가 병실로 들어왔는데, 어째 얼굴을 잔뜩 찌푸리고 있었다.

"아빠 식사 좀 하고 오마. 일 때문에 회의도 하고 잠깐 산책도 해야겠어. 두 시간 정도 걸릴 텐데 괜찮겠니?"

"그 정도는 괜찮아. 돌아오긴 할 거지?"

"당연하지. 두 시간만 기다려."

료이치는 의심스러운 눈길로 그를 올려다보았다.

그는 국숫집에서 끼니를 때운 뒤, 과일 가게에서 주부들과 한데 섞여 부탁받은 과일을 샀다.

"가장 좋은 귤과 사과로 주세요."

"네네, 가장 좋은 귤과 사과 말이죠?"

낡은 주간지로 만든 종이봉투를 든 슌스케는 어떤 가게의 서양식 욕조에 시선을 빼앗겼다. 맑은 하늘의 햇빛이 욕조에 은은한 그림자를 드리우고 있었다.

"저거, 때는 덜 끼는 편입니까?"

슌스케는 점원에게 물어보았다.

"조금 끼긴 하지만 보온 효과가 아주 탁월합니다."

"보니까 온수랑 냉수가 수도꼭지 하나에서 나오는 모양인데, 압력 때문에 역류하지는 않나요?"

"절대로 그런 일 없습니다. 워터 해머 방지 처리도 되어 있고요. 이 욕조에 관심 있으신가요?"

"그렇긴 한데, 언제 사게 될지는 모르겠습니다."

"사시는 곳은?"

"오다큐의 T 마을입니다."

"아, 거기 참 살기 좋은 데죠."

"아니, 딱히 좋거나 나쁘지도 않습니다. 좋은 데라든가 나쁜 데라든가, 그런 곳은 없어요."

"지금은 어떤 욕조를 사용하시죠?"

"지금? 지금 집에는 욕조가 없어요. 임시로 사는 곳이라서요. 그건 그렇고 1인용으로 쓰기에도 너무 작지 않아요?"

"두 사람이 동시에 들어가지 않는 이상 문제없습니다."

"누가 둘이 들어간답니까? 욕조에 이상이 생기는 게 곤란하다는 겁니다. 그렇게 되면 곤란하다고요."

"물론이죠, 손님."

"물론은 무슨!"

슌스케는 말꼬리를 잡고 늘어졌다. 갑자기 분노가 치밀어 올랐다.

"목욕은 좋아하십니까?"

"딱히 좋아하는 건 아닙니다."

"그럼 사모님께서는 좋아하시나요?"

"제 처 말입니까? 목욕을 좋아하진 않습니다. 우린 목욕을 좋아해서 목욕을 하는 게 아니라고요!"

슌스케가 병원에 돌아오자, 머리를 감싸 쥐고 있던 아들이 일어났다.

"당신이 가자마자 수혈을 한 시간이나 했어. 그다음에는 다른 주사를 한 시간 더 맞았고."

"나 돌아갈게."

성인에 가까워진 아들이 병실에서 나갔다.

"여보."

"왜."

"병실에 쟤가 있는 걸 보자마자 간호사 표정이 변하더라."

슌스케는 일주일 동안 병실에서 지낸 후, 집으로 돌아왔다. 그 후에는 틈틈이 병문안을 가고 금방 발길을 돌렸다. 그가 가지 않을 때에는 아들이 대신 방문했다. 어느 날 아들이 돌아와서 말을 꺼냈다.

"엄마가 말하더라. 아빠는 다른 사람이 병문안 오면 그걸 핑계 삼아 슬쩍 돌아간다면서, 그 말 잊지 말고 전해달라고 했어."

"그러냐?"

"그리고 욕조가 있는 특실로 옮겼다가 퇴원하고 싶대."

"하루에 5,000엔이나 하는데?"

"그야 특실이니까, 라던데."

"……"

"그리고 '그것'도 가져오라고 했어."

"그래, 알겠다."

생리용품을 가리키는 것이다.

슌스케는 다음 날 병원에 들러서, 특실이 비어 있는지 물어보았다. 다행히 빈방이 있는 모양이었다. 병실에 가보니 도키코가 침대에 누워 있었고, 남편이 다가오자 머리만 돌려서 그를 바라보았다. '드디어 왔구나, 뭐라고 쏘아붙일까'라는 듯한 분위기가 풍겨왔다.

"욕조 딸린 특실은 3층이래."

그녀는 남편의 기분을 살피는 듯했지만 아무 말도 꺼내지 않았다.

"어떤 욕조일까?"

"몰라."

"그 방으로 옮길래? 지금 비어 있다는데."

"특실이라고 해도 어차피 이런 곳에서 좋은 일이 있겠어? 난 밖에 있는 목욕탕에는 절대로 안 들어갈 거야. 새집이 세워질 때까지 어느 목욕탕에도 안 들어갈 거니까 그런 줄 알아."

그러고는 남편의 눈을 똑바로 쳐다보더니 "자기 자식에게 생리용품 가져오라는 말을 하게 시켜? 당신 정말 머리가 어떻게 된 거 아냐?"라고 말했다.

슌스케가 슈트 케이스에 짐을 다 싼 뒤, 부부는 차에 탔다. 도키코는 좌석에 드러누워서 줄곧 잠을 잤다. 슌스케는 마음속으로 혼잣말을 했는데, 어느새 자신의 목소리가 미치요의 것이 되어 있었다.

"사모님, 서양 사람들은 있잖아요, 관계를 가질 때는 여자를 기쁘게 하려고 엄청나게 신경 쓴대요. 서양 사람에 비하면 일본인은 아무것도 아닐 정도래요. 다 끝난 다음에 서양인들이 무슨 대화를 나누는지 사모님은 알고 계시나요? 뭐, 일본인도 평소에 그런 얘기를 하는 사람이 없지는 않지만, 그걸 하고 난 다음에는 있을 수 없는 일이죠. 서양인들은 있죠, 요트를 타고 섬에 가서 둘이서 살자거나, 맛있는 식사를 하자고 한다거나, 그런 이야기를 잔뜩 한대요. 게다가 중년 남자만 그러는 게 아니래요. 젊은 애들도 꽤 그러나 봐요. 죄다 그런 이야기를 한다는 거 있죠?"

"왜 이 병에 걸린 거지? 왜 그 사건이 벌어진 거지? 이 병 때문에 그 사건이 벌어졌나? 아니면 둘 다 아무 관계없는 일이었을지도 몰라. 혹시 둘 다 나 때문인 걸까?"

차는 그들이 얼마 전까지 살던 집 근처에 도착했다.

"이런, 여기가 아니에요."

택시 운전사에게 말을 거는 소리에 도키코가 잠에서 깨어 밖을 둘러보았다.

"왜 그래?"

"여기가 아니에요, 기사님. T 마을입니다."

슌스케가 깜빡 착각하는 바람에 예전에 살던 집 주소를 알려주고, 길 안내까지 해버렸다. 예전 집은 전부 허물어져 담벼락으로 둘러싸인 땅 외에는 아무것도 남아 있지 않았다. 운전사는 슌스케의 말을 듣고 담벼락 곁에 차를 세웠다.

"당신 왜 그래?"

도키코가 반복하듯 말했다.

아, 젊을 때 헤어질 걸 그랬어. 나와 결혼하지 않으면 좋았을 것을. 슌스케는 생각했다.

어느 날 오후, 도키코가 집에 온 손님을 대접하고 있을 때의 일이다. 복도에서 계단으로 향하던 슌스케는 아들의 방문이 열려 있는 것을 발견했다. 안을 들여다보니 아들이 가정부 마사코를 안고 있었다. 마사코의 몸이 료이치가 드리운 그늘에 가려져 있었다.

슌스케는 조용히 오던 길로 되돌아가 도키코를 불렀다. 그녀가 잔뜩 신난 표정으로 따라 나왔다.

"아이들 좀 보고 와줘."

슌스케는 그렇게 말하고는, 다시 복도를 거쳐 계단을 내려갔다. 그가 계단을 내려간 순간 도키코가 소리를 질러댔다.

"둘이서 뭐 하는 거야! 당장 나와!"

그는 부엌에 볼일이라도 있는 양 걸어 들어간 뒤, 수돗물을 받아 마셨다. 아들이 잠자코 내려와 신발을 신고 나가는 기척이 느껴졌다.

도키코가 슌스케가 있는 곳에 돌아와 앉았다.

"어디 갔어?"

아들을 두고 하는 말이었다.

"나간 것 같아."

"그렇군."

이제 그녀는 진정한 것 같았다.

"저 여자애한테 왜 그런 짓을 했느냐고 물었더니 '저는 료이치 군이 좋아요'라고 말하지 뭐야. 그냥 충동적으로 저지른 게 아니라느니 뭐니 하면서."

"도대체 어느 틈에 그렇게 된 거야?"

두 사람이 집을 비운 사이에 시작된 걸까.

"그래서 내가 말했어. 너한테 무슨 일이 생기면 내가 무슨 낯으로 네 가족들을 보겠니? 잘 들어. 우리 아들 하는 거 봤지? 만약 내 아들이 너를 진지하게 좋아했다면 내가 이렇게 너를 꾸짖을 때 옆에서 네 편을 들어주려고 집에 남아 있었을 거야. 내가 저 아이를 오랫동안 키워와서 장담하는 건데, 쟤는 지금 네가 본 것처럼 책임감 없는 애야. 진지하긴 무슨, 바보 같은 소리 하고 있네. 이런 생각이나 하고 있겠지? 이렇게 말해줬더니 저 여자애가 글쎄, 웃더라고. 료이치 군에 대해서는 제가 더 잘 알고 있어요, 라면서."

그러더니 도키코는 웃기 시작했다. 슌스케는 흠칫 놀라 그녀를 바라봤다.

도키코는 그럴 거면 내일이라도 상관없으니 당장 나가라고 말한 모양이었다.

"우리 집에서 감히 저런 짓을 하다니! '좋아한다'고? 어디서 새파란 계집애가! 당신은 내일 저 아이를 당장 집으로 돌려보내. 료이치와 또 무슨 말을 할지 모르니까."

도키코의 말에 슌스케는 지당하다는 듯 고개를 끄덕였다.

다음 날 아침, 도키코는 T 마을의 병원으로 향하면서 마사코와 그녀의 짐을 실었다. 도키코는 방사선 치료 때문에 매일 그 병원에 다녔다. 병원에 도착해서 도키코가 내리자, 마사코는 흠칫하더니 그녀를 바라보았다. 그러나 도키코는 아무 말도 하지 않았다. 마사코는 잠시 후 경련하듯 흐느끼는가 싶더니, 채 1분도 지나지 않아 울음을 그쳤다. 슌스케는 가장 가까운 T 역까지 마사코를 태워준 뒤 짐을 그녀의 시골집으로 부쳤다. 짐이 마사코의 손에 닿지 않는 데까지 옮겨지는 걸 지켜본 다음, 그는 "건강히 잘 지내거라" 하고 작별 인사를 건넸다. 마사코는 처음 집에 왔을 때와 달리 일상복 차림이었다. 마사코는 원망스럽다는 듯이 그를 바라보았다.

슌스케가 집에 돌아오자 도키코가 말을 꺼냈다.

"제대로 된 집이 없으면 별일이 다 생긴다니까."

그런데 이튿날이 되자, 마사코가 돌아왔다. 슌스케는 남몰래 기뻐했다.

"료이치 씨와의 관계는 제가 착각한 게 아니라고 생각해요. 그렇지만 저는 사모님이 좋으니까 여기에 계속 있게 해주시면 안 될까요? 사모님께서 말씀하시는 대로 잘 따르면서 지낼게요."

"얘, 이게 다 널 위해서 그런 거야." 도키코는 말했다. "여보, 어떻게 했으면 좋겠어?"

"나야 애초부터 료이치가 마음에 들지 않았을 뿐이니 아무래도 좋아."

슌스케는 대답했다.

"그 대신 재봉을 배우게 해주실 수 있을까요?"

마사코가 없다면 앞으로 집안 꼴이 난장판이 되리라는 점에서 부부의 의견은 일치했다.

그날 오후 료이치가 돌아왔지만, 마사코는 태연한 얼굴로 일부러 그의 앞을 지나치더니 평소대로 일하기 시작했다.

4월이 되어 이사 간 새집은 수세식 변소 두 군데에서 나는 소음, 음식물 쓰레기 처리기 소리, 가스보일러 소리, 수세식 변소의 물이 내려간 상태로 방치되면 작동하는 커다란 펌프의 질질 끄는 듯한 소음, 정화조에서 나는 모터의 신음 비슷한 요란한 소리로 가득했다. 비가 오면 빗물이 베란다를 통해 거실로 흘러 들어가 몇 군데나 물이 샜다. 심지어 도키코가 자는 니혼마까지 빗물이 흘러 들어가기도 했고, 그녀는 불이라도 난 양 소리를 질러댔다. 일단 비가 새는 곳을 보수했지만, 문제를 근본적으로 해결하지 않았기 때문에 누수는 계속되었다.

도키코는 토토*의 분홍색 욕조와 수세식 변소가 딸린 욕실에서 알몸으로 나오더니, 잔뜩 화가 난 기색으로 방에 들어왔다. 그러고는 한쪽 가슴을 손으로 가리고 거울 앞에 앉아 한동안 자기 몸을 들여다보았다. 그러더니 베란다에 있는 남편을 불렀다. 슌스케는 특수 퍼티를 균열에 바르거나 화단으로 사용할 상자를 만드는 등, 틈만 나면 집안일에 매달렸다.

"여기 살짝 눌러봐."

"어디? 여기 말하는 거야?"

"딱딱한 거 만져지지?"

희미하게 남은 근육 쪽에, 무언가 혹 같은 것이 슬쩍 올라와 있었다.

---

* TOTO: 욕실, 화장실 제품을 주력으로 하는 일본의 제조사.

"저 병원의 방사선은 효과가 없는 게 틀림없어. 기계가 낡아빠졌으니 당연히 효과가 없겠지. 이곳으로 이사 오는 게 아니었어. 차라리 그냥 도심에서 살 걸 그랬어. 게다가 이 집 꼴 하고는! 이번에는 정말로 실수한 것 같아. 어휴, 당신은 또 뭘 생각하고 있는 거야?"

그녀는 한숨을 쉬었다.

"뭐냐니, 집 생각이지. 설계사나 인부에게만 맡겨둘 수 없잖아. 어떻게 해서든 집을 살 만하게 꾸며놔야지. 그리고 드는 비용도 생각해야 하고."

며칠 후 슌스케가 집에 돌아오자, 도키코가 가슴을 움켜쥔 채 쉬고 있었다.

"또 절제했어."

그렇게 말하고는 슌스케의 눈을 사납게 바라보았다.

"눈 돌리지 마."

슌스케가 슬며시 웃음을 흘리자 도키코는 "여기 와봐"라고 말했다. 가까이 다가가자 "여기를 잘랐어. 맞아, 여기 말이야"라고 말했다. 어린이에게 유방의 위치를 가르쳐주는 것 같았다. 이 정도 힘이 남아 있는 게 신기하네, 라고 슌스케가 생각하는 사이에 그를 끌어당기더니, 누워 있어서 천장으로 향한 멀쩡한 유방 쪽을 만지게 했다.

"그냥 쉬어. 오늘 수술했잖아?"

슌스케는 그녀를 나무랐다.

여름의 어느 날, 슌스케가 귀가하니 미치요와 도키코, 료이치가 즐겁게 대화를 나누고 있었다. 미치요는 곧 열 살이 될 남자아이를 데려왔는데, 그 아이가 료이치를 몹시 잘 따랐다. 슌스케는 응접실을 겸한 거실에 들어가버리는 바람에, 자기 방에 숨을 기회를 놓치고 말았다.

부부는 료이치가 몇 번인가 미치요의 집에 놀러 간 적이 있다는 것을 알고 있었지만, 슌스케도 도키코도 이에 대해 뭐라 하지 않았다. 만약 료이치를 막는다면, 자신들이 그 사건에 아직도 신경 쓰고 있다고 서로에게 광고하는 것과 다름없었다. 게다가 료이치도 부모에게 어떤 심각한 일이 벌어졌음을 알아채고, 무슨 일이 벌어졌는지 캐물을 것이다. 이제 이들의 아들은 뚜렷한 이유가 없으면 말을 듣지 않는 나이가 되었다.

"근사한 집이 생기셨네요. 정말 축하드려요."

슌스케에게 인사하는 미치요는 예전보다 조금 더 살이 쪄 있었다. 도키코도 아무 일 없었던 것처럼 굴었다. 안 그래도 아파트가 좁은데 살까지 쪄서 돌아다니기 더욱 불편하다느니, 신경통 때문에 일도 못 하니 더더욱 살이 쪘다느니 하는 이야기를 계속하다가 "어쩜 좋아요, 사모님이 부탁을 하셔도 일을 도울 수가 없을 것 같아요"라고 말했다.

"괜찮아요. 지금 마사코라고 하는 가정부가 있거든요."

도키코가 대답했다. 가만히 웃으며 그 대화를 듣던 슌스케는 불현듯 이 여자를 다시 집에 들여놓고 싶다는 생각을 했다.

"조지한테도 이 집을 보여주고 싶네요." 료이치가 말했다.

아들의 설명에 의하면, 조지는 제대 후 어쩌다가 손에 들어온 유산 덕분에 도쿄의 무역상사에서 일하게 되었으며, 주변 평판도 좋은 편이라고 했다.

"지금도 그 얘기를 하던 참인데요. 그 아이에게 베란다에 꽃도 가득 핀 이 서양식 집을 보여주면 어떨까, 하고 이야기를 나누고 있었답니다."

미치요는 평소처럼 태연자약하게 슌스케에게 말했다.

"꽤 벌이가 좋은가 봐? 제법이네."

도키코가 말하면서 슌스케를 바라보았다.

"우리도 앞으로 많이 벌어야 할 거예요. 이 집도 대출로 지은 거거든요. 유지비만 해도 만만찮으니 '아빠'가 힘 좀 내줘야 해요."

도키코는 병에 대해서는 언급하지 않았다.

"그렇게 바쁘면 여기 오기도 쉽지 않겠지. 사실 이 건물은 싸구려 일본 문화를 재현해놓은 모조품 같은 거야. 꽃을 심고 나서야 비로소 사람 사는 집 꼴을 갖췄어."

"아! 수영장이 있었으면 좋았을 텐데."

료이치가 투정을 부렸다.

"설마 오지 않겠다고 하는 건 아니겠죠?" 도키코가 말했다. "이미 몇 번이나 우리 집에 놀러 왔는데, 이번에도 축하 겸 놀러 오면 좋잖아요."

"그래. 식사도 대접해줄 수 있고." 슌스케가 말했다.

"그럼 내가 부를게. 전화를 걸거나 직접 찾아가거나 할 테니까."

"그럴 땐 '아버지도 원하고 계세요'라고 말하는 게 좋아."

슌스케는 도키코가 무슨 꿍꿍이인지 짐작조차 할 수 없었다. 하지만 그는 아내의 비위를 맞추는 버릇이 들어 있었다. 그러니 지금 도키코가 태연하게 행동한다면 자신도 그녀를 따르는 편이 가장 적절할 것 같았다. 그러지 않으면 미치요 앞에서 아직도 부부 관계가 좋지 않다는 걸 광고하는 셈이니 말이다. 만약 그 남자가 집에 오더라도 태연하게 구는 것이 제일 좋을 것이다. '그 짓'이 뭐 어떻단 말인가. 경우에 따라서 사과하는 쪽은 조지가 아닌 자신들일 수도 있지 않겠는가? 만약 조지를 초대하게 된다면 그가 거절할 수 없는 상황을 만들 필요가 있었

100

다. 스스로도 이유는 모르겠지만 그래야만 할 것 같았다. 거절당한다면 도키코는 자신감을 잃게 될 것이다. 한쪽 가슴을 절제하기까지 한 마당이니. 료이치가 말한 대로 수영장을 만들어놨더라면 조지 상대로 체면을 지킬 수 있었을 거라는 생각마저 들었다.

슌스케는 신기하게도, 그렇게 생각하면서 뿌듯함을 느꼈다. 혐오하는 사람을 자신의 집에 찾아오게 한다는 데에서 생겨난 말초적 쾌감 때문일까? 물론 그것도 이유이긴 했으나, 그것만이 전부는 아니었다. 자신뿐 아니라 다른 사람 또한 평범하게 살아간다는 것을 실감했고, 조지에게서도 그러한 친근감을 느꼈기 때문이다.

그날 슌스케는 미치요의 아이와 료이치, 노리코를 데리고 근처의 수영장으로 놀러 갔다. 노리코는 슌스케가 자맥질을 할 때마다 '으랏차차'라고 기합 소리를 낸다면서 놀렸다. 딸아이는 아빠가 수영장에서 몸이 제일 뻣뻣한 사람이라고 했다.

그날 밤 도키코는 유독 기분이 좋았고, 복도에서 슌스케의 가슴을 검지로 쿡쿡 찔러대며 그를 당황하게 했다.

"오늘 기분은 어때? 당신도 오늘은 어른이 되어보고 싶지 않아?"

한참 머뭇거리자 도키코는 한술 더 뜨며 슌스케를 놀렸다.

"별일 없는 것처럼 보이는데? 그리고 이제 슬슬 그립지 않으셔?"

도키코는 윙크를 날렸다. 그러고는 잔뜩 찡그린 남편의 얼굴을 따라 했다. 그렇다면 예전에 흉내 내던 그 표정은 정말로 친근함 때문이었던 건가?

"아, 걱정할 필요 없어. 강제로 하자는 건 아니니까. 당신은 너무 솔직해서 탈이야. 이럴 때는 웃어넘기거나 '이 여편네가 뭔 소리를 하는 거야'라는 표정을 지으면 되는 거야. 알았어?"

"알았어."

슌스케는 쓴웃음을 지었다.

"가장이라면 당당한 모습을 보여주셔야지."

도키코는 그렇게 말하며 그의 허리를 툭툭 두드렸다. 나는 이런 그녀가 좋은 거야, 라고 슌스케는 생각했다. 그래서 그녀와 포옹하고 키스했다. 도키코는 원래 키스를 좋아하지 않는 편이어서 금세 얼굴을 돌리고 말았다. 이 여자는 어떻게 조지의 입맞춤을 참을 수 있었던 걸까. 혹시 조지의 입맞춤은 기뻐했던 게 아닐까?

"고작 그런 일로 일본인이 얕보이면 안 되지. 그렇지 않아?"

도키코의 말이 옳았다. 당연하고말고, 슌스케는 그렇게 생각하며 하마터면 눈물을 흘릴 뻔했다.

"미치요를 다시 부르는 건 어떨까?"

"안 돼. 신경통 걸린 여자한테 무슨 일을 시켜."

"그런가."

슌스케는 끄덕였다.

마사코가 도키코에게 물었다.

"저분이 전에 계시던 분이신가요? 대화하는 걸 정말로 좋아하시네요."

"정작 손놀림은 입만큼은 못하더구나."

도키코의 목소리에는 혐오감이 섞여 있었다.

료이치는 전화로 조지가 승낙했다고 전하며 곁에 있는 슌스케에게 "아빠도 통화할래?"라고 물었고, 슌스케는 수화기를 건네받았다. 조지를 오게 하려면 자신이 직접 전화를 받는 편이 좋다. 료이치는 긴자에 있다는 조지의 사무소에 다녀온 다음, 재차 확인하기 위해서 전화를 한 모양이었다.

순스케는 부드러운 목소리로 조지와 대화를 나누었다. 다시 도쿄에 와서 기쁘다느니, 한때 정말 실례되는 짓을 했다느니, 지난번에는 미치요가 아들을 데려왔다느니, 여기는 경치가 좋은데 지금이 가을과 겨울이 아니라 아쉽다느니 하는 이야기를 늘어놓았다. 조지를 안심시키고, 더 나아가 도키코도 안심시키기 위함이었다. 수화기 너머의 상대는 '일본과 미국은 사이좋게 지내야 한다'고 말했다. 순스케는 그 말에 덜컥 짜증이 일었지만, 이내 마음을 가라앉히고 "That's right. I think so. I think so"를 연신 반복했다.

"엄마가 아프다는 거 조지한테 말하지 않았지?"

아무렇지도 않은 척 순스케는 료이치에게 물어보았다. 도키코가 나중에 추궁하더라도 빠져나갈 수 있도록, 아무렇지도 않게.

"당연하지!"

료이치의 대답은 보기 드물게 강한 어조였다.

조지가 찾아오는 날, 순스케는 아침부터 기계실의 냉방 스위치를 켰다. 사람은 날씨가 더워지지 않으면 냉방이 얼마나 은혜로운 것인지 알지 못한다. 그러나 기온이 높아도 시원한 바람이 부는 날이라면 냉방은 역효과였다. 그런 날은 문을 열면 바깥이 훨씬 시원하니, 냉방을 할이유가 없기 때문이다.

좀처럼 시간이 나지 않았던 탓에 마당을 제대로 관리하지 못해서 엉망이었다. 순스케는 아침부터 잡초를 뽑았다. 2층 베란다는 지나치게 넓어서 햇빛이 센 날에는 2층의 방으로 볕이 고스란히 들어왔다. 그래서 어제는 특수 제작된 블라인드를 창밖에 매달아 더위를 막았다. 그

탓에 꽤 많은 돈을 썼다.

순스케는 그 베란다로 올라가, 주변을 빙 둘러싸듯 배치한 화단마다 물을 주었다. 샐비어, 맨드라미를 비롯한 여름 꽃들은 더위를 버티며, 얼마 안 되는 화단의 흙속에서 양분을 빨아들이고 있었다. 이 꽃들은 순스케에게 있어 분노의 근원이자 자기만족의 근원이었다. 어떤 때에는 행복한 그 자태에 만족감을 느꼈고, 어떤 때에는 무언가를 어설프게 따라한 모조품처럼 보여서 화가 치밀어 올랐다. 주변을 둘러보고 집 안으로 들어가자 방에 있던 도키코가 불렀다.

"여보, 냉방 틀었어? 전혀 시원하지 않잖아."

"틀었어. 그렇게 빨리 시원해지지는 않을 거야."

그렇게 말하면서, 기계실을 한 번 더 보고 오기로 했다. 도키코의 비위를 맞추기 위함이었다.

그러나 기계실 문을 열기도 전에, 모터 소리가 들리지 않는다는 것을 알아챘다. 내부의 선풍기가 고장 나 있었던 것이다.

"내가 말했지! 아이고, 어떻게 좀 해결해봐. 오늘 같은 날에 왜 이렇대?"

순스케는 멍하니 서 있었다.

"전파상에 연락이라도 좀 해보라니까!"

"알았어, 진정해."

"진정은 뭘 진정하라는 거야. 손님들한테 부끄러운 꼴 보이게 생겼잖아!"

순스케는 간신히 짜증을 억눌렀다. 그녀를 화나게 한다면 모든 게 끝장이다. 그날 이후 꾸려온 생활이며, 고생해서 세운 집이며, 모든 게 끝장날 판이다. 당장 내일부터 어떻게 살아야 할지 막막해질 것이다.

이윽고 전파상이 와서 커다란 모터를 점검했다. 이물질이 들어가는 바람에 모터가 과열로 타버린 모양이었다.

"기름도 다 떨어졌네요. 그동안 채워 넣지 않으셨나요? 일단 모터를 바꾸겠습니다. 그리고 이 패키지에 달린 필터에도 이물질이 잔뜩 묻었네요. 이러면 냉방이 제대로 안 될 거예요."

"어서 고쳐줘요, 빨리요!"

도키코가 전파상을 향해 히스테릭하게 외쳤다.

"오늘 중요한 손님이 온단 말이에요."

그러고는 "그럼 부탁해"라고 슌스케에게 말했다.

"난 미용실도 가야 하고, 요리도 해야 하니까 여기에 매달려 있을 시간이 없어. 게다가 오늘은 마사코도 고향에 갔단 말이야. 료이치? 료이치!"

도키코는 쉴 새 없이 집 안에 대고 소리쳤다.

"료이치! 시간이 되면 저 모퉁이까지 꼭 마중 나가야 해, 알았어? 꼭이야!"

"엄마, 그 미국인이 온다고 너무 호들갑 떠는 거 아냐? 그 사람 엄마 흉봤다면서."

노리코가 고개를 절레절레 흔들었다.

"얘, 그렇게 말하면 안 돼."

슌스케는 도키코의 입장을 고려해서, 그녀보다 먼저 노리코를 타일렀다.

이윽고 료이치가 개선장군처럼 조지를 데리고 수련이 떠 있는 연못 앞을 지나왔다. 조지는 이제 턱수염을 기르고 있었다. 슌스케는 도키코의 허리를 잡고 현관 안으로 잡아끌려다가, 황급히 그 손을 거두었다.

"어머, 좀 통통해졌네. 그 수염은 어쩌다 길렀니? 알아듣겠어? '수염' 말이야."

도키코가 웃으면서 입가를 가리켰다. 반사적으로 슌스케는 그 수염이 잘 어울린다고 말했다. 조지는 일부러 태연한 척하면서 거실로 들어오더니, 방을 둘러보고 크게 놀란 표정을 지어 보이며 마치 캘리포니아의 별장 같다고 말했다. 료이치는 재빨리 엄마에게 그 말을 통역해주었다. 슌스케는 오늘만큼은 웃거나 대접만 하고, 통역은 료이치에게 맡길 요량이었다. 잠시 이들과 시간을 보낸 뒤 2층에 올라가서 일을 하고, 가끔 얼굴을 내밀다가 다시 2층으로 올라갈 계획이었다.

료이치는 조지에게 집 안내를 한 다음, 2층 베란다로 데려가 바깥 풍경을 보여주었다. 저기에 수영장을 만들 예정이었는데 언젠가 만들 것이다, 라고 말하면서 료이치는 웃었다. 그사이 슌스케는 도키코와 노리코를 돕기 위해 부엌으로 들어갔다.

"저 사람한테서 이상한 냄새 나. 전에 시트 냄새를 맡았을 때도 저런 냄새가 났어." 노리코가 말했다.

"이제야 일이 좀 제대로 풀리는 것 같아."

딱히 할 말이 없어 도키코가 한마디 했다.

"응, 얄미울 정도로 그러네." 노리코가 대답했다.

"나중에 조지에게 지금 직업에 대해서 물어볼 거긴 한데, 그건 예의상 하는 소리니까 신경 쓰지 않아도 좋아. 그다음에는 료이치와 어울리게 내버려둬."

"아니, 그런 거 일일이 우리한테 보고할 필요 없잖아?"

"저 사람도 불편할 테니까. 또 당신도 그 편이 낫지 않겠어?"

"아니 왜?"

"'아니 왜'라니, 내가 제대로 가장 노릇을 하고 있다고 보여주는 게 중요하잖아?"

슌스케는 순간 아차 싶었다. 무슨 의도가 있어서 한 말이 아니었는데, 입만 열면 그런 얘기를 하고 만다.

"하고 싶은 대로 하든가."

"아빠 그 자리에 계속 있는 게 좋지 않아?"

"내가 이런 사람에게 의지해야 한다니. 당신 내가 아프다는 건 하나도 생각 안 했지?"

그런 건가. 도키코가 병에 걸렸다는 걸 그만 깜빡하고 있었다.

"응, 있을게. 있을게."

슌스케는 당황하며 말했다.

조지는 식사를 하며 진지하게 자신의 직업이나 도쿄 도심에 대해 말해주었는데, 슌스케는 어쩐지 그 시선이 줄곧 자신을 향하고 있는 것 같다고 생각했다.

"난 역시 2층에 올라가야겠어."

슌스케는 곁에 있는 도키코에게 속삭인 뒤, 노리코에게 눈짓을 했다. 도키코의 대답은 돌아오지 않았다. 그는 조지에게 인사를 하다가 무의식적으로 얼굴을 찡그리는 바람에, 급하게 웃음으로 수습을 한 뒤 "비즈니스, 비즈니스"라고 말하며 2층으로 향했다. 아래층에서 웃음소리가 들렸다.

한 시간이 흐른 후 다시 아래로 내려가자, 료이치가 그를 불렀다.

"조지한테 부탁하면 미국의 중고 에어컨을 싸게 살 수 있었대. 가격은 5분의 1 정도고 성능은 지금 것보다 좋대."

"조지 말이다, 하룻밤 자고 가게 하는 건 어떨까?"

슌스케는 다른 가족들에게 물어보았다.

조지는 료이치에게 설득당해 거의 반강제로 샤워를 했다. 그리고 슌스케의 침대에서 자기 위해 2층으로 올라갔다. 도키코의 방은 바로 그 아래층에 있었고, 슌스케는 그녀의 옆자리에 이불을 깔았다. 그녀는 거울을 바라보고 있었다.

"여기서 재울 필요는 없었잖아?"

"그럼 미리 싫다고 말하지그랬어?"

슌스케는 갑자기 심술이 나서, 아내의 등을 향해 한마디 쏘아붙였다.

"원한다면 아예 2층에 올라가지그래? 나는 그래도 상관없으니까."

"그딴 소리나 할 거면 여기서 나가."

"그래. 그러지 그럼."

슌스케는 이불을 가정부 방으로 옮기고 누웠지만, 전등을 켜고 눈도 뜬 채로 있었다. 도키코가 화장대 서랍과 장롱 문을 요란하게 여닫고, 욕실 문도 일부러 세게 닫는 소리가 들렸다. 저 여자는 이럴 때 절대로 울지 않는다니까, 라고 슌스케는 생각했다.

잠시 후 료이치가 2층에서 내려왔다.

"뭐 하는 거야? 시끄럽잖아! 부부가 좀 사이좋게 굴면 어디 덧나?"

아들이 도키코에게 소리치는 게 들렸다.

"아니, 아빠는 왜 가정부 방에 있는 건데?"

이제 료이치는 슌스케의 머리맡까지 와 있었다.

"엄마는 병에 대해서 알리고 싶지 않아 했잖아? 지금 이러는 거, 조지한테 그걸 광고하는 거나 마찬가지라는 거 알아?"

료이치는 슌스케에게 말하더니 아주 작게 속삭였다.

"오늘 밤 정도는 엄마 곁에 있어주면 안 돼?"

슌스케는 몸을 일으키고 료이치에게 말했다.

"너 오늘 조지 안내하느라 고생 많이 했다."

슌스케는 갑자기 상냥하게 굴었다.

"료이치, 잠깐 여기 좀 와줄래? 와서 주물러줘!"

도키코의 부름에 료이치는 울음을 터뜨릴 것 같은 표정으로 어머니의 방으로 향했지만, 금방 슌스케에게 돌아왔다.

"엄마 피곤하잖아. 표정 봤어? 아빠가 가서 주물러주면 안 돼?"

슌스케는 도키코의 방으로 돌아갔다. 그리고 등을 돌리고 누워 있는 도키코를 바라보았다. 그녀는 이윽고 고개를 돌리더니 그를 사납게 노려보았다. 슌스케는 도망가고 싶은 심정이었지만, 그대로 주저앉아 도키코의 등을 붙잡았다. 그러곤 뿌리치는 걸 막으면서 그녀를 주무르기 시작했다.

그러자 그녀는 난폭하게 내뱉었다.

"료이치, 이 불효자식! 주무르는 것도 하기 싫다는 거지?"

슌스케는 안심했다. 날이 밝을 무렵까지 그는 계속해서 도키코를 주물렀다.

조지는 8시에 일어났다. 하지만 도키코, 료이치, 노리코는 일어나지 않았다. 그래서 슌스케는 조지와 함께 아침 식사를 했다. 그는 조지에게 아내가 갑자기 배탈이 났다고 변명했다. 조지는 식사 중 몇 번이고 불편하다는 듯 한숨을 내쉬며, 종종 창 너머로 출근하는 젊은 여자들을 바라보곤 했다.

그해 가을, 도키코는 다시 수술을 받았다.

부부가 탄 차는 신록으로 충만한 도로를 느긋하게 달렸다. 신주쿠가 가까워져 길이 막히기 시작하자, 도키코는 몹시 언짢아했다. 미와 부부는 병원 치료실에서 나온 후 K 박사의 개인 사무실에서 대기했다. 그 의사는 환자 앞에서 태연하게, 암이 폐까지 전이되었다고 밝혔다.

"독일에서 제조된 이 남성호르몬제를 맞으세요. 이걸 맞는 것만으로도 꽤 좋아지실 겁니다. 그다음에는 외부로 노출된 환부를 절제할 수도 있고, 아니면 약물 치료를 할 수도 있습니다. 외부로 드러난 환부 자체는 그리 심각하지 않을 겁니다."

"도대체 이 병에 걸리는 이유가 뭡니까?"

슌스케는 도키코가 있는 앞에서 질문했다. 그러나 이다음 대화는 도키코와 전혀 상관없게 돌아갔다. 슌스케가 물어보고 싶은 것과, 의사가 말하는 것은 서로 아귀가 맞지 않았다.

"프랑스인 저자가 쓴 책을 영어로 옮긴 건데, 재미있는 이야기를 써놨지요. '자연과 거리가 먼 생활을 할수록 이 병에 걸리기 쉬워진다'면서요. 예를 들어, 같은 육류라도 생선을 섭취하는 쪽이 이 병에 걸릴 확률이 낮다는 것이지요. 소는 몇 헥타르의 정해진 구획 안에서 목초를 먹고 자라지만, 물고기는 넓은 바닷속에서 자유롭게 활동할 수 있으니까요. 통계적으로는 그렇게 결론 내리고 있습니다. 하지만 정확히 무엇이 원인인지는 아무도 몰라요. 여기에 그래프가 있는데……"

박사는 책상에 둥글게 말린 종이를 꺼내서 펼쳐 보였다.

"쥐 실험에서 약물과 이 남성호르몬을 병용하면 훨씬 더 좋은 결과가 나왔습니다. 이쪽은 죽었지만 이쪽은 살아 있는 상태고요."

죽은 쪽이라니, 어느 쪽을 가리키는 거지? 슌스케는 그것이 쥐를 말하는 건지, 아니면 세포를 말하는 건지 단번에 눈치채지 못했다.

"더 특수한 연구도 하고 있긴 한데, 충분한 연구 자금을 받지 못한 상태라 아직 제대로 진행되지 못하고 있지요. 이 방법도 써보겠습니다. 혈청을 만드는 건 아주 힘든 작업이죠. 사모님, 절대로 지지 마시고 힘내십시오. 생명력이 제일 중요하니까요."

박사는 도키코를 향해 말했다.

"그런 얼굴 하지 마세요, 사모님. 곧 입원을 하시겠지만, 그래도 외로워하지는 마세요. 지금 입원하고 있는 환자들도 외로운 나머지 남편을 집으로 돌려보내지 않고 있거든요. 게다가 집도 얼마나 그리워하던지요."

슌스케는 아까 전에 진료실에서 박사가 꺼낸 말을 떠올렸다.

"남성호르몬을 투여하면 얼마간 성욕이 강해질 겁니다. 그리고 외모도 바뀌고요. 수염이 난다거나 하면서, 몸이 남자처럼 변하겠죠. 그렇지만 사모님은 이제 그걸 신경 쓸 연령도 아니니 괜찮으시죠?"

그렇게 말하고는 웃었다.

박사가 몸을 일으키자 슌스케도 도키코를 부축하며 복도에 내보낸 뒤, 잠깐을 틈타 박사에게 질문을 던졌다.

"저희 부부 말인데, 사실 관계가 원만하지 않았던 편입니다. 혹시 그게 이 병의 원인일까요? 제가 데이터를……"

"자! 일단 이 주사는 집에서도 맞을 수 있으니, 그럼 잘 부탁합니다!"

박사는 갑자기 크게 외쳤다. 도키코에게 들릴 정도였다.

"선생님이 놔주시는 겁니다. 알겠죠? 남편분이 직접 놔주는 게 제일 좋으니까요."

슌스케는 '데이터'라고 말한 것이 괜히 민망해져 얼굴을 붉혔다.

"특이한 집을 지으셨다면서요?" 박사가 물었다.

순스케에게는 K 박사를 소개해준 시미즈라는 지인이 있는데, 아마 그가 귀띔한 모양이다. 그의 얼굴이 더욱 붉어졌다.

도키코는 백화점에서 탁상시계를 사고 싶다고 했다. 한번 태엽을 감으면 100일 가는 시계를 찾더니, 이번에는 식사를 하고 싶다고 했다. 식사를 마치고 밖으로 향하는 도키코의 발걸음이 위태로워 보였다.

차 안에서 그녀가 말했다.

"난 그냥 천식에 걸렸을 뿐이야."

순스케는 그럴지도 모른다고 생각했다.

그는 다시 한번 K 박사에게 찾아가서 물어보겠다고 도키코에게 말했다. 먼저 그는 통조림 선물 세트와 선물 상품권을 박사의 집에 보냈다. 그리고 며칠 후, 반년 전 다른 병원에서 찍은 뢴트겐 사진을 들고 병원을 방문했다.

"방사선 때문에 생긴 그림자와는 다른 건가요?"

의사는 미간에 주름을 잡고 기묘한 표정을 지었다. 이윽고 대답을 기다리던 순스케에게 말을 꺼냈다.

"꽤 길게 연명할 수 있다고 봅니다."

"연명이라뇨?"

순스케는 눈썹을 찌푸리면서 멍하니 대답했다.

"1년도 연명이고 3년도 연명이죠. 마찬가지로 20년도 연명의 범주에 속합니다. 길게 연명하고 싶으시겠죠. 당뇨병과 마찬가지입니다. 대부분의 질병은 '나았다'고 표현하지만 사실은 '연명'하는 것과 다름없어요. 미와 씨, 저희 역시 연명하며 살아가고 있는 처지랍니다. 혹시 또 질문할 게 있으신가요?"

대체 몇 년이나 연명할 수 있는 겁니까. 슌스케는 도무지 그 질문을 던질 용기가 생기지 않았다. 집에 돌아온 슌스케는 2층의 자기 방 침대에서 자던 아내에게 다가갔다. 도키코는 울적한 표정으로 있더니 눈을 빛냈다.

"뭐래?"

"음, 전이된 상태이긴 한데, 치료법이 있으니까 몇 년이든 살 수 있다고 하더라. K 박사는 믿을 수 있는 사람이니까 괜찮을 거야."

"역시 그렇구나…… 생각해보면 난 정말 허영심만 가득해서, 쓸데없는 생각이나 행동만 해온 것 같아. 지금 생각해보면 괜한 짓이었어. 정말 분해."

슌스케는 아무 이유도 없이 쓴웃음을 지었다. 그리고 그녀의 등을 문지르면서 중얼거렸다.

"아니야, 그렇지 않아."

지금까지 도키코가 '허영심'이라는 단어를 슌스케 앞에서 입에 올린 적이 있었던가. 차라리 그랬던 적이 있었더라면 슌스케는 훨씬 마음이 편안했을 것이다. 그러나 지금 그 단어를 듣고, 그는 몹시 당황스러웠다. 그녀가 힘들다는 소리를 할 정도로 약해졌다는 사실이 고통스럽기 때문이었지만, 단지 그것뿐만이 아니었다.

도키코가 잠든 후, 슌스케는 1층으로 내려가 손님을 위해서가 아니라 단란한 가정을 위해 만든 거실에 홀로 앉았다. 그리고 그녀와 보내온 긴 생애 속에서, 난생처음으로 울음을 터뜨렸다. 그러다가 그는 테이블에 생긴 작은 웅덩이를 발견했다. 천장에서 물방울이 떨어지고 있었다. 지금 비가 내리는 건 아니니, 어제 비가 내렸을 때 고였던 물이 떨어지는 것이리라.

슌스케의 집 정원에도 꽃이 피었다. 정원사가 옮겨 심은 뒤 나무는 방치되어 있었는데, 가지들이 뒤엉켜 자라며 기어이 그 작은 틈으로 자그마한 꽃들을 피웠다. 저대로 방치해놓으면 틀림없이 엉망이 될 것이다. 아니, 그렇게 생각해서는 안 된다. 한편 2층 베란다 화단의 꽃들은 전부 시든 채로 방치되어 있었다. 그 후 부부가 손을 댄 것이라고는 앵초 두 그루, 고무나무 한 그루, 피닉스야자 한 그루를 심은 게 고작이었다. 게다가 고무나무와 피닉스야자는 시들어버렸다. 어느 겨울날, 바깥에 방치해놓은 게 원인이었다. 앵초는 도키코 방의 유리창 밖에 심어져 있었다. 그 너머에서는 미와 가족이 기르는 수캐가 길쭉한 철사 사이를 왔다 갔다 하거나 바닥에 드러누워 이쪽을 살피곤 했다.

미와 부부는 종종 이 개를 멍하니 구경하기도 했다. 개는 사람으로 치면 슌스케보다 나이가 많았다. 개는 암컷을 찾으며 안절부절못하거나, 부부를 향해 짖어댔다.

"쟤는 언제까지 저렇게 건강할까?" 도키코가 중얼거렸다.

"그러게. 나도 궁금하네."

"저 흰 털 좀 봐. 저렇게 흰 털이 많은데 신기하기도 하지."

개의 눈썹 언저리에는 흰 털이 돋아나 있었다. 개는 유리문 너머에 있는 슌스케의 일거수일투족을 지켜보았다. 개의 시선이 여전히 이쪽을 향했다. 슌스케는 커튼을 닫았다.

슌스케는 사흘에 한 번씩 도키코에게 남성호르몬을 주사했다. 그때마다 그녀의 낯빛은 점차 거무튀튀해졌고, 입가의 수염도 진해졌다.

"아직 생리는 하더라. 이건 내가 어떻게 할 수 있는 게 아닌가 봐."

이번이 마지막 월경일지도 모른다.

도키코는 그의 곁에 누워서 자다가 축축하게 젖어든 눈으로 슌스케를 바라보았다.

"주간지를 보고 있어도 자꾸 그쪽 테마만 찾아보게 되더라고."

"그런 거 보지 마. 몸에 안 좋고, 괜히 기분만 찜찜해져."

슌스케가 말하자, 도키코는 그의 손을 잡더니 놓지 않았다.

노리코가 침대로 다가왔다. 그러나 아이를 내보내야 했다.

"아빠 왜 그래? 나 여기 좀 있어도 되잖아?"

딸아이가 불평했다.

"지금은 좀 그래. 아래층으로 내려가. 이유는 나중에 다 크면 알려
줄 테니까."

슌스케는 진심으로 말했다. 언젠가 딸아이에게 진실을 전하겠다는
생각은 거짓말이 아니었다.

슌스케는 자기 체중이 압박을 가하지 않게 양손으로 몸을 지탱하면
서, 천천히 아내 위로 올라가 몸을 겹쳤다. 도키코의 수염이 슌스케의
면도한 입가로 파고들었다. 밑에서도 서로의 음모가 맞닿았다. 예전과
는 비교할 수 없을 정도로 국부에 피가 몰려 비대해지고 있었다. 그녀
는 그 묵직함을 간신히 버티고 있는 것처럼 보였다. 도키코가 지금 이
순간처럼 슌스케의 애무를 갈망하는 것을 본 적이 없다. 무언가를 호소
하며, 한편으로 다정하며, 울 것만 같은 그녀의 모습이 보였다. 지금까
지 도키코는 그와의 관계에 마지못해 응하거나, 인내심의 한계에 다다
른 듯 자신 쪽에서 갑자기 덮쳐오는 정도였다. 텔레비전도, 스테인리스
조리대도, 집도, 미처 만들지 못한 수영장도, 서양식 욕조도, 책상 앞에
잔뜩 웅크려 써내려갔던 원고용지도, 샐비어와 수련도, 모든 것이 바로
이 순간을 위해서 마련된 것처럼 느껴졌다.

"이런 느낌일 줄은 전혀 몰랐어." 도키코가 말했다.

삼류 잡지 어딘가에 적혀 있을 것 같은 대사였다. 그렇다면 역시 조지와도 이런 일이 없었을 것이다. 아니면 "Nothing happened"라는 조지의 말은, 이런 만족감이 없었다는 의미였을지도 모른다.

그녀의 모조 이가 가볍게 그의 혀를 물고, 그의 이에 부딪혔다. 예전에 받았던 성형 수술은 이미 한참 전에 그 효력을 잃었고, 이제는 검고도 바싹 말라버려 피부보다 가죽에 가까워진 뺨이 슌스케의 뺨을 문지르고 있었다. 줄곧 눈을 감고 있었던 슌스케는 눈을 떴다. 희끗희끗해지고 예전보다 굵어진 머리카락이 눈앞에 어른거렸다. 이마에는 땀방울이 맺혀 있었다.

이 쾌감은 무얼까? 육체적인 것일까? 나는 이제야 그녀를 정복하고 있는 것이다. 그뿐만이 아니었다. 도키코가 여자로서 애무에 제대로 호응하지 않았던 것을 이제야 깨달았다. 내 잘못이 아니다. 잘못한 건 도키코, 바로 당신이야.

"다른 사람들도 이랬던 걸까?"

끙끙대면서 간신히 말했다.

"더 세게 해줘."

"그렇게 세게 하면…… 그리고 침대니까, 우리 같은 일본인은."

익숙하지 않아, 라고 슌스케는 말할 뻔했다. '그 녀석'은 일본인의 몸을 경멸하고 있었던 것이 아닐까. 반응에 인색한 도키코의 몸에 실망하고, 공연히 시간을 낭비했다고 생각한 것은 아닐까. 자신들은 손해 보는 짓을 하고 있는 게 아닐까. 문득 그런 생각이 들었다.

"괜찮아? 숨 쉬기 힘들지 않아?"

슌스케가 묻자, 도키코는 눈을 감은 채 무언가 중얼거렸다.

"여보, 여보"라고 말하는 것처럼 들리기도 했다. 쾌감 때문인지, 호

홉 곤란 때문인지, 도키코가 신음하기 시작했다. 슌스케는 집 근처 병원으로 부리나케 달려갔다. 그 병원은 손님도 거의 없어서, 왕진 전문 병원이라는 소리를 듣고 있었다.

6월의 햇살이 충만한 인적 드물고 울퉁불퉁한 길을 달렸다. 달리고 또 달리며, 슌스케는 갑자기 도키코가 중얼거리던 말의 뜻을 깨달았다.

"하느님, 하느님."

도키코가 중얼거리던 말은 그것일지도 모른다. 어째서 그런 말을 한 걸까? 이유야 어찌 되었든 그녀를 구해야만 했다. 그렇다면 어떻게 해야 한단 말인가.

"어떻게 된 거죠? 뭘 해드릴까요?"

슌스케한테서 병명을 전해 들은 의사는 도키코의 가슴을 살피다가, 그에게 질문하듯이 입을 뗐다.

"많이 힘드신가요? 곧 괜찮아지실 겁니다. 뭐, 그렇게 말해도 동네 의사니까 그렇게 대단한 조치는 못 해드려요. 그랬다가는 환자분이 다니시는 병원 의사에게 혼날 테니까요."

의사가 주사를 놓은 후 슌스케가 말을 꺼냈다.

"제가 이틀 간격으로 남성호르몬 주사를 놓고 있습니다."

"네, 잘하고 있으시네요."

"그러니까, 그걸 제가 아니라 선생님이 대신 놓아주실 수 있을까요? 마침 오늘이 그걸 놓는 날이라서……"

"네, 네, 그렇게 해드릴게요. 그런데 아직 폐에 전이된 상태는 아닌 것 같네요. 만약 전이했다면 지금보다 훨씬 더 고통스러울 겁니다."

슌스케는 매달리는 심정으로 의사의 손을 바라보았다. 의사를 배웅하려 언덕을 내려가면서 슌스케는 '선생님, 저런 병자 앞에서 종교에 대해 언급하지 않는 게 좋을까요? 병원의 다른 의사 선생님은 살아남는 것만 생각하라,고 하던데요' 하고 묻고 싶었다. 그런데 정작 그의 입에서는 엉뚱한 말이 나왔다.

"선생님의 의원에서 간호사가 교체되는 일이 있나요? 요새는 일손이 달려서 곤란하죠?"

"저는 시골에서 한 사람 데려와서 쓰고 있습니다. 그리고 제 아내도 도와주고 있지요. 아무래도 애들 교육이 중요하니까 시골집을 팔고 나온 거긴 한데, 도시는……"

이어서 이들의 화제는 신선한 생선을 파는 생선 장수 이야기로 바뀌었다. 그 생선 장수가 선생님 댁에도 가도록 연락하겠다고 의사가 제안했다.

제3장

K 박사를 처음 방문하고 거의 2개월이 지난 7월 초, 도키코는 다시 입원했다. 그녀는 선풍기, 텔레비전, 소형 냉장고를 병실에 들여놓았다. 저걸 사 오라느니 이게 부족하다느니, 도키코의 요구에 슌스케는 끊임없이 시내를 달려야 했다.

"간호사들이 사모님더러 떼를 쓴다면서 입을 모아 흉을 보지 뭡니까. 선풍기에 냉장고까지 들여놓고 뻔뻔스럽다면서요. 그래서 그건 제가 허가했으니 신경 쓰지 말라고 말해놨습니다. 하여간 간호사들은 하나같이 사무직처럼 굴고 싶어 해서 문제라니까요. 일단 '간호사라면 환자를 간호해야지!'라고 따끔하게 말해두긴 합니다만." K 박사가 말했다.

"감사합니다."

슌스케는 머리를 숙였다.

"사모님께는 미리 말해뒀는데, 선생님께서는 한두 시간 정도로 면회를 끝내시길 바랍니다. 아니, 한 시간이 더 좋겠군요. 그 편이 환자와 선생님 양쪽에게 좋을 거라고 생각합니다. 그 대신 매일 와주세요."

수술을 받고 새로운 약물 치료가 시작되자, 예상했던 대로 도키코는 식욕이 떨어져서 링거주사를 맞고 수혈도 받았다. 그녀는 밥상만 보면 얼굴을 찌푸렸다. 슌스케는 점심 전에 병원에 들러 저녁까지 곁에 붙어 있었다. 가끔 9시까지 남아 있기도 했다. 종종 아내가 어떤 음식이 먹고 싶다고 말하면, 그는 신주쿠 번화가나 백화점을 뒤져 그것을 사 오곤 했다. 그러나 그가 음식을 사서 돌아오면, 도키코는 그것을 흘겨보며 얼굴을 찌푸릴 뿐이었다.

어느 날 슌스케는 충동적으로 정원의 매실을 땄다. 매실주와 매실장아찌를 담글 요량이었다. 전철에서 어떤 주부의 대화를 엿듣고는, 정원에 매실이 열린 걸 떠올렸던 것이다. 그전까지는 매화나무가 코앞에 있어도 거의 의식하지 못했다. 도키코가 입원한 상황에서 어째서 그런 생각이 들었고, 마사코에게 장아찌를 만들게 시킨 걸까? 슌스케 스스로도 알다가도 모를 일이었다. 매실은 태반이 바닥에 떨어져 있었다. 경사진 곳의 흙이 무너지기 쉬웠기 때문에 장화로 무장하고, 료이치까지 동원해서 얽힌 가지에 남은 매실을 땄다.

마사코가 매실장아찌 만드는 법을 모른다며 우물쭈물거리는 바람에, 슌스케는 요리책을 참고하며 며칠에 걸쳐서 그것을 만들었고, 완성하고 나서는 창고 구석에 보관했다.

두 사람의 대화가 2층까지 들려왔다.

"아니, 저런 걸 왜 올해 굳이 만들자고 성화야?"

료이치의 말에 마사코가 물었다.

"선생님은 매실장아찌를 좋아하시나요? 아니면 취미이신가요?"

"우리 아버지는 이런 일은 한 적도 없고 취미인 적도 없었어. 엄마가 알면 틀림없이 화낼 거야."

"아닐 거예요. 사모님이 설마 화내시겠어요?"

"나랑 마사코에게 괜한 일을 떠맡겨서 그러는 거야."

"그래도 화내시지는 않을 거예요."

"쓸데없는 짓을 하니까 화내는 거지."

료이치는 영 불만인 모양이었다.

유리를 바른 이 집은 텔레비전과 라디오 소리 같은 실내 소음은 잘 울려 퍼지는 대신, 외부 소음은 먼지처럼 잘 막아주었다. 한편 집 안에서 발생한 소음은 아무리 멀리 떨어져 있어도 복도며 계단, 통풍구를 통해 또렷하게 전해졌다.

마사코는 들떠 보였고 덩달아 료이치도 해방감을 느끼는 것 같았지만, 슌스케는 이것이 마음에 들지 않았다. 도키코의 부재에 홀가분함을 느끼는 건 슌스케도 마찬가지였다. 하지만 료이치가 그렇게 느끼는 것은 용납할 수 없었다. 료이치를 불행하다고 느끼게 해야만 한다. 슌스케에게 그것은 이 집을 유지하기 위한 방법처럼 느껴졌다. 그는 2층에서 아들을 불렀다.

"료이치! 너, 오늘 병문안 간다고 했지?"

"응."

료이치는 갑자기 아버지가 층계참에 나타나서 당황한 모양이었다.

"너 손에 들고 있는 거 뭐야?"

"이거?"

정말로 그것 때문에 마사코와 대화하고 있었던 건가?

"반지야."

료이치는 웃었다.

"엄마가 병원에 가져오라고 했어."

"다이아 반지 아니냐? 그걸 끼겠다는 거야?"

"그렇겠지. 이유는 나도 모르겠지만."

그러더니 료이치는 고압적으로 말했다.

"마사코 있잖아, 잘해주지 않으면 언제 또 나갈지 몰라. 개는 엄마가 없을 때에는 나랑 의논하거든."

슌스케는 마사코에게 선물이라도 사줘야겠다고 생각했다.

료이치가 병원 3층 복도에 막 발을 들여놓자, 저만치에서 복대를 착용한 도키코가 비틀거리며 걸어오는 것이 보였다. 실내용 슬리퍼를 복도용으로 갈아 신고 비틀거리며 걷는 모습이, 마치 물속을 걷는 것 같았다. 료이치를 봤으면서도 그녀는 전혀 알아채지 못한 듯한 표정이었다. 그녀는 복도 중간에 위치한 큰 병실의 창문에 다가가더니, 안을 들여다보고 누군가에게 웃으며 말을 걸기 시작했다.

"엄마!"

료이치가 말을 걸었는데도 그녀는 일부러 모른 척 대화를 계속했다. 안에서 대답하는 사람은 일흔이 다 된 노파였다.

"화장실 갈래?"

도키코는 대답하지 않았다.

료이치가 병실에서 기다리고 있자, 도키코가 돌아왔다.

"저 할머니, 불러, 줄래? 수박을, 나눠, 줄 거니까."

그녀는 단어를 띄엄띄엄 끊어가면서 말했다.

드러누운 채로 거칠게 뛰는 가슴을 누르면서, 도키코는 노파 쪽을 보더니 웃었다.

"할머니, 이거, 드세요."

"아이고, 사모님 아드님인가요? 고마워요, 총각. 항상 어머님 신세만 지고 있네요."

"자, 드시면서, 얘기하세요. 신경 쓰지, 말고. 여기, 간호사, 신경 쓰지, 말고."

"고마워요. 어쩜 이리 친절하신지. 제 건너편에 누워 있는 할머니는 참 딱하게 됐다니까요."

노파는 위 절제술을 받은 사람이었다. 그 노파가 커튼으로 분리한 2인실에 있을 때, 때마침 한 손은 위가 있는 부위를 누르고, 한 손은 무슨 용도인지 모를 양동이를 든 채 또 다른 노파가 비스듬히 벽에 기대어 지나갔다.

"저 사람이랍니다."

수박을 깨물면서 노파가 말했다.

"어쩜 사람이 이렇게 배가 고플 수 있을까! 의사 선생님은 저처럼 회복이 빠른 사람은 보기 드물다고 하더라고요. 그런데 저 양반은 아직도 저 방 신세를 지고 있어요. 제 앞에서 요강을 쓰기가 부끄럽다면서 일일이 화장실까지 가고 있거든요. 저러니까 낫지 않는 거예요. 저 할머니는 암이거든요. 그걸 자기 혼자만 몰라요. 저한테 병문안 오는 사람이 있으면 노려보고, 제가 요강을 쓰면 고개를 돌리고 있어요. 그러니까 하느님도 포기해서 낫지 않는 거겠죠. 저야 그냥 위궤양일 뿐이지만요."

노파는 료이치 쪽을 바라보더니, 참 잘생겼다고 다시 한번 말했다.

"전, 사실, 입원할, 필요도, 없었어요. 처음부터, 아무것도, 아니

었는데, 잘못, 절제하고, 방사선까지, 받고, 그래서, 가슴이, 다 뭉개
지고."

노파는 수박을 다 먹고는 부드럽게 웃었다.

"그런 것치고는 사모님은 혈색이 정말 좋으세요."

"저는, 원래, 영양이, 몸에, 비축되어 있으니, 조금, 안 먹어도, 버
티는 거라고, 간호사가, 말했어요. 평소에, 잘, 먹어두는, 게, 중요, 하
다면서."

노파는 고개를 끄덕였다.

"퇴원하면, 저희 집에 꼭, 놀러 오셔야 해요? 저희 집은, 여름에도,
정말 시원하거든요. 료이치, 주소, 알려드려라."

간호사가 들어오자 노파가 일어났다.

"아니, 괜찮아요, 할머니. 여기, 있으세요."

"피곤하시잖아요, 미와 씨." 간호사가 말했다.

노파가 떠나자, 도키코는 료이치에게 말했다.

"저, 할머니, 자기는 모르지만, 위암, 이란다. 아마, 또, 입원, 하
겠지."

그리고 료이치를 바라보았다.

"애, 왜, 그렇게, 골이, 나 있어. 그럼, 오지, 않아도, 되니까."

말을 끝내고 도키코는 힘들어하기 시작했다.

"그럼, 반지 여기에 놓을게."

료이치는 말이 끝나기가 무섭게 병실을 나섰다. 자신의 행동이 불
효라는 것은 알고 있었다. 하지만 도저히 참을 수 없었다. 온몸이 굳어
지는 것 같았기 때문이다.

"음, 다리 쪽이 바싹 마르신 게 마음에 걸리긴 하네요. 하지만 약 자체는 제대로 효과를 발휘하고 있어요. 병이 더는 악화되지 않았다는 거죠. 이번 사례를 문부성 조성금 연구 보고에 소개해도 괜찮을까요? 아, 그렇지만 사모님이 제대로 식사를 해주셨으면 하네요. 부디 노력을 해주셔야 할 텐데. 하긴 사모님도 얼마나 식사하고 싶으시겠어요? 그러니까 밥 좀 잘 드시게 도와주십시오. 식욕이 없는데 먹는 게 쉬운 일은 아니죠. 얼마나 힘드시겠어요."

K 박사는 연구실로 부른 슌스케에게 그렇게 전하더니, 약사에게 무언가 지시를 내렸다. 이어 그는 다시 슌스케 쪽을 바라보았다.

"사실 있죠, 미와 씨. 간호사들이 불평을 하더군요."

"불평이라뇨?"

슌스케는 화가 왈칵 치솟는 것을 간신히 억눌렀다.

"뭐가 불만인 겁니까? 제가 가끔 간호사실로 가서 이것저것 부탁해서 그런 겁니까?"

"아니요, 사모님에 대해 불만이 나와서요. 자자, 화내지 마시고요. 사모님이 냉장고 안에 비싼 과일이나 음료수를 쌓아놓고, 사람을 마구 불러서 선물하거든요. 그게 좀 곤란하다는 겁니다."

"아, 그겁니까?"

슌스케는 침을 삼켰다.

"그리고 또 하나…… 이건 정말 제가 말하기도 죄송스러운 건데, 이겁니다. 다이아 반지에 대해서죠."

K 박사는 유쾌하게 웃었다.

"이거 받으세요."

"누가 훔친 겁니까?"

박사는 고개를 흔들었다.

"사모님이 간호부장에게 준 겁니다."

슌스케는 말없이 고개를 끄덕이고 반지를 받았다. 박사는 다시 웃고, 슌스케의 등을 두드렸다.

"일이 손에 잡히지 않으시죠?"

K 박사는 슌스케와 함께 '미와 도키코'라는 팻말이 달린 365호실로 들어갔다.

"미와 씨는 제가 뭔가 마음에 안 들죠? 있으면 말해주셔야 합니다."

K 박사는 그렇게 도키코에게 말하고는 웃었다. 그러고 나서 옷을 벗기고 가슴의 상처를 살피면서 덧붙였다.

"사모님, 남편이 매일 오니까 좋죠? 바람피울 틈도 없을 테니까요." 이어서 도키코에게 말했다. "그리고 몸 상태도 썩 괜찮네요, 미와 씨."

"파이팅, 파이팅."

도키코가 대답했다. 아양 떠는 것 같으면서도, 비웃는 것처럼 들렸다.

"사모님, 빨리 완치하셔서 그 요즘 유행하는, 요로메키*라도 할 힘을 키우셔야지 않겠습니까?"

박사는 크게 웃었다.

"저 앞의 367호 환자도 정말 많이 노력하고 계세요. 뇌에 구멍이 나

---

* ヨロメキ: 단어 자체는 '비틀거림' '휘청댐' 등을 의미하나, 이 경우에는 소설가 미시마 유키오의 『美徳のよろめき(비틀거리는 여인)』(1957)에서 비롯된 유행어를 가리킨다. 불륜이나 밀회 같은 여성의 부정(不貞) 전반을 가리키는 단어로, 해당 소설이 출판된 후 '요로메키 부인' '요로메키 소설' '요로메키 드라마' 등의 형태로 파생되는 등 사회적으로도 크게 유행했다.

있는데도 말이에요."

"두번째, 부인, 이라면서요."

도키코는 신음하더니 눈을 가늘게 떴다.

"저, 분은, 이제, 얼마나, 남은, 거죠?"

"아이고, 아직 한참 더 사실 거예요. 오래오래 사시겠죠. 사모님, 그런 말 하면 못씁니다. 저도 그런 생각은 절대로 안 해요!"

박사는 연거푸 말을 계속했다.

"사모님, 남의 방을 자꾸 엿보시면 안 됩니다."

K 박사는 조금 화가 난 어조였다. 그러고는 가볍게 휘파람을 불며 나갔다.

화제에 오른 환자의 이름은 오타니였다. 도키코는 화장실을 다녀올 때 이 환자의 방에 들르기도 했고, 가끔씩 그곳의 간병인을 자기 병실로 불러다가 손대지 않은 자기 몫의 식사며 과일을 대접했다.

어느 날, 그 간병인이 다시 복도에 모습을 드러냈다. 슌스케는 도키코가 부탁한 대로 그 사람을 불렀는데, 간병인의 눈이 새빨갛게 충혈되어 있었다. 그녀는 몸을 사리면서 병실로 들어오더니 머리를 숙였다.

"지금 남편분은 쉬고 있으신데요, 부인께서는 어젯밤부터 한숨도 주무시지를 못하고 있어요. 아무래도 임종하실 때가 왔나 봐요."

그렇게 말하더니, 도키코의 병실에 있는 쓰레기를 치웠다. 그러고는 식사를 자신의 방으로 슬며시 가져갔다.

"저 사람, 드디어, 돌아갈 때가, 됐나 봐." 도키코는 중얼거렸다. "아까도, 친구들이, 잔뜩, 와서는, 찬송가를, 부르고, 있었어."

"응, 나도 알아."

환자의 남편인 오타니 씨와 복도에서 마주칠 때마다, 슌스케는 어찌할 바를 몰라, 가볍게 인사만 하거나 무언가에 정신이 팔린 척하고 있었다.

"빨리, 집에서, 목욕하고, 싶어. 집에, 가면, 밥을, 먹을 수 있을 거야. 이런, 데서는, 나을, 병도, 나빠진, 다고. 이번 달, 말에는, 꼭, 반드시, 돌아갈, 거니까. 난, 이제, 괜찮아. 먹기만, 하면, 되니까, 그렇게, 해서, 그놈의, 귀여움이란 걸, 받아야지."

"말만 해. 몸에 좋다는 건 다 해줄 테니까."

아내가 집에 돌아가지 못하게 하려면 어떻게 설득해야 한단 말인가? 아내의 말에 대답하면서도 머릿속은 온통 그 생각뿐이었다.

"당신은, 발소리만, 들어도, 알, 수 있어."

"안다고?"

"알아. 당신은, 한쪽, 발을, 질질, 끌거든."

도키코가 히죽 웃었다.

"난 이렇게 걷는데?"

슌스케는 그 다리를 벌려 걷는 모습을 흉내 냈다.

"무슨 소리를, 하는 거야."

그녀가 다리를 뻗었다. 주무르라는 소리였다.

"이제, 돌아갈, 거야. 마사코, 같은, 애한테, 맡겨, 둘, 수가 없어. 모처럼, 새, 집을, 지었는데, 난장판이, 될, 거야."

어느 날, 슌스케는 367호를 지나가다가 안을 엿보았다. 병실 천장에는 종이학이 매달려 있었다. 종이학 밑에는 글귀가 쓰인 종이가 매달려 하늘하늘 흔들렸다. 잠깐 엿본 것이었기에 처음에는 그 내용을 알아볼 수가 없었다. 세번째에야 그 내용을 이해할 수 있었다.

'온 세상, 이 지상에서 누구보다 사랑하는 나의 아내'

그렇게 씌어 있었다. 언제 이걸 쓴 걸까, 하고 슌스케는 생각했다. 틀림없이 입원하자마자 쓴 것이리라. 그는 지금으로부터 두 달 전이었던 5월 초 즈음, 오타니 씨가 환자인 아내를 데리고 진찰실로 들어가는 모습을 본 적이 있었다. 오타니 여사는 그 후 얼마 지나지 않아 입원했을 것이고, 이 종이학도 그때쯤 매달았을 것이다. 병실 앞에 도착하니 때마침 미치요가 나오던 참이었다.

"아, 잘 지내셨소."

그는 복도에서 다른 사람들과 대화하며 생긴 버릇인, 잔뜩 낮춘 목소리로 인사했다. 거의 들리지 않을 정도로 작은 목소리였다. 그렇게 인사해서 상대방이 목소리를 높이는 걸 미연에 방지하려는 것이다.

"세상에, 그동안 줄곧 편찮으셨다면서요? 전혀 몰랐어요. 요즘 알았지 뭐예요."

슌스케는 미치요를 바라보았다.

"집에서 음식을 좀 만들어왔는데, 입에 맞으실지 모르겠어요."

슌스케는 재빠르게 고개를 끄덕여 보였다.

"언제부터 그러셨대요?"

"당신들과 만날 때부터요."

슌스케는 의도적으로 또박또박 말했다.

"세상에, 이런 때만은 정말 그 애를 이해할 수 없네요. 왜 그렇게 병문안 오기가 싫다는 건지."

"그 애?"

"조지 말이에요."

"그렇군."

슌스케는 고개를 끄덕였다.

"안 가겠다는데 정말 고집불통이에요. 그 녀석도 사는 게 편해져서 사치스럽게 살고 있다지만, 지난번에 선생님 댁에 초대받아서 식사도 대접받았다면서요? 그때도 사모님은 편찮으셨잖아요. 그런데 참 양심도 없지! 그건 그렇고 사모님은 저렇게 마르셔서 어쩜 좋아요?"

"아니, 아직 심각한 단계는 아니오."

슌스케는 불쾌했다. 미치요가 돌아갈 때까지도 일그러진 표정은 펴질 줄 몰랐다.

"도대체, 무슨, 음식을, 가져왔대? 나도 보여줘."

도키코가 작게 속삭이며 머리를 움직였다. 슌스케는 파이렉스* 그릇의 뚜껑을 열고, 숟가락으로 내용물을 떠다가 도키코의 입가에 갖다 댔다. 그러나 도키코는 고개를 돌렸다.

"느끼해."

"그래? 그럼 버릴까? 아니면 넣어둘까?"

대답은 돌아오지 않았다.

"그럼 넣어둘게."

"이번에, 다 나으면, 정월에, 초대해서, 맛있는 게, 뭔지, 제대로, 보여, 줘야, 겠어."

슌스케는 아내의 심부름으로 백화점에 갔다. 조명 아래에 부드러운 네글리제가 웨딩드레스처럼 화려한 자태를 뽐내며 걸려 있었다. 슌스케는 아내에게 이런 물건을 사줄 때 흥분감을 느꼈다. 왜 이런 생각이 드는 걸까? 아내가 병원의 환자라는 것도, 고목처럼 말라비틀어지고 늙

---

* 미국의 코닝(Corning) 사에서 만든 강화 내열유리 브랜드. 혹은 그 브랜드의 상품 전반을 이르는 통칭.

어버린 병자라는 것조차도 잊어버릴 것 같다. 오히려 병에 걸리기 20년 전의 젊고 싱그러운 시절의 아내라는 착각마저 일 정도였다.

"아내에게 선물하고 싶은데, 어떤 게 좋나요?"

매장 직원은 스물대여섯 살 정도 되어 보였다.

"고객님의 부인이시라면, 이런 상품이 어떨까요?"

"아니, 그것보다 이 분홍색은 어떻습니까? 너무 색이 야한가요? 혹시나 해서 묻는데, 요즘은 나이 먹은 사람도 이런 걸 입을 수 있을까요? 일단 잠옷이니까."

"물론이죠, 고객님. 이런 건 연령과 상관없어요. 분홍색이라도 잘 어울리실 거예요. 외국에서는 훨씬 화려한 색도 많이 구입하고 이용하거든요. 사모님께도 잘 어울릴 거예요. 일반적으로 화려한 옷 쪽이 더 보기도 좋죠."

"그렇겠네요."

슌스케는 싱글벙글 웃으면서, 마치 집에서 그를 기다리는 젊은 아내에게 선물을 사다 주려는 것처럼 대화를 계속했다.

도키코가 분홍색 잠옷 차림으로 누워 있자, 간호사가 체온계를 갖고 왔다.

"어머, 미와 씨."

스물두세 살 정도 되어 보이는 간호사가 말했다.

"젊어 보이세요."

도키코는 간호사의 칭찬에 대꾸조차 하지 않고 부채만 열심히 부쳤다.

"마사코 있잖아, 정말, 몹쓸 애야."

그녀는 슌스케에게 중얼거렸다.

"멋 부리는 데에만, 눈이 시뻘게져서, 여기에 왔을 때, 내가, 뭔가, 시킬라치면, 한 시간이면, 끝날, 일을, 세 시간이나, 질질 끌고. 토끼처럼 깨작거리고, 밥 먹느라, 늦었다, 변명하는데, 그걸, 어떻게, 믿어. 그래서 혼냈더니, 무슨 아이처럼, 징징, 울어대더라."

"세탁물은 집에서 빨아올까?"

슌스케는 도키코의 비위를 맞췄다.

"목에 뭔가, 걸고 다니던데. 그리고 의사가, 들어올 것, 같으면, 표정도, 싹, 달라진다니까! 료이치, 한테도, 제대로, 말해놔. 료이치고, 마사코고, 둘 다, 오지 않아도, 된다고, 전해."

목걸이라면 슌스케가 사준 것이었다. 그걸 달고 병원에 왔단 말인가.

미와 슌스케에게는 사소하면서 소중한 자유의 순간이 있었다. 쇼핑을 하며 물건을 하나하나 고를 때, 쇼핑몰로 향할 때, 그곳에서 점원들과 대화를 나눌 때, 곁을 지나치는 사람의 얼굴을 보고 놀랄 때, 무성하게 우거진 녹색의 나무와 잎을 구경할 때, 뺨을 쓰다듬고 지나가는 바람을 느낄 때, 차가 지나가지 않는 빌딩 그늘에 들어섰을 때, 슌스케는 자신이 살아 있다는 것을 증명하는 자유를 체감했다.

"제 아내는 몸이 아픕니다. 아주 위중한 상태입니다. 그런 아내의 남편이 바로 접니다."

예전에 외출했을 때, 슌스케는 이렇게 소리치고 싶었다. 그러나 지금은 누군가에게 도움을 청하며 이렇게 외치고 싶었다.

"저희는 모두 친구입니다. 저희는 모두 불안정한 고통에 시달리는 인간이랍니다. 제가 지금 쇼핑을 하는 남자로 보여도, 그저 평범한 손님일 뿐이라고 생각하지 말아주세요. 저는 인간으로서 여러분과 교류하고 싶어서 이렇게 말을 거는 거예요. 저희는 서로를 알지 못하는 남남이지만, 오히려 그런 관계라서 친구인 거예요."

겉으로는 아무 말 없이 쇼핑을 하면서, 정작 마음속 깊은 곳에서 그렇게 외치는 이유는 무엇일까? 쇼핑하고 있는 사람들에게 특히 그런 생각이 드는 이유는 어째서일까?

슌스케가 병실에 들어가니 때마침 노파가 식사 중이었다. 도키코가 자신의 식사를 노파에게 준 게 틀림없었다. 슌스케는 료이치한테서 노파에 대해 들은 적이 있었기 때문에 '이 사람이 그 사람이군' 하고 생각하며 노파가 입안으로 음식을 밀어 넣는 광경을 구경했다.

"남편분이신가요?"

노파는 공손하게 인사했다.

"퇴원은 언제 하시나요?" 슌스케가 물어보았다.

"오늘이에요. 이제 곧 며느리가 데리러 올 거예요. 아까 제 몫을 먹긴 먹었는데 시간이 얼마나 지났다고 벌써 배가 고프지 뭐예요."

"할머니, 제, 주소, 적은, 종이, 갖고 있죠?"

도키코가 침대 위에서 말했다.

"전화번호도, 있죠? 꼭, 전화하고, 놀러, 오세요. 맛있는, 음식을, 잔뜩, 준비해, 놓을 테니까."

"사모님은 정말 천사 같은 분이세요. 병원에서 저한테 이렇게까지 잘 대해주신 분은 사모님뿐인걸요."

그렇게 말한 뒤, 노파는 깊게 머리를 조아려 인사했다. 그러고는 주름투성이 가슴이 엿보이는 잠옷 틈에서 종이를 꺼냈다.

"사모님, 이게 저희 집 전화번호랍니다."

밖에서 누군가가 노파를 불렀다.

"며느리가 왔나 보네요."

노파는 말을 끝내고는 일어섰다.

"아, 집에 돌아가면, 식사, 할 수, 있을 거야. 저런, 할머니도, 먹고, 있는걸."

도키코는 한탄했다. 때마침 젊은 주치의가 들어왔다.

"선생님, 오늘은, 기분, 좋아, 보이시네요."

도키코는 힘을 짜내면서 말하더니 희미하게 웃었다.

"그 손님이 또 오셨나 보네요?"

주치의가 웃으며 도키코를 향해 말했다.

"미와 씨야말로 기분 좋아 보이시네요. 무슨 좋은 일 있으셨어요?"

"K 선생님은, 조금만, 더, 있으면, 퇴원해도 좋다고, 말, 했어요. 거봐, 선생님 말이, 틀렸죠?"

"그렇군요."

의사는 슌스케 쪽을 보더니 웃었다.

"제가, 못, 먹는 건, 병원, 식사, 때문이에요. 어쨌든, 사람은 먹어야, 해요."

"그렇게 돌아가고 싶으신가요?"

갑자기 주치의의 얼굴이 차가워졌다.

"정 돌아가고 싶으시다면 K 박사 말대로 하셔도 됩니다."

슌스케는 잠자코 두 사람의 대화를 지켜보고 있었다.

"전, 이제, 훨씬, 좋아졌을, 테니까요."

"그 말대로입니다, 부인. 전보다 호전되긴 했죠. 제게 불평하신다는 것도 건강해졌다는 증거고요. 사모님 참 재미있는 분이시네요."

주치의가 나가자 도키코가 불평했다.

"정말이지, 못된 의사라니까. 제대로, 말도, 안 해주고."

슌스케를 바라보는 그 눈빛이 자못 날카로웠다.

"의국(醫局)에, 맥주, 제대로 보냈어?"

"지금쯤이면 도착했을 거야."

슌스케는 침대맡에서 몸을 일으키며 대답했다.

"말 나온 김에 확인하고 올게."

어느 무더운 날, 병실 창가의 커튼이 바람에 나부끼는 오후의 일이었다. 미와 부부가 예전에 중매를 서준 적이 있었던 시미즈가 병문안을 와 있었다.

"시미즈 씨, 당신은, 부인에게, 잘, 해줘요."

"물론이죠."

시미즈는 고분고분 대답했다.

"우리 집처럼, 이제야, 곁에, 붙어 있어도, 정작, 필요한 때에, 없으면, 말짱, 소용, 없으니까요. 여자는, 아이가, 어릴 때, 있어주기를, 원한다고요."

슌스케는 미소 지으며 수혈이 제대로 되고 있는지 확인했다.

입원한 지 두 달이 지났을 무렵, 도키코는 드디어 집에 돌아가기로 결심했다. 그녀는 집에서 식사를 한다면 나을 거라고 굳게 믿고 있었다. 그리고 그 목표를 정한 후로 병원은 안중에도 없어져서, 퇴원 당일이 되기가 무섭게 짐을 싸고 화장을 했다. 슌스케는 차가 올 때까지 큰 짐들을 지키면서 현관 계단 위에서 기다리고 있었는데, 택시 한 대가 바로 앞까지 다가와 손님 한 명이 내렸다. 택시에서 내린 오타니 씨가 슌스케에게 다가왔다.

"퇴원하세요?" 그가 말했다.

오타니 씨와의 대화는 이번이 처음이었다.

"아마 또 입원할 것 같긴 한데, 저렇게 돌아가고 싶어 하니 일단 돌아가기로 했습니다. 어떻게 될지는 잘 모르겠네요." 슌스케가 대답했다.

그러자 오타니 씨는 아무 말 없이 서둘러 건물로 들어갔다. 그 모습을 구경하고 있는데, 오타니 씨가 2층으로 올라가다가 발을 헛디뎠다. 간신히 계단을 잡긴 했지만 어쩐지 일부러 넘어진 것처럼 보였다. 슌스케가 다가가려고 했지만, 오타니 씨는 잠시 쭈그려 앉아 있다가 다시 올라가더니 이내 사라졌다. 차가 도착하자, 슌스케는 병실로 돌아갔다. 도키코를 부축하며 걷고 있으려니 외래 병동의 K 박사에게 소속된 니시무라 간호사가 부리나케 다가왔다.

"휠체어 가져올 테니 잠시 기다리세요! 무리하시면 안 돼요."

니시무라는 도키코를 휠체어에 앉혀서 옮겼다. 현관 앞 계단까지 가서는 슌스케를 불렀다.

"미와 씨, 도와주실래요?"

둘은 힘을 합쳐서 차에 그녀를 태웠다.

"꼭, 우리 집에, 놀러, 오세요. 우리, 집은요, 지난번에, 말했던, 것처럼, 특이하고, 재미있는, 집이거든요. 꼭, 오셔야, 해요. 그, 때까지, 건강해져, 있을 테니까."

도키코가 니시무라에게 말했다.

"주사를 맞으셨으니까 멀미가 날지도 몰라요."

니시무라가 슌스케에게 당부했다. 차가 움직이자, 그 간호사는 이들을 향해 예의 바르게 인사를 해 보였다.

"집에, 돌아가면, 부탁해, 여보."

도키코는 딱히 목소리를 낮추지 않고, 평소대로 그에게 말을 건넸다. 수염이 진해지기 시작했을 무렵부터 그녀의 목소리에는 금속처럼 거친 울림이 섞였다. 마치 변성기를 맞은 소년의 목소리와도 닮아 있었다. 이제 그녀는 딱히 작게 말하려 의도하지 않아도 목소리를 크게 내기 힘들어했다. 그리고 기묘하게 변한 목소리를 딱딱 끊어서 말하는 탓에, 익숙해지지 않으면 무슨 말을 하는지 알아듣기 힘들었다. 그러나 슌스케는 그 목소리를 똑똑히 알아들었고, "부탁해"가 의미하는 것 또한 알고 있었다. 그가 도키코의 손을 잡자, 그녀 역시 슌스케의 손을 맞잡았다. 그녀의 손힘은 몹시 약해져 있었다. 그저 남들보다 큰 손을, 슌스케의 손 위에 얹고 있는 것에 가까웠다. 잠시 후 손을 놓자, 그녀는 핸드백에서 거즈 손수건을 찾았다. 손이 떨리는 걸 보아 곧 기침이 시작될 것이라는 걸 알 수 있었다.

집에 도착한 도키코는 차에서 내리고는, 마중을 나온 마사코에게 "수고했다"라고 한마디 건넨 뒤, 웃으면서 자기 힘으로 걸었다.

"금붕어 좀 봐, 어쩜 저렇게 예쁠까? 수련도 예쁘게 피었네!"

그녀의 얼굴은 미소로 가득했다.

슌스케는 집에 들어가자마자 침대에 누운 도키코의 곁으로 다가갔다.

"당신, 살 빠진 것 같은데? 지금이 더, 보기 좋네."

그렇게 말하는 도키코의 눈이 빛나고 있었다.

그녀는 신음하면서도 마치 원수라도 갚으려는 듯, 필사적으로 목욕했다. 슌스케와 딸이 달라붙어 목욕을 도왔다. 그 후로 기침을 하기도 하고, 호흡곤란에 빠지기도 하고, 등을 두드려주기도 하는 일이 반복되었는데, 도키코는 슌스케에게 "죽어도 상관없으니까, 부탁이야"라고 말했다. 슌스케는 아내가 몹시 걱정되었지만, 결국 비수를 찔러 넣듯 그녀와 몸을 섞었다. 그는 슬픈 표정을 지었다. '온 세상, 이 지상에서 누구보다 사랑하는 나의 아내'라고 적힌 종이를 매달던 오타니 씨도 자신과 비슷한 일을 겪고, 똑같이 행동했을까? 그 후 슌스케는 평소대로, 집 근처의 의사에게 전화를 걸었다.

한 달 반이 지난 어느 날, 도키코는 어린애 취급받는 것에 화내면서 왕진 의사와 함께 차에 태워졌다. 의사는 계속해서 맥박을 쟀다. 신주쿠로 향하는 도로를 20분 정도 달렸을까, 그때 도키코가 입을 열었다.

"저런, 곳을, 노리코가, 달리고, 있네."

그러고는 깔깔 웃기 시작했다. 딸과 아들이 탄 또 다른 차가 뒤에서 따라오고 있었다.

병원에 도착한 도키코는 침대로 옮겨지자, 갑자기 가방을 달라고 했다. 그러고는 침대에 걸터앉아 화장을 하고 눕더니, 얼마 지나지 않아 화장실에 가고 싶다고 했다. 무슨 일이 있어도 침대에서 내려가겠다는 것이다.

"내려가면 안 된다니까."

"내가, 내려가겠다는데, 참견하지 마!"

"제발, 이 위에서 그냥 볼일 봐. 이쪽이 더 뒤처리도 편하단 말이야."

"내가, 말하는, 대로, 해! 자, 여길, 잡아. 자!"

간호사는 크게 놀란 표정으로 그 광경을 바라보았다.

결국 둘이 달라붙어 도키코를 화장실에 보냈지만, 그것이 마지막이었다. 그 후 도키코의 코에는 산소호흡기가 삽관되었고, 슌스케는 간병인이 올 때까지 나흘 동안 병원에 묵어야 했다.

"나 오늘은 더 이상 있을 수 없어. 간병인이 왔으니까."

슌스케의 말에 도키코가 중얼거렸다.

"하루밖에, 안, 지났는데?"

슌스케는 도키코의 호흡곤란 증세가 멎은 후, 혹시라도 오타니 씨의 아내 이야기가 화제에 오를까 봐 조바심을 냈다. 그 사람은 한 달도 더 전에 죽었다.

"아니야. 나흘이나 있었어."

이번에 도키코는 오타니 부인의 병실에서 대각선 방향에 위치한 병실에 입원했다. 이전에 입원했을 때 사용했던 병실 바로 옆이기도 했다.

"거짓말." 그녀가 말했다.

"정말이야."

"당신은, 그렇게, 뻔히, 다 보이는, 거짓말을, 쳐. 나는, 다, 알아."

그 말에 슌스케는 몸까지 들썩이며 폭소했다. 슌스케는 이제 아내에게 모르핀이 처방되기 시작했다는 것을 알게 되었다. 그걸 알면서도 웃음을 멈출 수 없었다. 그랬더니 더더욱 자신이 거짓말을 한 것처럼 느껴졌다. 도키코는 오타니 부인에 대해서 아무것도 말하지 않았다. 오늘 그 이름이 언급되지 않는다면, 앞으로도 언급될 일이 없을 것이다. 도키코는 이미 알고 있는 게 틀림없었다.

어느 날, 미와 슌스케는 환자용 기저귀를 사려고 백화점에 들렀다. 그는 중형 사이즈를 구입했다.

"역시 대형 사이즈가 잘 맞으실 것 같아요. 마르긴 하셨어도 사모님은 골격이 크신 편이기도 하고, 대형 사이즈가 조절하기도 더 편해요."

도키코와 비슷한 연배의 간병인이 허리에 기저귀를 맞춰보면서 말했다.

"그럼 그건 그대로 두고 새로 대형 사이즈로 사 올까요?"

"두 개 정도로 충분할 것 같네요. 그리고 크레졸이 다 떨어졌어요. 플란넬로 복대를 두 개 정도 만들 거니까 그것도 같이 사 오실 수 있을까요?"

"그거면 되나요?"

도키코는 조용히 누워 있었다. 그녀는 눈을 뜬 채로 자고 있었다.

슌스케는 남몰래 사야 할 것이 있었다. 도키코는 이제 파자마를 입지 않아서, 슌스케는 그것을 다른 세탁물과 함께 집으로 가져갔다. 어제 도키코는 가운을 사달라고 남편에게 부탁했다. 침대에서 일어나 앉아 있을 때나 언젠가 화장실에 스스로 가게 될 때 걸치기 위함이었다. 슌스케도 예전에 쇼핑할 때, 두세 군데의 백화점을 돌다가 발견한 체크무늬 가운을 눈여겨보고 있었다. 그런데 사러 가니 이미 매진된 상태였다. 지하철 쇼윈도에 걸려 있던 것이라도 안 되겠느냐고 물어보자, 그것 역시 아까 전에 팔렸다는 대답이 돌아왔다.

슌스케는 그 체크무늬 가운을 무슨 일이 있어도 찾아내겠다고 작정했다. 그래서 기저귀를 사러 가는 김에, 조금 더 근방을 뒤져보기로 했다. 그런데 백화점의 위생용품 매장에 도착하자 대형 기저귀가 입고되려면 세 시간을 더 기다려야 한다는 답변이 돌아왔다.

"사용하시는 분의 성별이 어떻게 되나요?" 여자 종업원이 물어보았다.

"여자입니다. 제 아내예요." 슌스케는 울부짖듯이 말했다.

"체형은 어떠신가요?"

"체형이고 뭐고, 이런 걸 써야 할 정도로 환자입니다. 어쨌든 대형 사이즈가 필요해요."

"대형요?"

종업원은 살짝 미소를 지었는데, 마치 슌스케의 거친 말투를 비웃는 것처럼 보였다.

"아니 왜 제때제때 보충을 안 해놔요? 중형보다 대형 쓰는 사람이 더 많다면서요?"

"간다 지점의 창고에는 재고가 확보되어 있습니다."

"말도 안 되는 소리 하지 말고, 뭐 하고 있는 거야, 당신들?"

갑자기 화가 확 치밀어 올랐다.

"손님, 어쨌든 간다 지점에는 있습니다."

"세 시간 후에 다시 올 테니까 그땐 준비해둬요!"

그는 매장을 떠났다. 그리고 도키코 또래의 여자가 지나갈 때마다, 뒤를 돌아 그 모습이 사라질 때까지 바라보았다.

'아, 과자를 사는구나. 아, 고기도 있네.'

분명 저 여자들에게도 남편과 자식이 있을 거라는 생각이 들었다.

플란넬과 무명천 매장이 있는 층에는 기모노를 입은 마네킹 인형이 여러 개 진열되어 있었다. 이렇게 아름다운 옷을 입는 여자가 이 세상에 과연 존재하기는 할까? 그런 여자가 자신의 곁에서 말을 걸고, 질투하고, 질투 받고, 같은 이불에서 잠들었다는 사실이 애초에 이 세상에 존재했던가?

슌스케는 잠옷 매장에서 바로 그 체크무늬 가운을 입은 마네킹을 발견했다. 잠옷 매장의 점원이 이쪽을 돌아보았는데, 분홍색 잠옷을 샀을 때의 바로 그 사람이었다.

"지난번에 여기서 산 잠옷 말인데요, 정말 잘 입었습니다."

그렇게 말하면서, 슌스케는 점원 곁으로 다가갔다. 달콤한 향이 코를 간질였다. 그 향에 신경이 곤두선 마음이 누그러졌다.

"좀 무례한 직원이 있더라고요."

"어느 매장 직원인지 여쭤봐도 될까요?"

"아, 괜찮습니다."

하마터면 기저귀 얘기를 꺼낼 뻔했던 슌스케는 잽싸게 화제를 돌렸다.

"이런 종류의 옷은 이거 하나뿐인가요?"

"아뇨, 여기에도 있습니다."

"고마워요."

대답하면서 슌스케는 고개를 돌렸다. 진한 빨간색 바탕에 녹색 얼룩무늬가 드문드문 그려져 있었다.

점원은 웃으면서 말했다.

"사모님이 사용하실 건가요?"

"네. 사실 입원한 상태라……"

"어머, 빨리 쾌유하시면 좋겠네요."

"손님, 마네킹 인형이 입은 상품으로 보여드려도 괜찮을까요?"

"그렇게 해주세요."

그녀는 다른 직원을 불러다가 가운을 벗겼다. 의외로 품이 많이 드는 모양이었다. 마치 도키코의 환자복을 갈아입히는 것과 비슷하다고 슌스케는 생각했다.

"죄송합니다, 손님. 잠시 다른 쪽을 봐주실 수 있을까요?"

슌스케는 잠시 그 말의 의도를 이해하지 못했다.

"아, 그런가요? 알겠습니다."

"여긴 내가 이렇게 하고 있을 테니까 넌 거길 잡아줘."

마네킹 인형이 쿵 하고 요란한 소리를 냈다. 슌스케는 병원에서 간호사들이 일하는 광경을 구경할 때마다 안도감을 느꼈는데, 지금도 그랬다. 그것은 집에서 여자들이 머리에 수건을 쓰고 이불에 솜을 넣거나, 정월 음식을 전날 밤 11시가 되도록 준비하는 광경을 볼 때의 행복감과도 비슷했다.

"지금은 누워 지내니 잘해봐야 어깨에 걸치는 정도긴 하지만, 나중에 걷게 되면 입을 수 있게 될지도 모르니까요."

"물론이죠, 손님. 이건 젊은 사람들이 많이 입는 용도 같아도, 사람에 따라 나이 든 분들도 얼마든지 소화하실 수 있어요. 분명히 어울리실 거예요."

"전 아내가 살아 있기만 해준다면 같이 얘기하고 싶은 게 산더미처럼 많으니까요."

이 여자는 병명을 묻지 않는구나. 그렇게 생각하는 사이에 슌스케의 말은 점점 혼잣말이 되었다.

"어쨌든 여기에서만 파는 물건이니까."

이제 슌스케는 말할 필요가 없는 이야기까지 하고 있었다. 입이 멈추지 않았다.

"저는 아내와 아들, 딸, 가정부 이렇게 네 명과 살고 있습니다."

그의 말이 이어졌다.

"그런데 그 아들 녀석이 병문안 가는 걸 꺼리더군요. 그래서 그걸 전부 다 딸아이에게 떠넘기고요. 딸애는 병원에 오면 제 엄마한테 말을 걸기도 하고, 엄마를 주물러주고, 함께 웃기도 하고 그런답니다. 그런데 아들 녀석은 왜 그런 건지 모르겠어요. 얼굴은 죽상을 해가지고."

순스케가 돌아오자, 환자는 가슴에 찬물을 빨리 빼달라며 성화였다. 물이라면 아까 막 뺐으니 좀더 참아보라고 순스케는 말했다. 그리고 시키는 대로 몸을 일으켜주니, 환자는 앉은 자세 그대로 이불 위에 엎어졌다. 엎어진 채로 도키코가 무어라 중얼거렸다. 순스케는 그 입에 귀를 가져다 댔다.

"역시, 틀렸어."

순스케는 잠자코 있었다.

"우리, 집에, 있으려고, 했는데."

순스케는 가운을 서랍에 넣어 감춰버렸다.

"오타니 부인이 돌아가셨더라고."

반사적으로 그 말이 입에서 튀어나왔다.

"아니, 안, 죽었어."

도키코는 엎드린 채로 말을 이었다. 그러고는 몸을 일으켜달라고 하기에 시키는 대로 하자 "좀, 살살, 해"라고 말하면서 순스케를 바라보았다.

"당신, 눈빛이, 왜 그래."

평소에 그리도 열심히 정보를 캐던 도키코가, 그 환자가 죽었다는 사실을 몰랐다고? 간호사며 간병인에게 물어보지 않았던 건가?

"당신은 괜찮을 거야."

그렇게 말하며 순스케는 창가로 다가갔다.

"치료 방법이 한두 가지가 아니라잖아. K 선생님도 적당한 치료 시기를 찾고 있을 거야."

창 너머로 테니스 코트가 보였다. 박사와 주치의, 니시무라 간호사를 비롯한 많은 사람이 소리치면서 공을 쫓아다니고, 그것을 받아치고 있었다. 박사가 친 공이 망 밖으로 날아갔다. 길 위로 튕겨 올라간 다음, 영화관의 거대한 벽 쪽으로 굴러갔다. 주치의는 철망을 기어 올라가 바깥을 살펴보았다. 그러곤 그쪽에서는 공이 보이지 않는지 "어디야, 어디 갔지?"라고 니시무라 간호사에게 물어보았다. 슌스케가 "이봐요, 거기 있어요!"라고 외쳤다. 뒤를 돌아보니 도키코는 입을 다문 채 눈만 뜨고 있었다. 박사는 공이 돌아올 때까지 라켓을 휘둘러대며 어느 자세로 치면 좋을지 궁리했다.

밤 9시 무렵, K 박사와 주치의가 유쾌한 표정으로 병실에 들어왔다. 양복 차림의 두 의사는 술에 취해 있었다.

"지금 주무시고 계신가요?"

슌스케는 고개를 끄덕이며 일어섰다. 두 의사는 잠든 환자의 얼굴을 보면서 독일어로 무어라고 대화를 나누었다.

"이제 돌아가셔도 좋습니다, 미와 씨."

K 박사는 환자에게 다가가며 말했다.

"당분간 이렇게 재우기로 했습니다. 그렇지 않으면 주사를 놓을 수 없거든요. 미와 씨, 저희가 오늘 독일인 의사와 만났는데요, 그 사람이 연구 데이터를 원하길래 그걸 줬더니, 아주 기뻐하면서 '일본에서는 벌써 여기까지 연구가 진행됐구나!' 하고 감탄하지 뭡니까. 나중에 독일 쪽에서도 연구 결과를 보내준다고 하더군요."

"그렇습니까."

슌스케는 웃었다.

"좋은 약이 있다고 하더군요. 그걸 쓰면 병에도 잘 들을 겁니다. 그 약을 보내달라고 요청도 해놨고요."

"언제 도착합니까."

"글쎄요, 아마 곧 도착하겠지요."

"그 독일 사람과는 어디서 만난 건가요? 모임 이름이 어떻게 되나요?"

아무래도 좋을 이야기를 물어보면서, 슌스케는 한시라도 빨리 그 약이 일본에 도착하기만을 빌었다.

"오쿠라 호텔입니다. 아주 성대한 모임이었어요."

주치의가 대신 대답했다.

"오늘 테니스를 치고 계셨죠? 이쪽 창문에서 잘 보이더라고요."

"아, 그랬나요?"

주치의의 얼굴이 긴장으로 조금 굳어졌다.

"근무 중에 운동이나 하냐면서 클레임이 들어오긴 하는데, 그게 사실 어쩔 수 없거든요."

"미와 씨도 하시나요?"

이번에는 K 박사가 물어보았다.

"아니요, 저는 하지 않습니다."

"그렇군요. 미와 씨, 이제 돌아가셔도 좋습니다."

그렇게 말한 뒤 K 박사는 힘차게 밖으로 나갔다.

"선생님, 잠깐만요!"

그 순간 슌스케는 아직 행동으로 옮기지 못했던 것이 떠올라 소리쳤다. 그는 박사를 다시 방으로 데려왔다.

"무례한 짓이라는 건 알지만, 받아주십시오."

지난 며칠 동안, 슌스케는 주머니에 수표가 든 봉투를 넣고 다녔다. 그는 그것을 꺼내어 내밀었다.

"아니, 이게 뭡니까?"

박사는 자신에게 내민 봉투를 바라보았다.

"아이고, 걱정하지 않으셔도 됩니다."

그렇게 말하면서도 그는 봉투를 받았다.

"부디 잘 부탁드립니다."

"저야 항상 최선을 다하고 있죠."

박사는 그렇게 말하며 웃었다.

슌스케가 병실로 들어서니, 가톨릭 수녀 두 사람이 먹이를 쪼는 까마귀처럼 아내의 입에 귀를 들이대고 있었다.

"뭐 하는 겁니까, 당신들! 당장 돌아가요! 나가!"

슌스케가 벌컥 소리 지르자, 수녀들은 "알겠습니다, 알겠습니다"라고 말하면서도 몇 초나 꾸물거리더니, 뒷걸음질 치며 병실 밖으로 나갔다. 병실 밖으로 나가던 수녀들은 처음으로 슌스케와 얼굴이 마주쳤다. 두건을 쓴 수녀 중 하나는 흙빛에 안경을 쓴 늙은 여인이었고, 또 한 사람은 분홍빛 얼굴의 젊은 여자였다. 슌스케는 도저히 화를 가라앉힐 수 없어 씩씩대며 이들을 쫓아나가더니 "기다려! 당신들 기다려!"라고 외쳤다.

소란스러운 소리에 복도에서 음식 카트를 끌던 간호사 몇 사람이 뒤돌아보았다.

"지난번부터 당신들, 계속 여기에 들어왔는데, 이게 도대체 몇 번째요? 이 병원은 이러는 걸 허가하지도 않았는데!"

슌스케는 병원 간호사들에게도 똑똑히 들리게 말했다.

"알겠습니다. 죄송합니다. 이제 그러지 않을 테니까 조용히 해주세요."

늙은 수녀는 아이를 달래는 것처럼, 손을 내밀며 몇 번이고 고개를 끄덕였다.

"괘씸한 인간들 같으니라고!"

슌스케는 다시 한번 말했다.

"화를 푸세요, 형제님. 당신 자신을 위해서."

"날 신경 써서 뭘 어쩌려는 겁니까!"

슌스케는 이들이 자신에 대해 언급하며 방금 전 행동을 얼버무리려는 것 같아서, 아까보다 훨씬 분개했다.

"형제님께서는 지쳐 계세요."

젊은 수녀가 부드럽게 말했다.

"형제님께서는 아주 무서운 얼굴을 하고 계셨어요."

"……"

"부인분께서는 항상 편안한 표정이신데, 형제님께서는 무척이나 힘들어하는 얼굴을 하고 계셨어요."

"그럼 내가 죽은 사람 얼굴이기라도 하다는 겁니까?"

말이 끝나기가 무섭게 슌스케는 엉뚱한 말을 해버렸다고 후회했다. 늙은 수녀는 젊은 수녀의 소매를 당기면서 빨리 여기서 나가자고 재촉했다.

'네, 네.'

이렇게 말하는 대신, 젊은 여자는 두건으로 감싼 머리를 끄덕이며 눈을 감은 채 작게 기도했다. 눈을 감은 그 모습이 마치 입맞춤을 받는 것처럼 보였다. 그것과 상관없이 슌스케의 몸에서 힘이 빠져나가는 것 같았지만, 여전히 화는 가라앉지 않았다.

도키코의 곁으로 돌아가자 그녀가 무언가 말하고 싶은 것 같기에, 수녀들처럼 귀를 입 가까이 갖다 댔다.

"괜찮아, 그, 사람들, 있어도."

부드럽게 속삭이기가 무섭게, 도키코는 다시 잠에 빠져들었다.

"도키코, 내가 그렇게 무서운 표정을 하고 있어?"

그는 모르핀 기운에 취해 자고 있는 아내에게 속삭이고는, 여위면 서 예전보다 커져 보이는 손을 잡았다. 그녀는 반응하지 않았다.

2주일 후, 슌스케는 K 박사의 개인 사무실에서 대화를 나누었다.

"그래서⋯⋯"

K 박사는 팔걸이의자를 돌리며, 순서가 돌아온 환자를 문진하듯 말을 꺼냈다.

"주임 선생님께서 말씀하시길, 앞으로 일주일, 잘해봐야 열흘이 라고⋯⋯"

말하면서도 슌스케는 목이 콱 막히는 것 같았다.

"⋯⋯그게 정말입니까?"

"주임이 그렇게 말했나 보군요."

K 박사의 눈빛은 마치 슌스케의 마음속을 꿰뚫어 보는 것 같았다.

"주임이 그랬다고요? 열흘이라고 말했지요⋯⋯? 저는 그게 한 달 이 될지, 아니면 두 달일지 아직 잘 모릅니다. 그 기간까지는 어떻게든 견디실 수 있도록 할 참이지만, 걱정하는 게 좋을 단계에 들어선 것 역 시 사실이지요."

"저기, 박사님. 예전에 말씀하셨던, 그 뭐더라, 쥐 실험에 사용했다는 약이라도 써주시면 안 됩니까?"

"아, 그거요? 그게 말이죠."

박사는 웃으며 말을 이었다.

"연구소 냉장고 안에 보관해두고 있긴 한데, 그 연구 담당자가 그만뒀지 뭡니까. 그래서 약을 어디에 뒀는지 못 찾게 되었죠. 그렇다고 해서 지금부터 만들자니 시간이 너무 오래 걸리고…… 게다가 그걸 만들 인력도 없다는 게 문제입니다."

K 박사는 머리를 긁적였다.

"그걸 써서 3개월은 물론이고, 7개월까지 생존했던 사례가 있었죠. 그렇지만 예산이 없으니 원."

그렇다면 독일의 그 약은 어떻게 된 거야? 이제 슌스케는 그걸 물어볼 엄두조차도 나지 않았다.

"그런가요? 이젠 방법이 없다는 소리인가요?"

반쯤 성내다시피 하면서 슌스케는 중얼거렸다. K 박사에게 진찰받았을 때, 그의 아내는 분명히 반년의 여명을 선고받았다. 그런데 어째서 나는 착각하고 있었던 거지?

K 박사는 슌스케를 노려보듯이 쳐다보았다.

"그래서 여기 오신 건 무언가 부탁하기 위해서입니까? 제가 예전에 「닥터 킬데어」*라는 방송을 본 적이 있는데 말이죠."

"저도 봤습니다."

"그렇군요. 그 에피소드 중에, 이미 죽은 심장을 기계로 살아 있도

---

* 「Doctor Kildare」: 1961년부터 1966년에 걸쳐 미국에서 방영된 드라마 시리즈로, 로스앤젤레스의 병원에 근무하는 인턴의가 다양한 사건을 겪으면서 성장해간다는 내용을 담고 있다.

록 유지하는 내용이 있었죠. 계속해서 살아 있게 할지 아니면 중단시킬지, 참고할 가치가 있는 아주 좋은 드라마였어요. 저야 의사니까 연명을 택하는 게 정답이지만 말이에요."

슌스케는 고개를 끄덕였지만, 그런 이야기를 듣고 싶다고 부탁한 게 아니었다. 애당초 그는 무언가를 부탁하지도 않았다. 그는 그저 '자신이 착각하고 있었다'는 쇼크에서 벗어나지 못하고 있을 뿐이었다. 슌스케는 그 순간을 대비한 마음의 준비를 하지 않은 상태였다.

"힘드실 겁니다." K 박사가 말했다.

그 역시 성이 난 것처럼 보였다. 슌스케는 아무런 대답도 하지 않았다.

"제가 주제넘게 나설 영역은 아니지만, 아무리 힘들다고는 해도, 원래 부부란 건 타인 관계 아닙니까?"

"그건 그렇습니다."

"문제는 자제분들입니다. 혈연관계니까요."

슌스케는 잠자코 앉아 있었다.

"수녀들이 병실에 온 건 선생님의 지시였습니까?"

"그 사람들은 제가 지시하지 않아도 면회를 사절할 정도로 위독한 환자들은 분간할 줄 압니다. 저는 그냥 제지하지 않을 뿐입니다. 환자들 중에 종교를 원하는 사람도 분명히 있으니까요."

"하지만 선생님의 말씀대로라면 저런 사람들은 오지 않는 편이 치료 목적상 좋지 않나요?"

"치료요?"

K 박사가 희미하게 웃었다. 슌스케는 고개를 끄덕였다.

"미와 씨, 지금 부인분은 치료 단계가 아니에요. 모르핀을 쓰고 있으니까요. 또 물어볼 거 있으십니까?"

"아니요."

"미와 씨, 제 생각에 당분간 미와 씨야말로 치료를 받는 게 좋으실 것 같습니다."

슌스케는 비틀거리면서 복도로 나왔다.

그리고 병원 밖으로 발걸음을 옮겼다. 그의 아내 도키코는 오랫동안 그의 말벗이었다. 그녀와의 대화가 끊어질라치면 슌스케는 필사적으로 대화를 계속하려 했다. 지금 슌스케는 부부가 된 이후 처음으로, 그녀와 너무나 대화를 하고 싶었다. 그러나 머잖아 그녀와 영영 대화할 수 없게 될 것이다.

슌스케는 어째서 도키코가 죽을 것이라는 사실을 부정했을까? 그녀가 살아 있기 때문이다. 도키코가 미라처럼 바싹 말라버린 사실을 알면서도 거의 인지하지 못했던 까닭은, 그녀를 매일 보았기 때문이다. 반년, 혹은 1년도 전부터, 도키코가 오늘부터 열흘 안에 죽을 거라는 사실은 명백했지만, 슌스케는 그렇게 되지 않을 거라고 생각했다. 남들 눈에 그의 착각은 어떻게 비쳤을까. 어떻게 보이든 무슨 상관이란 말인가. 어쩌면 그들 부부는 착각을 나란히 반복해온 게 아닐까? 철골을 잔뜩 써서 지은 새집을 모욕당하여 슬퍼하던 감정이 고스란히 느껴졌다. 슌스케는 한때 그 집을 증오했지만 지금은 너무나도 강렬한 애착을 느꼈다.

슌스케가 가방을 메고 매일 지나다니는 번화가의 길가에 들어서자 저만치에서 귀엽게 생긴 여자가 이쪽으로 걸어오고 있었는데, 어쩐지 낯익은 얼굴이었다. 발길을 세우고 그 얼굴을 바라보자, 그 여자 역시 슌스케가 누군지 기억해내려는 듯 응시했다. 그가 이내 머리를 숙이고 걷기 시작한 후에도, 상대방의 의아해하는 눈길은 끝까지 좇아왔다.

"저 여자는 누구였지?"

슌스케는 매일 한 번씩 들렀고, 어제도 유아용 영양식을 사기 위해 들른 식품 전문 백화점 앞을 지날 때가 되어서야, 그 여자가 가운 매장의 여성 점원이었다는 것이 생각났다. 뒤를 돌아보자 마침 그 여자도 뒤를 보려던 참이었다.

"이제 아내는······"

그 여자에게 하고 싶은 말이 목구멍까지 올라왔다.

슌스케는 지하철 지하상가로 내려가, 빽빽한 인파를 뚫으며 빨간 공중전화를 찾았다. 여행안내소 근처에 공중전화가 열 대 정도 늘어서 있었다. 각양각색의 차림새를 한 사람들이 전화에 대고 떠들고 있었다. 슌스케가 다가가니, 일부는 그에게 잠시 시선을 보내면서도 좀처럼 전화기에서 떨어지지 않았다. 드디어 자리 하나가 비었다. 그러나 어떤 여자가 그의 앞에 끼어들었다. 촉촉한 향수 냄새가 풍겼다. 슌스케는 멍하니 서서 다음 전화기가 비기를 기다렸다. 자신에게 어딘가에 전화를 걸 의지가 있기는 한 건지 알 수 없었다. 또다시 자리가 나자, 슌스케는 기계적으로 전화기에 다가갔다. 그러자 외교원처럼 차려입은 남자가 전화기를 가로챘다. 그 남자의 쭉 뻗은 팔꿈치 부분이 슌스케의 가슴 높이에서 그를 막고 있었다. 슌스케는 그 광경을 멍하니 쳐다보다가 다시 지하상가의 풍경을 둘러보았다. 이곳은 매일 두세 차례씩 짐꾸러미를 안고 오가던 곳으로, 오늘도 변함없이 낯설고 소란스러운 인파가 그의 곁을 지나가고 있었다.

슌스케는 공중전화 앞에 섰다. 병문안을 와준 사람들 중 세 가족에게 전화를 걸었다. 두 건의 전화는 그 집 부인이 받았고, 나머지 한 건은 가정부가 받았다. 감사의 인사를 전했는데, 전부 다 그의 말을 제대로 알아듣지 못했다. 슌스케는 최대한 크게 말하다가, 그의 말이 제대로 들리지 않는 이유가 주변 소음이 아니라 자신의 작은 목소리 때문이라는 것을 알아챘다. 목소리를 높이니 자신이 무슨 말을 하는지 더더욱 알아듣기 힘들었다.

슌스케는 언제나 아들에게 큰 충격을 주고 싶다고 생각하곤 했다. 이는 한때 아내에게 품고 있었던 감정과도 비슷했다.

"의사 선생님이 이제 가망이 없다고 하더라."

집에 돌아간 슌스케는 TV를 보는 아들에게 말했다. 그 말에 아들은 슌스케를 고개 너머로 바라보는가 싶더니 아예 돌아앉았다.

"무슨 소리야. 고치려고 여러 약도 쓰고 있었다며?"

"써도 소용이 없댄다."

"약속했던 거랑 다르잖아!"

아들은 덤벼들 것처럼 소리 질렀다.

"마음의 준비를 해둬."

"무슨 말도 안 되는 소리야? 정신 좀 차려!"

"정신이라니 무슨 소리야."

"항상 그랬잖아? 아빠는 그런 식으로 어설프게 행동하잖아. 마사코한테도 그랬던 것처럼!"

"뭐?"

"아, 됐어!"

"내가 마사코한테 잘해주는 건 집을 위해서야."

"됐다니까!"

료이치는 머리를 감싸 쥐었다.

"그래서 그, 며칠이나 남았다는 거야?"

그렇게 말하더니 료이치는 고개를 들어올렸다.

"일주일, 아니면 열흘 정도."

"일주일 아니면 열흘? 잠깐만, 지난번에는 한 달 아니면 두 달이라며?"

"노리코는 어딨어?"

"2층에서 자."

"그렇군. 이따가 내려오면 말하자."

"노리코가 불쌍해."

"그래. 그렇지만 불쌍하다고만 생각하지 말자. 앞으로 어떻게 해야 할지 같이 생각해야 하니까."

슌스케는 반은 달래듯, 반은 심술부리듯 말했다.

"너 정도 나이면 슬슬 부모한테서 독립해도 이르지 않은 나이야. 부모에게 의지하는 나이는 더더욱 아니고. 엄마가 죽으면 비로소 한 사람의 성인이 되겠지."

아들은 눈치를 보며, 아버지를 보다가 마룻바닥을 쳐다보았다. 슌스케가 보기에 료이치는 당장에라도 버럭 화를 낼 것 같았지만, 지금이라면 자신도 호통칠 수 있을 것 같았다.

아들은 아무 말도 하지 않았다.

"엄마는 언제까지나 네 마음속에 있을 거야. 엄마가 죽을 거라는 사실에 너무 얽매여 있으면 안 돼. 네가 제대로 살기만 한다면 네 안에서 엄마가 항상 있어줄 거야."

"안다고!" 아들이 소리 질렀다.

슌스케는 그 사나운 기세에 공포를 느꼈다. 이번에는 그가 아들의 눈치를 보았다.

"엄마는, 다른 집 엄마들이랑 다르다고! 나를 어른처럼 대해주지 않았어!"

"어른스럽게 굴지 않았으니 그렇겠지."

"그럴지도 모르지만, 다른 집하고는 다르단 말이야!"

"그래, 그렇게 달랐구나."

슌스케는 스스로에게 질문하듯 중얼거렸다.

"바로 그 엄마가 없어지는 거야. 이번에야말로 너는 어른이 되어야만 해."

때마침 노리코가 내려왔다. 슌스케는 가슴이 뜨거워지는 것을 느꼈다.

"어서 와! 아빠 피곤하지?" 노리코가 말했다.

"노리코, 내 말 잘 들어. 알았지? 엄마는 이제 시간이 얼마 안 남았어."

노리코는 고개를 돌리고 되물었다.

"정말로?"

료이치는 여동생을 슬금슬금 쳐다보기만 했다.

"그렇지만 네가 열심히 살기만 하면, 엄마는 항상 네 곁에 있을 거야."

슌스케는 아들에게 한 것과 똑같은 말을 반복했다.

"학교에 미리 전해둬. 알았지?"

노리코는 고개를 끄덕였고, 세 사람은 잠시 한 덩어리로 모여 있었다.

"자, 식사하자. 다들 힘내야지."

마사코가 울면서 자신의 방으로 들어갔다.

식사가 끝난 뒤, 슌스케는 창고로 향하더니 큰 목소리로 아이들을 불렀다.

"이것 좀 봐, 이거 실패했잖아. 매실 위에 대야를 올려놓고 돌로 눌러놓았더니 대야에서 녹이 나와서 매실을 다 망쳐놨어! 잘 만들었으면 좋은 매실장아찌가 완성됐을 텐데!"

슌스케는 잔뜩 흥분해서 호들갑을 떨었다.

"겨우 매실장아찌 갖고 왜 그래?" 료이치가 말했다.

"매실주는?"

이번에는 노리코가 물어보았다.

"술은 잘 익고 있어."

"자, 이제 됐으니까 집에나 들어가자."

세 사람은 우르르 집 안으로 들어갔다. 마사코가 자기 방의 전등 아래에 우뚝 서 있었다.

"선생님, 저 고향으로 돌아가겠습니다." 그녀가 말했다.

"집으로 돌아간다고?"

마사코는 묵묵부답이었다.

"앞으로 우리 집은 많이 바빠질 거야. 지금 그만두면 곤란해. 어쨌든 지금 당장은 안 돼."

슌스케는 언성을 높였다.

"다음에 갈 데가 정해졌나? 아니면 누가 새로 부탁했나? 그것도 아니면 남자친구라도 생겼나?"

마사코는 여전히 대답하지 않았다.

"어쨌든, 당분간은 여기 남아 있어다오. 나중에 원하는 대로 해줄 테니까."

마사코는 작게 고개를 끄덕였다. 그 모습을 보니 갑자기 눈물이 차올랐다.

그러나 이튿날, 병원에 있는 슌스케에게 전화가 걸려왔다. 료이치의 전화였다.

"마사코가 일을 그만두겠다고 하면서 내 말도 전혀 안 들어. 나한테 이걸 물어보는데 어쩌면 좋아?"

"집에 돌아갈 테니까 그때까지 기다리게 해."

슌스케는 대답한 뒤 집으로 돌아갔다. 그러나 집에 들어서니, 료이치는 의자에 앉아서 머리를 감싸 쥐고 있었고, 마사코는 이미 없었다. 그는 가정부 협회에 전화해서 누구라도 좋으니 내일 한 사람을 보내달라고 부탁했다. 그리고 시미즈에게도 연락해서 당분간 집에 와서 묵어달라고 했다.

그날 밤 슌스케가 어둠 속에서 눈을 뜬 채로 있는데, 노리코가 방 안으로 들어왔다.

"아빠."

"노리코니?"

슌스케는 몸을 일으켰다.

"잠이 안 와?"

딸은 아무 말도 하지 않았다. 문득 슌스케는, 도키코도 이런 식으로 밤에 들어온 적이 있었다는 생각이 들었다.

"그럼 여기서 자도 좋아. 이불이랑 매트리스를 가져올 테니까 여기에 있어. 아니면 아빠 침대에서 잘래?"

"매트리스에서 잘래."

순스케가 물건들을 챙겨오자, 노리코는 이부자리를 펼쳤다.

"아빠, 속달 편지가 왔어."

갑자기 료이치가 방에 들어오더니 말했다. 편지 봉투에는 순스케의 이름이 썩 훌륭한 필체로 적혀 있었는데, 뒷면에는 '이토 아야코'라는 이름이 적혀 있었다. 처음에 순스케는 그 사람이 누구인지 기억나지 않았다. 그러나 봉투를 열고 내용을 확인하자마자, 온몸에서 핏기가 싹 사라지는 기분이 들었다.

당신이 저에 대해, '저 여자는 개처럼 사람을 쫓아다녀서 불쾌하다'며 험담을 했다는 말을 들었습니다. 그 말을 듣고 얼마나 실망했는지 아십니까? 당신이 그런 사람일 줄은 꿈에도 몰랐습니다. 마음속으로 저를 사랑해달라고 그렇게나 기도했더니, 돌아온 대가가 고작 이거라니 너무하네요. 당신이 쓴 「부부의 길」이라는 글이 잡지에 실려 있길래 읽어보았습니다. '요즘 아내를 만족시키려고 아내의 고민거리에도 귀를 기울이고 있다'고 쓰셨더군요. 남편은 '미와 씨는 이런 기사 말고 더 재미있는 걸 쓰면 좋을 텐데'라고 말했습니다. 그때 전 반대했지만, 지금 생각해보면 남편의 말이 옳았네요. 당신은 정말 끔찍한 사람입니다.

처음에 이토 아야코가 누구인지 알아보지 못했던 것은 주소가 달라졌기 때문이었는데, 아무래도 다른 지역의 도시로 이사를 간 모양이었다.

"누가 보냈어? 아빠, 우리 그만 자자." 노리코가 말했다.

"그러자."

그렇게 대답한 다음에도 슌스케의 생각은 끊이지 않았다. 내가 도대체 누구한테 이런 말을 했지? 분명히 이런 말을 한 적이 있는 것 같긴 했다. 그러나 불과 몇 년 전에 있었던 일인데도 누구에게 이런 말을 했는지 기억나지 않았다. 슌스케는 편지를 구겨버리고는 쓰레기통으로 던졌다.

"노리코."

어둠 속에서 그는 딸을 불렀다.

"앞일은 너무 염려하지 말자. 만약 기도할 일이 있으면, 그때는 엄마의 영혼을 위해 기도해주렴."

간병인이 안절부절못하는 목소리로 전화를 걸어왔다. 일요일이었다. 비교적 도로가 한산했는데도 집에 있는 아이들을 차에 태우고 병원에 도착하기까지 50분이나 걸렸다. 료이치가 계단을 달려 올라가는 모습을 보며 슌스케는 물어보았다.

"노리코는?"

"글쎄, 화장실에 간 것 같은데."

료이치는 그렇게 대답하고는, 숨을 헐떡이며 슌스케가 자기를 따라잡을 때까지 기다렸다. 곧이어 노리코가 손수건으로 손을 닦으며 나타났다.

"어디 갔다 온 거야, 화장실?"

"응."

교복 차림의 노리코는 그렇게 말하고는 웃었다.

"지금 생리 중인 건 아니잖아?"

그렇게 말해놓고서 아뿔싸 싶었다. 도키코나 했을 법한 말을 자기 입으로 말해버렸다.

"응. 그냥 오줌 마려워서 간 거야."

노리코는 태연하게 대답했다.

"아빠."

아들이 다가와서 그의 귓가에 속삭였다.

"노리코 말인데, 죽는 게 어떤 건지 정말로 알고 있을까?"

"글쎄다. 너는?"

"나도 잘 모르겠지만, 노리코는……"

"자, 서두르자."

슌스케는 한산한 복도에 서서 머리를 손질하는 노리코를 재촉했다. 그리고 나란히 달리다시피 하며 복도를 지났다.

병실 입구에 들어선 슌스케가 누워 있는 아내를 보기가 무섭게, 기다리고 있던 간병인이 말했다.

"전화하고 10분 후에 돌아가셨어요. 너무 빨라서 어떻게 할 수도 없었어요. 정말 죄송합니다."

"아니, 아니, 괜찮습니다."

"하지만 마지막에는 편안하게 돌아가셨어요."

"그렇습니까."

"오늘 아침 우유를 한 모금 입에 대셨거든요."

그 순간 료이치와 노리코가 동시에 소리쳤다.

"엄마!"

노리코가 요란하게 울음을 터뜨렸다. 간호사가 그녀를 복도로 데리고 나갔다. 간병인이 이어서 말했다.

"그럼 저는 돌아가보겠습니다."

"네, 그러세요. 많이 고단하셨죠? 힘든 일을 전부 맡아 많이 피곤하실 텐데…… 그래, 총비용은 얼마 정도인가요?"

"죄송한데, 잠시 병실 밖으로 나가주실 수 있을까요? 지금부터 부인분을 수습한 다음 밖으로 옮길게요. 그리고 주임 선생님께서도 부르고 계세요." 간호사가 끼어들었다.

복도로 나가 아이들을 본 순간, 슌스케는 '미와 가문'이 이제 두 사람밖에 남지 않았다는 착각에 휩싸였다가 깜짝 놀랐다. 그 안에 자신을 포함하지 않았기 때문이다.

슌스케는 아까 복도를 달리면서, 세 명으로 구성된 '미와 가문'이 매우 기묘하게 느껴졌다. 이들이 도무지 임종을 지키러 가는 사람들 같지 않았던 탓이다. 어른 하나가 낀 이 가족은 마치 유치원 운동회에서 달리기를 하는 것 같았다. 곧이어 슌스케는 자신이 십수 년 전에 맹장염으로 입원했을 때의 일을 떠올렸다. 커다란 병실에 아내와 아이들이 들어왔던 그 순간만큼이나 도키코가 어머니답고 아내다운 듬직한 존재처럼 느껴진 적이 없었다. 이들이 처음으로 새집을 세운 직후에 있었던 일이다.

"그렇게 하시죠."

주임이 부검에 대해서 언급하자, 슌스케는 발끈하며 대답했다. '머리부터 발끝까지 모조리,' 마음이고 몸이고 전부 해부해버리라고 말하고 싶었다. 이 여자는 죽은 후에 해부당하는 것이라면 기꺼이 승낙할 것이다. 도키코는 그런 여자이며, 그런 점이야말로 이 여자의 장점이라고 말하고 싶었다.

슌스케는 아내의 시체를 따라 홀로 지하 해부실까지 간 뒤, 3층의 침대만 덜렁 남겨진 방에 돌아와 아내의 물건을 트렁크에 꾸역꾸역 채웠다. 그래도 남은 물건은 보자기로 싸고, 때마침 승강장에 서 있던 택시에 아이들과 함께 태웠다. 다시 3층으로 돌아간 슌스케는 장의사와 만나 조화 등에 대해서 상의했다. 상의하는 도중에 도키코가 그의 뒤통수에 대고 '쩨쩨하게 굴지 마'라고 핀잔을 주는 것 같았다. 일이 한 단계씩 진척될 때마다 슌스케는, '당신이라면 어떻게 할 거야, 당신이라면 말이야?'라고 도키코에게 질문했다.

병원에서 오쓰야*를 시작하기까지는 한 시간 정도 여유가 남아 있었다. 그사이 슌스케는 병원 현관에 있었다. 눈물이 차올라 한동안 울고 있으려니, 복도에서 질질 끄는 듯한 발소리가 들렸다. 뒤를 돌아보자 지난번에 만난 가톨릭 수녀들이 마침 화장실에서 나오던 참이었다. 이들이 나온 화장실 문이 아직도 움직이고 있었다.

두 수녀는 약간 두려워하는 기색으로 슌스케에게 다가왔다.

"돌아가셨다고 들었습니다."

눈에서 자꾸 눈물이 떨어지네, 슌스케는 그렇게 생각했다.

'지난번에는 신세를 졌습니다.'

그 말은 입 밖으로 나오지 못했다.

"자매님을 위해서 기도해주세요." 젊은 수녀가 말했다.

"저도 줄곧 기도해왔지만, 기도할 상대가 없습니다. 그래서 그저 기도만 하면서 버티고, 그리고 앞으로 어떻게 살아갈지 생각하고 있을

---

* お通夜: 오쓰야, 혹은 쓰야란 고인을 보내기 전에 친족이나 지인이 밤을 새서 고인을 지키는 장례 의식을 가리킨다. 일반적으로 승려가 독경을 읊고 조문객들은 향을 태우며 고인을 기린다. 오쓰야에는 여러 종류가 있는데, 유족을 비롯한 혈연관계인 사람들이 모여서 치르는 가리쓰야(仮通夜)와 혈연과 상관없는 조문객들도 참석할 수 있는 혼쓰야(本通夜)가 있다. 이외에도 시대가 변하면서 두 시간 정도로 간소하게 마치는 한쓰야(半通夜)도 존재한다.

뿐이에요."

"당신은 지금 신과 가까운 곳에 계십니다."

"왜죠?"

슌스케는 수녀를 따라가며 말했다.

"아내가 절 두고 가서 그렇다는 겁니까? 이건 일종의 사업 같은 거예요. 그리고 그 사업을 형편없이 망쳐버렸을 뿐이고요."

슌스케는 이제 눈물을 흘리지 않았다.

"그렇지만 남은 아이들이 너무 불쌍해서…… 이제부터 어떻게 살아야 할지 모르겠습니다. 언젠가 이런 일이 일어날 거라고 예상은 했는데, 예상도 못 한 일이 벌어진 것 같단 말입니다."

슌스케는 거기서 말을 뚝 끊었다. 수녀와 헤어진 뒤, 그는 자주 들르던 국숫집에 갔다. 요란한 텔레비전 소리가 가게에 울려 퍼지고, 손님 중 하나는 밥그릇에 얼굴을 처박다시피 한 채 눈만 높은 데 고정된 텔레비전으로 향하고 있었다. 이곳은 슌스케에게 휴식처였다. 이 가게에서 우동을 냄비에 퍼다가 병원으로 가져간 적도 있었지만, '먹을 때에는 제대로 먹어야 한다'는 일념으로 식당에서 식사를 할 때가 그에겐 제대로 된 휴식 시간이었다.

"언제나 파이팅, 비타믹스! 비타믹스! 비타믹스! 힘이 솟구쳐!"

텔레비전에서 요란한 광고가 흘러나오고 있었다. 슌스케는 자신이 그 텔레비전보다 희미한 존재처럼 느껴졌다.

영안실 열쇠를 가지고 있던 사환은 입에서 술 냄새를 풍겨대며 무언가 요구하듯 눈웃음쳤다. 슌스케는 일부러 그에게 돈을 주지 않았다.

8시가 되자 가리쓰야가 대충 마무리되었다. 슌스케는 홀로 병원 현관을 나서다가, 우연히 지나가던 K 박사를 보고 반사적으로 도망가려

했다.

"미와 씨, 좀 어떻습니까?"

활짝 웃으며 양복 차림의 박사가 다가왔다.

"정말 유감이에요."

"아내는 정말 열심히 버텨줬습니다."

"그렇고말고요."

때마침 게다를 신은 주임이 박사에게 다가오자, 박사는 몸만 슌스케에게 향한 채 두세 마디 사무적인 이야기를 나눴다.

"돌아갈까요?"

박사는 그렇게 말하더니 미와를 재촉하듯이 발걸음을 옮겼다. 거대한 벽을 연상시키는 극장 뒤편의 길을 따라가자 극장으로 에워싸인 광장이 나왔다.

"여름에도 여기에 오면 시원했죠."

슌스케는 마치 중요한 일이라도 되는 것처럼 말을 꺼냈다. 박사는 담배에 불을 붙이느라 잠시 멈춰 섰다.

커다란 공장처럼 요란한 소음을 내는 파친코* 가게 앞을 지나며 박사가 말했다.

"요즘 말이죠, 케네디는 암살당하고, 쓰루미에서는 이중 추돌 사고가 발생해서 백몇십 명이 눈 깜짝할 새 죽는 사고가 일어났습니다. 미와 씨, 이럴 때 저희 같은 의사들은 '도대체 뭘 위해서 생명을 구하는 거지?'라는 생각이 들기도 해요."

"안타깝죠."

---

* 일본에 널리 퍼진 오락 게임 중 하나로, 금속 구슬을 튕겨 구멍에 집어넣으면 경품 등을 획득할 수 있다.

"맞습니다, 미와 씨. 정말 그 말대로예요."

박사는 두 번이나 강조했다. 아까 전까지만 해도 도망치고 싶더니, 이제는 박사와 함께 있는 것이 자신의 유일한 위안처럼 느껴졌다.

"미와 씨."

박사가 그를 돌아보았다.

"신호가 파란색이 되었는데 저쪽으로 건너시나요?"

"네, 전 저기에서 차를 탈 거라서……"

K 박사는 이미 걷고 있었다.

"전 이제 집으로 돌아가렵니다. 푹 쉬세요."

슌스케는 박사가 길 건너편까지 같이 갈 거라고 짐작하고 있었다. 그러나 박사는 도로 중앙의 노면전차 정류장으로 향하더니, 때마침 서 있던 전차에 올랐다. 슌스케는 달려서 길을 건너며 뒤를 돌아보았다. 전차 안에서 K 박사는 광고를 읽고 있었다.

슌스케가 돌아오자, 20~30명이나 되는 친구들이 거실에서 기다리고 있다가 일제히 일어섰다. 마치 아내가 손님을 부른 것 같았다. 원래 그의 집은 아내가 부르지 않는 한, 이렇게 많은 손님이 찾아오는 일이 없다시피 했다.

다음 날 정오가 되자, 슌스케는 아이들과 영안실로 향했다. 조문객들 절반이 그 고별식에 참여하는 사람들이었다. 사람들은 저마다 국화를 관 속으로 던졌고, 마지막으로 미치요가 꽃을 한 움큼 집어 들어 도키코의 얼굴 주변을 장식했다.

"선생님, 이렇게 아름다운 모습을 스케치로라도 남겨놓으시는 게 어떻겠어요."

"말도 안 되는 소리 하지 마시오."

순스케는 딱 잘라 거절했다.

"앞으로 사모님은 아무런 걱정 없이, 편안한 여행을 떠나실 거예요. 이 모습은 어떻게든 남겨놓도록 하세요."

"됐소. 그럴 기회가 있었다면 생전에 이미 했을 테니까."

아이들이 앞날을 어떻게 헤쳐나갈 것인지, 그것에나 신경 쓰자고 순스케는 생각했다.

제4장

미치요는 도키코의 유골함을 등지고 있는 슌스케를 향해 큰절을 했다.

"선생님, 도련님, 그리고 아가씨. 이렇게 되어서 정말 안타깝고 슬프네요. 앞으로 한동안 힘드실 텐데 어떻게 도와드려야 할지 모르겠어요."

"우리야말로 그동안 신세를 너무 많이 져서……"

비록 상투적인 말이었지만, 슌스케의 눈에서 눈물이 흘러내렸다.

"선생님, 이럴 때는 검은 양말이 필요한데 갖고 있으신가요? 혹시 몰라서 제가 이걸 사 왔어요. 그리고 손수건도요."

미치요가 꾸러미에서 물건을 꺼냈다.

"아까 막 선생님과 도련님과 아가씨의 옷장을 뒤져보았어요. 안에 빨래해놓은 속옷들이 잘 정리되어 있어서 안심했어요. 그리고 제가 너무 호들갑 떠는 걸지도 모르지만, 필요하다면 새로운 가정부와 여러분을 도와드릴게요."

슌스케는 고개만 끄덕거렸다.

단란한 가정을 위해 만든 거실에 비로소 사람의 목소리가 들리기 시작했다.

"선생님, 선생님."

"아빠, 아빠."

미치요와 아이들이 그를 부르는 소리가 끊이지 않았고, 밖에서도 개가 연신 짖어댔다.

'개에게 밥 주는 거 잊었어?'

슌스케가 료이치에게 그렇게 말하려고 했는데, 한발 앞서 미치요가 새 가정부에게 개밥을 주라고 지시했다. 그리고 슌스케가 부엌에 들어가자 "화장실 물을 틀어놓고 세 시간이나 방치했나, 우물물이 빨갛게 됐던데?"라고 말했다.

"손님이 집을 방문했을 때는 화장실을 조심해야 해요. 물탱크 상태가 안 좋다는 건 이미 알고 있을 테니 특히 더 조심해야 하고요. 이 집의 거실에 사람이 모이니까 보기 좋긴 한데, 부엌이 바로 옆에 있고, 사이에는 커튼 한 장밖에 없으니까 옆방에서 사람들 대화하는 소리가 고스란히 들린다니까요. 어쩌다가 이렇게 이상한 설계를 해버린 건지 이해를 못 하겠네. 겉보기에는 그럴싸해 보이지만 그런 문제가 있으니까 당신은 물론이고 손님들도 좀 불편해할 거고요."

새 가정부는 바닥을 쳐다보다가 슌스케 쪽을 곁눈질했다.

"선생님께서도 이제 연세가 적지 않으신데 사모님께서 돌아가셨으니 정말 큰일이에요. 더 젊으셨거나 더 나이 드셨다면 나름대로 다른 방법이 있었겠지만, 지금 연세면 어중간하니까요. 죄송합니다, 제가 너무 말이 많았네요. 자, 그럼 보일러 물이라도 대신 사용해볼게요."

미치요는 말을 마치더니, 새로운 가정부에게 척척 지시를 내렸다.

"당신은 저기 있는 홍차 잔들을 치워주세요."

"네, 네. 지금 할게요."

새로운 가정부는 미치요의 지시를 충실히 따랐다.

"노리코, 노리코 어딨니!"

갑자기 슌스케가 소리쳤다.

"노리코라면 저기 니혼마에 있어요."

며칠째 슌스케의 집에 머물던 시미즈가 대신 대답했다.

"며칠 동안 정말 신세를 많이 졌어, 시미즈 군."

슌스케는 기죽은 목소리로 말했다.

"오늘 밤은 누가 같이 묵어줄지 모르겠어."

"걱정하지 마세요. 미와 씨, 이 집에서 지내면서 든 생각인데요."

시미즈가 우렁차게 말했다.

"다른 사람들과도 얘기해봤는데, 이 집은 호텔같이 사람이 뿔뿔이 흩어지는 구조로 되어 있어요."

"그래서 거실로 모두 모일 수 있도록 설계하긴 했지."

여기에서까지 집 이야기라니.

"그런데 일주일 여기서 지낸 입장에서 솔직히 말씀드리자면, 이 집은 하룻밤이라면 모를까 계속 살기에는 굉장히 불편한 곳이에요. 유리가 온 사방을 둘러싸서 숨이 막히는 것 같기도 하고. 미와 씨가 다른 사람들에게 말씀하시거나 미술 잡지에서 비판하시던 대로네요."

슌스케의 얼굴에 주름이 잡히기 시작했다.

"이참에 이 집은 처분하고 더 작은 곳으로 옮기는 건 어떠신가요?"

슌스케는 시미즈의 얼굴을 응시했다. 집과 관련된 이야기를 할 때 그는 상대방을 직시했다.

"그럴 수는 없지."

"아니, 어째서죠?"

언제나 선의가 흘러넘치는 시미즈의 얼굴이 슌스케를 보고 있었다.

"어째서라니, 그야 팔면 손해니 그렇지."

"어차피 팔게 된다면 빨리 파는 편이 가격도 덜 깎일 거예요."

슌스케는 울음이라도 터뜨릴 듯한 얼굴이 되어버렸다.

"제가 듣기로는 이렇게 집을 처분하고, 이사하거나 확장하는 작업을 사모님이 주도했다고 하던데, 맞나요? 그분께서 돌아가셨다면 이참에 집을 정리하는 게 좋지 않을까 싶어요. 다른 사람들도 같은 의견이더라고요."

"하지만, 이건 아내의……"

슌스케는 다음 말을 잇지 못했다.

"그렇군요."

시미즈는 그렇게 말하더니, 내일 있을 일을 준비하느라 친구를 만나야 한다면서 가버렸다.

거실에 있는 남자들은 크든 작든, 아이들이나 집, 아니면 금전적인 문제로 엮인 적이 있는 사람들이었다. 슌스케도 그들을 위해서 최선을 다했지만, 지난 몇 년 동안 이들이 미와의 집을 방문하는 일은 거의 없었다. 그런 주제에 시미즈와 같은 의견이었다니, 슌스케는 기운이 빠지는 것을 넘어서 분노마저 느꼈다.

이튿날, 오쓰야에 도키코의 친구며 슌스케의 직장 동료들이 문상을 왔다. 고별식 때는 신참 하나가 슌스케 가족 세 사람 앞에 다가오나 싶더니 그대로 지나쳤다. 료이치는 이따금 딸꾹질을 했다. 노리코는 그 모습에 킥킥 웃었다. 고별식이 끝난 뒤, 니혼마에 여자들이 모였다. 슌스케는 그 사이에 끼어들었다.

"노리코 아가씨, 앞으로 많이 쓸쓸해질 거예요. 불쌍하기도 하지."

미치요는 노리코를 끌어안았다.

"이제 아가씨도 자라면서 어머니가 필요할 때가 점점 늘어나겠죠. 무슨 일이 벌어질 때마다 엄마와 상담해야 할 텐데…… 그럴 어머니가 이제 돌아가셨으니 가엾어서 어쩜 좋나. 사모님께서도 저와 만날 때마다 같은 걱정을 하셨어요."

정말로 그런 말을 했을까? 만약 했다면, 도대체 언제 그런 말을 했다는 거지?

노리코는 울음을 터뜨렸다. 저렇게 보기 흉한 얼굴로 울면 안 돼.

'그런 무리한 말을 하면 안 되는 거였는데. 안 되고말고.'

슌스케는 손님들을 여기저기로 흩어놓으려 애를 썼다. 시간이 지나자, 울음이 멎은 노리코가 슌스케 곁에 다가왔다.

"이제 됐어. 정말로 이젠 괜찮아!"

노리코가 말했다.

"난 나보다 엄마가 더 불쌍한걸! 엄마가 죽었다고 미치요 아줌마랑 옆집 아줌마가 나를 계속 불쌍하다고 말하는 걸 엄마가 알면 어떻게 생각하겠어?"

"노리코 아가씨, 그렇게 생각하면 안 돼요. 이럴 때는 그냥 울어야 해요. 어머니가 불쌍하다는 말은 하지 않는 게 좋아요. 그냥 차라리 계속 우는 게 좋아요."

미치요가 새 가정부에게 말하고 있었다.

"아가씨는 돌아가신 사모님을 닮아서 참 활발하답니다. 사모님은 정말이지 뭐든 해내는 훌륭한 분이셨죠. 얼굴도 아름다웠고, 솔선수범해서 남을 돌보고, 게다가 몸도 건강하신 분이었죠. 지금 이 집도 사모님이 일군 거나 다름없어요. 병만 아니었다면 이 집에 비가 새는 일도 없었겠죠. 선생님께서도 과묵하고 상냥하신 분이지만, 가끔씩 벌컥 화를 내기도 하시죠. 노리코 아가씨는 그 점을 물려받았을지도 몰라요. 그렇다고 해서 아가씨가 화를 낸 적은 없지만요."

2층으로 올라가자, 친구들이 그의 침대에 앉아 창밖을 구경하고 있었다. 그중에는 시미즈도 있었다.

"바깥 풍경은 확실히 괜찮네. 후지산도 저렇게 깨끗하게 보이고. 그렇지만 창문이 서향이니까 여름에는 정말 덥겠어."

"그런데 전 이 집이 마음에 드네요. 이런 건물이 제 이상형이긴 해요. 뭐랄까, 합리성을 추구하는 근대식 건축 양식 같아요. 여기가 미와 씨가 자거나 일하는 곳이죠?"

그 말을 꺼낸 사람은 야마기시였다.

"지금은 노리코와 내가 둘이서 자는 방이야. 밤에는 저 언덕 위로 화물차가 지나가는데, 노리코가 그 소리를 아주 무서워하거든. 골짜기를 사이에 두고 있으니까 소음이 훨씬 더 심해진 것 같아."

"만약 괜찮으시다면 제가 여기에서 지내도 될까요? 이렇게 좋은 집에 아무도 없으면 정말 쓸쓸할 것 같아요." 야마기시가 말했다.

"야마기시라면 문제없겠네."

시미즈는 웃었다.

"그럼 야마기시 군이 좀 와줬으면 좋겠군."

슌스케가 이어서 말했다.

"야마기시 군은 독신이고 미국에서 오래 산 적도 있고, 여기저기서 하숙한 적도 있으니까. 그러면 무슨 일이 벌어져도 잘 대처할 수 있겠지. 아, 맞다. 그리고 예전에 미와 씨 댁에 미국인이 자주 들러서 자고 갔다고 했죠? 그럼 역시 야마기시가 적임자네요."

시미즈는 걱정스러운 눈으로 슌스케를 바라보았다. 그리고 화제를 바꾸었다.

"미치요 씨라는 분, 정말 굉장한 사람이더라고요. 다들 미치요 씨를 칭찬하고 있었어요. 저희도 그분 신세를 많이 졌고요. 붙임성은 물론이고 통솔력도 뛰어나시더라고요. 아무 말 하지 않아도 간병인분께 초과근무 수당도 깔끔하게 정산하시던데, 저렇게 능력 좋은 분이 어째서 그만둔 건가요?"

"신경통을 앓아서 그랬어." 슌스케가 대답했다.

"시미즈 씨 대신 얼결에 제가 들어오게 됐네요." 야마기시가 말했다.

집에 타인이 있어야 해. 타인이 있어야만 해. 슌스케는 그 말을 연신 중얼거렸다.

쇼나노카*가 지나, 야마기시는 료이치의 도움을 받아 짐을 들여왔다. 그는 노리코의 방에 짐을 놓고, 자신의 취향에 맞춰 책상 위를 정리하면서 일을 할 만반의 태세를 갖추었다. 책상 위에는 사전이며 원서, 원고용지를 단정하게 올려놓았다. 헛기침을 하면서 의자를 흔들기도 했고, 여행지 숙소에 온 것처럼 영어로 혼잣말을 중얼거리고, 힘차게 계단을 내려가서 샤워를 하고, 아니면 나와서 차를 마시기도 했다. 료

---

* 初七日: 사람이 죽고 7일이 지난 뒤, 혹은 그때 죽은 자에게 치러지는 불공을 일컫는다.

174

이치는 그 옆방에서 잠을 자기를 고집했다. 그는 낮에 일어나서 이 낯선 이방인에게 주의를 기울였다. 노리코는 여전히 학교를 쉬고 있었으며, 료이치가 일어날 때가 되어도 모습을 드러내지 않았다.

숀스케는 심술 어린 시선으로 집 안에서 벌어지는 일들을 바라보았는데, 특히 아들과 야마기시에게는 더욱 그랬다.

한편, 아들과 야마기시에게 자신의 집에 사는 사람으로서 애착을 느끼기도 했다. 마찬가지로, 개한테도 이러한 애착을 느꼈다. 누군가가 개에게 먹이를 주지 않으면 숀스케도 개를 방치했다. 그리고 유리창 너머로 열심히 짖는 모습을 지켜보았다. 아들이 이를 알아채지 않으면, 몇 시간이나 지나고 나서야 게다를 신고 마치 이제야 기억났다는 듯 개에게 다가갔다. 어둠 속에서 다가오는 개를 만지면서 이상하게도 공포를 느꼈다.

사모님이 없는 집은 개인적으로 일하기 불편하니, 가능하면 그만두고 싶습니다. 새로운 가정부가 그렇게 말하자, 숀스케는 당장 미치요를 집으로 불러야겠다고 생각했다.

"엄마가 그 사람은 실력이 깔끔하지 않아서 안 된다고 했어." 노리코가 반대했다.

"아니, 나는 그 사람이 괜찮다고 생각해. 미치요 씨는 항상 엄마가 해줬던 대로 일해주니까 만드는 음식 맛도 비슷하잖아. 지금 일해주는 아주머니는 일일이 질문을 하니까 싫어. 2시경부터 저녁 반찬을 어떻게 할 건지 꼬치꼬치 물어보는 것도 모자라서, 저녁이 되면 또 그 질문을 반복하거든. 노리코, 넌 다른 사람이 부엌의 조리대를 건드리는 게 싫다며? 그렇다면 차라리 미치요 씨가 낫지 않아?"

"그 대신 나를 불쌍하다고 말한다거나, 아니면 엄마 얘기를 꺼내면 가만히 있지 않을 거야. 난 엄마 딸이니까. 그렇지만 아빠는 그러면 싫어할 거지?"

"그래."

"야, 싫어하는 정도가 차라리 낫지 않아? 난 저렇게 엄마랑 성격이 다른 여자 쪽이 훨씬 편해." 료이치가 담배 연기를 뱉어내면서 말했다.

료이치가 나와 똑같은 생각을 하고 있군, 하고 슌스케는 생각했다. 그 또한 미치요를 자신의 집에 두고 싶었다. 그것은 마치 그녀에 대한 부채감과도 같았다.

슌스케는 "노리코만 좋다면야"라고 대답했다.

이틀 후, 미치요가 집에 왔다. 그녀는 공손히 무릎을 꿇더니 말했다.

"선생님, 도련님, 아가씨, 사모님께서 계셨던 때처럼 이번에도 잘 부탁합니다. 뭐든 필요하면 말씀해주세요." 미치요가 말했다.

"엄마가 하던 것처럼 해주세요. 잘 부탁드려요." 료이치가 말했다.

"물론이죠. 사모님은 여전히 제 안에서 살아 계시답니다."

미치요는 유골함 앞으로 가 그것을 거의 끌어안다시피 하면서 무어라 속삭이더니 훌쩍거렸다. 그러고 나서 슌스케 쪽을 돌아보았다.

"선생님, 사모님 묘는 어디에 쓰실 건가요?"

"그게, 도쿄에는 장지가 없어서 말이오."

"저희 집안의 장지는 다마에 있는데, 선생님께서도 기왕이면 도쿄 안에 모시는 게 좋을 거예요. 그렇다면 저도 시간 날 때마다 사모님을 뵈러 갈 수 있을 테니까요."

"그건 그렇지."

슌스케는 대충 대답했다.

"아줌마, 되도록 밝게 행동해주실 수 있어요? 엄마 얘기는 꺼내지 말고요." 료이치가 말했다.

"미치요 씨, 입고 있는 치마 색이 참 고와서 젊어진 것 같소." 슌스케가 말했다.

"놀리지 마세요, 부끄러워라."

"그렇지만 기분 좋아 보이는데요?" 료이치가 말했다.

"전 오히려 걱정되네요. 장례식 때야 좋은 부분만 보여줄 수 있었는데, 앞으로도 그럴 수 있을지 원."

"걱정 안 해도 돼요. 그건 모두 알고 있으니까." 노리코가 고압적으로 말했다.

"그때는 사모님께 혼날지도 모른다는 심정으로 빠릿빠릿하게 굴어서 그랬죠. 하지만 사모님이 안 계시니, 걱정을 안 할 수가 없네요."

슌스케는 그만 웃음을 터뜨렸다.

며칠 후, 슌스케는 야마기시가 집에 있다는 것을 확인하고, 딸에게는 자신이 외출할 거라고 알린 다음 집을 나섰다.

전철역 플랫폼에 서 있던 슌스케는 갑자기 걱정에 휩싸였다. 그의 걱정은 노리코에 대한 것이었는데, 그 아이가 지금 무엇을 하는지, 행여나 어머니에 대해서 생각하고 있지는 않을지 하는 것이었다. 그는 집을 나와 비탈길을 내려갈 때까지만 해도 자신이 자유롭다고 느꼈다. 몇 시간 동안 해방감을 느끼리라고 예상했다. 그러나 낙엽이 떨어져 완전히 벌거벗은 잡목림, 말라비틀어지고 지저분해진 풀잎들, 딱히 색다를 것도 없는 길거리며 집을 구경하는 사이에, 그의 발걸음과 눈빛은 점차 자신의 아내, 도키코를 닮아가기 시작했다.

'저는 아내가 먼저 가버린 남자입니다!'

마치 그렇게 외치듯이 곁을 지나가는 여자들에게 시선을 보내는 가운데, 점차 슌스케의 시선은 아이를 집에 두고 온 어머니, 도키코처럼 변해갔다.

차라리 집에 남아 있는 편이 더 자유로웠을지도 모른다고, 플랫폼에서 슌스케는 생각했다. 그래서 그는 '자, 어느 방향 전철을 탈까?'라고 고민했다. 변덕을 부려 매점에 들르고는, 울컥 치미는 울음을 참으면서 여자 점원을 바라보았다. 그러고는 병원에 내야 할 비용이 기억났다. 그 돈이라면 어제 미리 준비해놓았다. 슌스케는 병원에서 1,000엔의 부의금을 받은 뒤, 평소 버릇대로 백화점으로 향했다.

사람들이 바글거리는 매장에 들어서자, 지난번의 그 마네킹 인형이 다른 가운을 걸치고 포즈를 취하고 있었다. 그 아래에는 익숙한 얼굴의 점원이 유니폼 차림으로, 손님들을 멍하니 바라보고 있었다. 절망이 낳는 이 평안함. 이 그리움. 녹아버릴 듯한 달콤함. 숨조차도 멎어버릴 듯한 이 감정이라니.

그 여자의 코는 둥그스름한 편이었다. 얼굴은 작고 둥글었으며, 길쭉하게 찢어진 눈과 절묘한 조화를 이루고 있었다. 동료 직원과 대화를 나누면 입술이 약간 한쪽으로 치우친다. 나는 어째서 저 여자를 이리도 냉정하게 관찰하고 있는 것일까? 게다가 왜 이리도 필사적인 걸까? 도대체 무슨 이유로 사냥감 보듯 저 여자를 쳐다보고 있는 거지?

여자의 동료가 매장 구석으로 향하더니 손님을 응대하자, 슌스케도 그쪽으로 다가갔다. 여자는 웃는 얼굴로 슌스케를 바라보았다. 슌스케는 그 여자가 자신을 기억하지 못하고 있다는 것을 알아챘다.

"그 가운을 살 수 있을까요? 제 '딸아이'가 사용할 건데."

슌스케는 마네킹 인형을 가리켰다. 그러자 여자가 무언가가 기억난 표정이 되었다.

"네, 그걸로 사고 싶은데요."

"손님, 이 상품을 말씀하시는 거죠?"

"제 아내가 죽었지 뭡니까."

슌스케는 미소를 지었다.

퇴근할 때 출구에서 기다리고 있을 테니 잠시 얘기 좀 하자고 말한 뒤, 황급히 주머니에서 돈을 꺼내며 상품은 그때 받겠다고 덧붙인 다음, 발길을 돌려 엘리베이터 대신 계단을 뛰어 내려갔다.

6시 40분이 되자, 진한 녹색 오버코트를 입은 여직원이 인파 사이로 슌스케를 찾으며 나왔다. 그녀한테서 상품을 받은 뒤, 슌스케는 어떤 다방으로 가고 싶은지 물어보았다. 아이고, 아이고, 이거 실패하겠네, 하고, 슌스케는 도키코와 있을 때처럼 현기증을 느꼈다. 여자는 아무 데라도 괜찮아요, 라고 대답하면서도 그를 경계하며 수상쩍어하고 있었는데, 그는 뭐야, 저 눈빛은, 이라고 생각했다. 그녀는 "그럼 저기는 어떠세요?"라고 말하며, 골목에 자리 잡은 프랑스풍 카페 이름을 댔다.

'네가 원하는 대로 해주마.' 슌스케는 생각했다.

"실례지만, 지금 어디에 살고 계신가요?"

슌스케는 상냥한 목소리로 뜬금없는 질문을 던졌다. 그렇게 질문하면서도 그의 머리는 엉뚱한 생각을 하고 있었고, 한편 여자의 몸과 머리카락, 심지어 손끝까지 관찰하고 있었다. 그녀의 모든 부분이 그를 실망시켰다. 아름답지 않기 때문은 아니었다. 매력이 없기 때문인 것도 아니었다. 그것은 아무 이유도 없는 실망감이었다.

"전 기숙사에서 살고 있어요. 무슨 용무이신지 여쭤봐도 될까요?"

"용무요? 그럼 당신은 독신이시군요."

여자는 짜증스럽게 고개를 끄덕였다. 그러고는 몸을 꼼지락거렸다.

"저기, 실례지만, 나이가 어떻게 되시는지…… 그러니까, 제가 사실은."

슌스케는 여자의 눈을 바라보며 말했다. 내가 지금부터 할 말은 태어나 처음으로 여자에게 하는 말이다, 라고 생각하면서.

"사실은 당신이 무척 마음에 들어서 말입니다."

슌스케는 점점 심술이 일었다.

"그 기숙사라는 곳은 어디에 있나요?"

"스기나미요."

이 여자와 이러고 있어도 아무런 의미가 없다. 빨리 대화를 끝내고 돌아가야만 했다. 정작 여자는 아까보다 그의 이야기에 순순히 응하고 있었다.

"그렇다면 기숙사는 몇 인실입니까?"

조만간 정원을 손질해야 했는데, 정원의 나무들은 집을 지을 때 옮겨 심은 그대로 방치되어 있었다. 이대로 놔두면 가지들이 겹쳐서 엉기거나 지나치게 길어지고, 시들어버릴 수도 있다. 그리고 연못 물도 슬슬 얼 것이다. 2~3일만 방치하면 얼음은 족히 10센티미터 두께로 얼어버릴 것이고, 금붕어가 죽을 뿐 아니라 연못을 감싼 콘크리트에도 커다란 금이 갈 것이다. 그리고 물이 토대에 스며들면서 낡은 집처럼 와르르 무너져버릴 것이다. 집의 기초 역시 보수해두지 않으면, 흙이 겨울 추위에 얼어붙어 떨어져 나갈 것이다. 비탈에 위치한 집이 미끄러져 아랫집을 덮칠 가능성마저 있었다.

"결혼할 상대는 있나요?"

기숙사에서 비슷한 연배의 여성 셋이서 한방을 이용하는 중이라고 여자는 대답했다. 슌스케는 그 여자들에게 남자를 짝지어주고, 남은 이 여자와 자신이 결혼하는 상상을 해보았다. 그러나 눈앞의 여자와 상상 속 여자는 별개의 존재였다. 갑자기 슌스케는 울고 싶어졌다. 여자가 무어라고 말하고 있었다.

다방에 계속해서 손님들이 들어오면서 빈자리를 찾고 있었다. 슌스케는 여자가 들어올 때마다 그쪽을 보았다. 빨리 눈앞의 여자로부터 도망치고 싶었다. 그러면서도 마음속으로는 이 여자에게 관심이 있다는 티를 내야 할 것 같았다.

여자가 일어섰다. 슌스케는 허둥대며 영수증을 들고 여자를 먼저 내보낸 뒤 계산을 했다.

밖으로 나오니 이미 여자는 역으로 향하고 있었다. 그 곁에 젊은 남자 하나가 다가와 유혹하려는 듯 말을 걸다가 슌스케 쪽으로 시선을 돌렸다. 그 남자는 어쩌면 다방 안이나 밖에 있었던 사람이었을지도 모르지만, 슌스케에게는 아무래도 좋은 일이었다. 슌스케는 여자와 몹시 소원한 관계인 것처럼, 그 뒷모습을 쳐다보면서 서 있었다. 분명히 아까 전까지만 해도 집에 돌아가겠다는 마음으로 가득했건만, 그 생각은 이제 온데간데없었다. 오히려 자신이 돌아갈 곳이 어디에도 남아 있지 않다는 생각마저 들었다. 자식들과 야마기시가 곁에 없으면 자신이 아무것도 아닌 존재처럼 느껴진다는 생각이 들자, 슌스케는 플랫폼에서 쓴웃음을 지었다. 맞아, 그리고 저 집도!

그는 도망치는 것처럼, 동시에 거대한 목표로 전진하는 것처럼, 전철을 타고 서둘러 귀가했다. 어째서 부끄럽다는 생각이 조금도 들지 않는 걸까? 꼴좋다는 생각이 드는 이유는 어째서일까? 도대체 누가 꼴좋다는 거지? 누구에 대해서. 자신에 대해서, 세상에 대해서. 내가 이리도 울고 싶은 건 슬프기 때문일까? 도키코는 죽어서는 안 되었어.

순스케는 T 역을 나와 어둠 속으로 향하며, 언덕 위 자신의 집을 올려다보았다. 야마기시의 방에만 불이 켜져 있었다.

"당신은 그때, PTA 회의가 끝나고 술을 마시고 돌아왔지. 그리고 내 방에 와서 자고 있는 내 얼굴에 대고 술 냄새 나는 입김을 퍼부어대면서 '어때? 말해봐, 어때? 이제 나도 매력 있어 보이지? 어때?'라고 말했지. 그리고 옷을 입은 채로 내 위에 올라타서는 '자, 한번 해보자고, 자아!' 하고 말한 적이 있었지. 그때 나는 당신에게 깔린 채로 '제대로 날 잡아놓지 않으면 매운맛을 보게 될걸?'이라고 말했지. 그랬더니 당신은 '뭐?'라고 말하면서 오히려 정색하지 않았었나? 그리고 그 이후부터 그 조지 자식이 집에 오게 되었고, 얼마 후에 당신은 친구와 함께 바에 놀러 갔지. 그때 당신은 술을 마시고, 친구와 반 억지로 춤을 추고, 집에 돌아와서는 '당신도 이제야 개방적이 되셨네? 내가 남이랑 춤을 춰도 화도 안 내고 말이야'라고 말했지. 그때까지 당신은 춤춘 적이 한 번도 없었는데 그렇게 말했어……"

"그 남자는, 그러니까 조지는 바로 당신이었어. 당신이야말로 조지였다구. 난 당신한테 그걸 말할 수 없었어. 당신이 내 입장이었다면, 그렇게 말했겠지만."

"정말로 그랬을까?"

"그럼! 그거 있잖아, 별것도 아닌 일이야. 그러니까 남자와 여자가 같이 자는 것 말이야."

"난 있잖아, 지금이라면 당신이 나한테 무슨 짓을 해도 아무렇지 않을 것 같아."

"내가 죽어서 그런 거겠지?"

"죽어서 그런 게 아니야. 당신이 병에 걸려 고통받아서 그런 것도 아니야. 그렇게 달콤한 목소리를 내지 말라니까."

"아니야, 내가 죽어서 그런 거야. 당신 좀 핼쑥해진 것 같은데? 작년부터 마르긴 했지만 올해는 훨씬 더 마른 것 같아. 내 덕분이니까 감사하게 여기라고. 다른 여자들이나 나보다 더 큰 가슴을 덜렁덜렁 매달고 다녔을 때와 비교하니까 훨씬 사람이 근사해졌네. 에잇, 에잇!"

"찌르지 마."

"왜 웃어? 에잇, 에잇. 그렇게 입술이 툭 튀어나와가지고, 부끄러워하면서 웃고 있네? 그런 꼴사나운 표정 좀 짓지 마. 자아, 그 백화점의 여자도 한번 자기 걸로 만들어보시지? 뭘 쑥스러워하는 거야? 어이구, 어이구. 부끄러워하네. 어이쿠, 빨개졌어. 아주 머리부터 발끝까지 새빨갛게 됐네? 얘들아! 여기 좀 한번 보렴, 너희 아버지 좀 구경해보렴! 료이치, 노리코! 너희 아버지 꼴 좀 보렴!"

개가 짖고 있었다. 이번에도 개밥을 주지 않은 게 틀림없었다. 야마기시 녀석, 내가 자리를 비웠을 때 대신 집 안 관리 좀 해주면 어디덧나나? 미국 주부처럼 집 안을 관리하고, 청소하고, 책상 위 쓰레기도 치워야지. 청소기와 샤워기만 쓰지 말고, 좀더 제대로 일을 해줘야 할 거 아냐. 그리고 아침에 야마기시가 료이치를 깨워만 준다면, 집안 분위기가 험악해질 일도 없을 거야. 다른 사람이 깨우는 거니까 료이치도 억지로나마 일어날 수 있겠지. 노리코는 지금 뭘 하고 있는 걸까?

미와 슌스케는 집에 들어서며 현관에 아무렇게나 던져져 있는 료이치와 노리코의 신발을 보았다. 또다시 야마기시가 더 꼼꼼하게 일해줬으면 좋겠다는 생각이 들었다. 신발을 제대로 놓는지 놓지 않는지에 집착했다. 그런 것에 시간까지 들이며 집착하는 것도, 앞으로 이 집을 꾸려나가기 위해서 어쩔 수 없다고 생각했다. 이번에야말로 내가 원하는 가정을 만들어가겠어, 라고 그는 생각했다. 그러나 어떻게 해야 그 목표를 이룰 수 있을지 생각만 해도, 온몸에서 순식간에 힘이 빠져나가는 것 같았다.

거실에 가보자 료이치와 노리코가 있었다. 두 사람은 옹기종기 모여 쪼그려 앉아 있었다.

"야마기시 씨는 어디 갔니."

슌스케는 알면서도 굳이 물어보았다.

"그것보다 아빠는 어딜 갔다가 이제 돌아온 거야?"

료이치가 일어서며 말했다.

"식탁의 반찬들이 다 식었잖아!"

"네 엄마처럼 말하지 마라."

슌스케는 반사적으로 되받았다.

"'엄마처럼' 말하고 있는 건 아빠 아냐? 야마기시 씨가 어딜 가든 그게 무슨 상관이야? 그런 사소한 걸 일일이 물어보는 건 아버지라는 사람이 할 일이 아니란 말이야!"

이 녀석, 뭔가 오해하고 있구먼. 슌스케는 생각했다.

"왜 그렇게 화났어? 미치요 씨와 얘기하면서 기분이 좀 좋아졌나 싶더니만."

"기분이 좋아져? 나는 집 분위기를 위해서 일부러 비위를 맞췄던 거야!"

"여자애 이야기를 꺼내면 그 여자까지 끼어들어서 정신없이 얘기한다고. 게다가 그 여자가 만드는 건 도저히 먹을 수 없는 것투성이야.

내가 놀려도 기세등등해지기만 하고 제대로 반응도 안 보이고. 평소에는 화장을 하는 여자도 아닌데 얼굴에 뭔가 바르고 싶어 하고. 야마기시 아저씨가 오냐오냐 하니까 더 그래!"

"오빠 그만해! 난 알아. 오빠는 따로 하고 싶은 말이 있는 거잖아. 그렇지만 아빠가 반대할 게 뻔하니까 말 못 하고 속만 끓이고 있는 거 아니야? 아빠, 오빠는 나가 살고 싶어 하는 거야."

집을 나가 친구 셋이서 자취하고 싶다는 것이 료이치의 본심이었다. 그는 주머니에서 비용 명세서를 꺼내 들었다. 자취하는 데 필요한 아파트 비용 9,000엔이 볼펜으로 적혀 있었다.

"야마기시 아저씨가 집에 들어온 건 오빠를 위해서였잖아? 게다가 아직 집에 엄마의 유골함도 남아 있고."

그 말에 료이치가 실실 웃어댔다. 그 웃음은 한때 슌스케의 웃음과 흡사했다. 그 웃음을 보며, 슌스케는 자신이 도키코가 된 듯한 기분이 들었다.

"엄마라면 절대로 허락하지 않았겠지."

그는 그저 그렇게 말했다.

"무슨 소리야. 야마기시 씨가 있으니까 난 나가도 상관없잖아."

야마기시가 2층에서 내려왔다.

"그래서, 나가려는 이유가 뭐야?"

야마기시가 내려오자 슌스케는 한결 든든해졌다.

"답답하단 말이야!"

"답답하다고?"

슌스케는 그 말의 저의를 파악하려는 것처럼 반복했다.

"뭐가 답답하다는 거야?"

"말 못 해."

"말 못 한다고? 그렇지만 답답하다는 이유로 밖에 나가 살겠다고? 말도 안 되는 소리야. 허락할 수 없어. 그렇지 않나, 야마기시 군?"

슌스케는 의기양양해져 있었다.

"저야 남의 집 사정에 함부로 참견할 수 없죠. 그래도 료이치 군은 아버지를 도와드리는 편이 좋지 않을까요?"

도키코가 비명을 지르듯, 료이치도 당장에라도 비명을 지를 것 같았다. 하지만 그는 난처하다는 듯 조용히 웃을 뿐이었다.

"네가 오빠라면 앞으로 네가 이 집을 책임져야 해. 너 똑바로 정신 차려야 한다고. 알았어?"

"그럼 내 친구들을 데려와서 살아도 되는 거야?"

"너 대체 외로운 거냐, 답답한 거냐. 어느 쪽이야?"

슌스케는 웃으면서 물어보았다. 이 녀석 혹시, 내 얼굴이 마음에 들지 않아서 그렇다고 말하는 거 아냐? 도키코가 없는 지금 상황에서, 내 이런 얼굴을 직접 마주하고 갈등해야 하는 사람은 바로 료이치지. 그렇지만 료이치 너도 나와 똑같은 얼굴을 하고 있잖아.

"원한다면 그렇게 해도 좋아."

슌스케는 상냥하게 굴었다.

"나는 니혼마로 옮길게. 엄마 방을 써도 상관없으니까. 야마기시 씨는 2층에 있는 제 방을 쓰셔도 좋아요."

"아, 저야 어느 방이라도 상관없어요."

야마기시는 그렇게 말하더니, 슌스케와 료이치 부자를 번갈아 보면서 미소를 지었다.

"전 그 방이 마음에 들더라고요."

순스케가 노리코와 잘 준비를 하고 있자, 료이치가 들어오더니 이불 위에 주저앉았다.

"아빠 말이다, 역시 재혼하게 될 것 같다."

순스케는 잠시 생각에 잠겨 있다가 말했다.

"싫어. 난 절대로 싫어!"

즉시 노리코가 대답했다.

"하지만 엄마도 그러라고 말했단다."

"그야 엄마는 그렇게 말했겠지!"

어쩐지 노리코의 목소리에는 증오가 어려 있었다.

"그렇지. 그리고 어떤 인간이 올지도 모르고."

이번에는 료이치의 차례였다.

"밖에서 놀든 말든 마음대로 해, 아빠." 노리코가 말했다. "그 대신 이 집 안에는 여자를 절대로 들이지 마. 이 집에서 여자 얼굴은 보고 싶지 않아! 난 미치요 씨도 싫어. 그 사람은 엄마가 죽고 2~3일 지나더니 날 보는 눈이 달라졌단 말이야. 날 불쌍한 아이라고 생각하고, 깔보고, 이제 자기 딸과 똑같은 처지가 된 것처럼 군다고! 여자답지 않게 군다고 생각하거나, 하여간 뭐라고 생각하는지 내 눈에 다 보인단 말이야. 전부 다 아줌마 잘못은 아니지만, 어떻게 해도 항상 그렇게 된단 말이야!"

"그렇다고 정말로 밖에서 놀게 하면 안 되지. 아빠가 가정을 완전히 내팽개치면 훨씬 곤란해지니까."

"아니야. 안 그러면 아빠야말로 곤란해질걸? 나도 아빠가 그러기를 바라는 건 전혀 아니지만, 차라리 그렇게 하는 게 나을 거야. 오빠도 그 부분은 고려해봐."

"야, 노리코! 너 그런 소리 할 거면 아빠랑 같은 방에서 자지 말고 혼자서 자보는 게 어때? 안 그래?"

그러나 노리코는 료이치의 말을 무시했다.

"노리코, '아빠가 그렇게 하고 싶다면'이라고 말하지 말거라. 아빠는 이대로 사는 게 좋아. 엄마는 어디에나 있을 수 있어. 너희가 아빠 곁에만 붙어 있으려고 하거나, 반대로 아빠가 너희만 생각하는 건 좋은 일이 아니야."

"그건 그렇지만……"

그녀는 애써 부정하려는 것 같았다.

"알고 있지만, 지금은 그렇게 생각하고 싶지 않아. 엄마가 너무 불쌍한걸."

슌스케는 딸이 울지 않는 것이 걱정되었다. 결국 노리코는 끝까지 울지 않았다.

슌스케는 그간 모인 부의금 절반을 은행에서 수표로 바꾸고, 곧바로 병원으로 향했다. 그는 주치의를 만나 수표를 건네주었다. 부의금을 준 사람들에게 이 일에 대해 양해를 구하는 편지를 보낼 예정이라고 덧붙이자, 주치의는 얼굴을 붉히면서 고마워하고는 병원장 이름으로 영수증을 보내겠다고 말했다.

"사모님의 환부는 알코올로 보관해놓고 있습니다." 주치의가 공손하게 말했다. "그리고 이게 사모님의 병에 대한 연구 보고서입니다. 증상 변화나 치료 상태가 그래프 형태로 표시되어 있죠. 완성되면 한 부 보내드리겠습니다."

그 순간, 슌스케는 도키코가 아직도 병원에 입원해 있으며, 이제 병세도 호전되는 중이라는 착각이 들었다.

숀스케가 현관과 승강장을 거쳐서 정문 근처까지 향했을 때, 저만치서 활기차게 떠드는 사람들의 목소리가 들렸다. 그쪽을 보니 테니스장에 네 사람이 있었고, 그 안에는 볼이 붉어진 니시무라 간호사와, 와이셔츠 차림의 K 박사가 있었다.

"이얏!"

라켓을 휘두르면서 니시무라는 크게 소리 질렀다. 숀스케는 잠시 선 채 그 광경을 구경했다.

저 간호사를 만나러 가고 싶다는 생각이 들었다. 니시무라 간호사는 K 박사 밑에 소속되어 있었고, 외래 진찰실에 들어갈 때에는 항상 그녀를 거쳐야 했다. 뽀얗고 하얀 피부에 각진 얼굴, 그리고 넓은 어깨에 탄탄한 체격을 한 여성이었다. 항상 그는 진찰실부터 들여다보면서 그녀가 있는지 확인했다. 있을 때는 자신과 아내가 진찰받으러 왔다고 알렸다. "저 왔습니다"라고 말하면 "잠시 기다려주세요, 선생님을 부르겠습니다"라는 대답을 받고 나서야 대기실로 돌아갔다. 그리고 그녀가 나타날 때마다 자기 차례인가 싶어서 몸을 일으켰다. 니시무라는 미소를 지으면서 "자, 이쪽으로 오세요"라고 말했다. "아니요, 미와 씨, 조금만 더 기다려주시겠어요?"라고 말하면 숀스케는 "아, 죄송합니다"라고 대답했다. 그때 그는 얼마나 기뻤던가. 진찰실에서 니시무라는 도키코 곁에 서 있었다. 한시라도 빨리, 도키코 씨가 더 지치기 전에, 하며 도키코의 안색을 살펴주었다. "조금만 더 기다리시면 됩니다, 미와 씨"라고 말하는 니시무라는 상대방의 기분을 잘 파악하고 있었다. "선생님, 조금만 더 빨리 할 수 있으신가요"라고 말하거나, "어머, 몸이 많이 편찮으신가요? 혹시 가슴이 답답하세요?"라고 말하기도 했다. 그녀는 환자와 의사 들 사이의 간극을 메워주는 존재였다.

처음 입원했을 때, 니시무라는 부부를 병실 앞까지 안내한 다음에 말했다. '저는 이만 여기서 실례하겠습니다. 제가 너무 참견하면 다들 싫어하거든요. 사모님, 부디 몸조심하세요.' 퇴원 후에 이들 부부는 외래 진찰을 위해 대기실에서 기다렸다. 그때 니시무라가 이들을 호명했고, 슌스케는 도키코를 일으키려 했지만 그녀가 무거워 들 수 없었다. 그러면 간호사가 멀리서 소리쳤다. "잠시 기다려주세요, 제가 도와드리겠습니다! 잠시만 기다리세요!" 하고, 모두가 바라보고 있는 가운데 니시무라의 외침이 울려 퍼졌다. 이윽고 그녀는 부리나케 달려와, 도키코에게 말했다. "미와 씨, 괜찮으세요? 몸에 힘 빼세요. 다리 이쪽으로 움직여주시고요, 자, 걸을 수 있죠? 저한테 기대세요." 그러면서 도키코의 허리를 손으로 지탱하고 몸을 들어 올린 뒤, 진찰실로 옮겼다. 그러면 슌스케는 그녀를 숭배하듯 그 뒤를 따라갔다. 그 '미와 씨'라는 단어에 슌스케의 눈에 눈물이 고였다.

"전문가가 아닌 사람이 간병해도 소용없어요, 미와 씨. 왜 그러셨어요? 어째서 퇴원하셨던 건가요? 퇴원하면 분명히 악화되실 거예요. 저희 쪽에서는 간호사를 임시로도 그쪽에 보낼 수 없는 상태예요. 왜 그러셨어요? 혹시 선생님께서 이것 관련으로 아무런 지시도 내리시지 않았던 건가요? 그럼 안 돼요. 저희 쪽에서도 가끔 깜빡할 때가 있거든요. 그래서 계속 기침이 나온 건가요? 호흡이 힘들고요? 네? 그런 약을 동네 의원이 주사했다는 건가요? 잠시만요, 그 약은 0.5밀리리터만 써야 해요! 부작용이 생길 텐데, 세상에, 어쩜 좋아!"

슌스케는 K 박사에게 소속된 주임 의사의 왕진과 재입원을, 그녀를 거쳐서 신청했다. 이때만큼은 니시무라도 전혀 웃지 않았다. 이제 회복

할 가능성이 없다는 선고를 받은 이후, 슌스케는 니시무라를 만나기 위해 진찰실로 향하고 그 모습을 엿보았다. 그녀를 통해 K 박사를 만나다가, 점차 진실을 아는 것은 그녀뿐이고 나머지 사람들은 믿을 수 없다는 생각이 들기 시작했다.

"만약 환자가 갑자기 사람이 달라진 것처럼 행동하거나, 심리적으로 힘들어하는 말을 하면 주의해주세요. 제 아버지가 그러셨거든요."

슌스케는 고개를 끄덕였다.

일주일 후, 슌스케는 병원에 전화를 걸었다. 높고 활발한 목소리의 니시무라가 전화를 받자, 슌스케는 감사의 인사를 드리고 싶으니 휴식시간에 한 시간 정도 시간을 내달라고 부탁했다. 슌스케는 K 박사가 10시 전에는 진찰실에 들어오지 않는다는 것을 알고 있었다. 그래서 9시 30분경, 그러니까 니시무라가 한창 준비 중일 때를 노리고 있었다. 그러나 그녀가 다른 환자 간호를 준비하느라 바쁠 거라고 생각하니 마음이 어두워졌다.

"미와 씨? 미와 씨라면…… 아, 미와 도키코 씨의 남편분 맞으시죠? 그동안 건강히 지내셨나요? 그간 정말 고생 많으셨어요. 이제 좀 괜찮으신가요?"

"혹시 언제 시간이 좀 비시는지 여쭤보아도 괜찮을까요?"

"전 일요일이 휴일이에요."

"사실은 꼭 한번 만나 뵙고 싶습니다."

슌스케는 본심을 드러내버리고 말았다. 연인에게 사랑을 고백하는 것처럼 애절한 심정이 되었다.

"어머, 저를 말이에요? 저야말로 기쁘죠."

수화기 너머로 니시무라의 맑은 웃음소리가 들렸다.

"사실은 제 처가 당신 같은 분이라면 괜찮을 거라고, 생전에 그렇게 말을 해서……"

왠지 도키코라면 그렇게 말했을 것 같았다.

"네? 어머, 고맙습니다. 그런 말씀을 해주셨다니 영광이에요."

"이번 주 일요일에 시간 좀 되실까요?"

"저야 당연히 만나 뵙고 싶긴 하지만, 그때가 되어봐야 알 것 같네요."

"저기, 그리고 제 처가 사용하던 파란 알약 말인데, 불안할 때 사용하는 용도가 맞나요?"

"네. 환자가 아닌 분들이 사용하셔도 부작용은 없어요."

"고맙습니다. 그럼 토요일에 다시 전화하겠습니다."

"네, 몸조심하세요."

슌스케는 수화기를 내려놓고 망연자실하게 서 있었다. 전혀 기쁘지 않았다. 그 후 슌스케는 니시무라 간호사에게 두 번 다시 전화를 걸지 않았다.

료이치는 모친상을 당한 기자키라는 친구를 집으로 데려오더니, 도키코의 방이었던 계단 밑의 니혼마에서 함께 지냈다. 슌스케가 일어나서 신경성 변비에 걸린 노리코를 위해 화장실에 난방을 넣고 도시락을 싸고 있으면, 그 소리에 야마기시가 눈을 떴다. 야마기시는 독신 생활을 한 탓에 항상 새벽 5시에 깼는데, 그는 일어나면 료이치와 기자키도 깨웠다. 야마기시는 기상을 담당했다. 남들로부터 미움을 사기 쉬운 역할을 맡은 까닭은, 슌스케가 야마기시에게 부탁했기 때문이다. 그리고 슌스케는 노리코가 눈을 비비면서 네 남자 사이에서 식사하는 모습을 지켜보았다. 이번에 온 료이치의 친구, 기자키는 고개를 푹 숙이고 있었다. 료이치의 얼굴은 벌써부터 우거지상이었다. 야마기시는 그 찡그린 얼굴을 무시했다. 야마기시는 10여 년 동안 외국에서 생활하면서 자신과 남을 구별하고, 자신의 의무를 다하는 것 외에 남에게 신경 쓰지 않는 버릇이 몸에 배어 있었다. 슌스케는 그렇기 때문에 야마기시가 이 집에서 살 수 있다고 생각했다.

야마기시는 모범적인 사내였다. "노리코, 오늘 몸은 좀 어떠니?"라고 물어보았지만 이는 기계적인 질문이었다. 당연히 노리코와 료이치, 슌스케도 그 사실을 알고 있었다. 그래서 노리코도 아무렇게나 대답을 했다. 질문을 받는다는 것 자체가 짜증 나 보였다. 기자키는 그 무거운 분위기가 부담스러운 모양이었고, 료이치도 그런 친구의 상태가 신경 쓰이는 것 같았다.

식사할 때마다 야마기시는 식탁에 접시를 잔뜩 쌓아놓았다. 그러고는 포크와 나이프를 가져와서 "자, 다들 가져가요"라고 말했다. 그런 버릇은 아침 식사가 끝나고 미치요가 온 후에도 계속되었다. 매 끼니마다 접시를 잔뜩 꺼내고 잔뜩 닦아야 했다. 저녁에는 슌스케, 야마기시, 노리코가 매달려서 접시를 닦았다. 야마기시는 싱크대에 설거짓감을 던지듯 집어넣는 버릇이 있었는데, 그것을 볼 때마다 노리코와 슌스케는 집안의 규칙이 산산조각 나고, 집 안이 어지럽혀지는 기분에 휩싸였다.

그사이 료이치와 기자키는 담배를 피웠다. 료이치는 일부러 어깃장을 놓는 모양새였지만 기자키는 이를 전혀 눈치채지 못한 것 같았다. 기자키의 눈치 없는 모습에 료이치는 분통이 터지는 모양이었지만, 그렇다고 자신의 심정을 털어놓지도 못했다.

대낮에 료이치와 기자키는 거실 의자에 늘어져 있었다. 이 두 사람은 니혼마에서 나오면 으레 이곳에 있었다. 슌스케는 료이치가 자고 있는 꼴을 보면 화가 났다. 기자키가 자고 있으면 노리코가 거실에 나올 수 없어서였다.

슌스케는 료이치에게 그 사실을 전했다. 그러자 료이치는 기자키에게 사실을 직접 전하는 대신 다른 방법을 택했는데, 얼마간 거실에서 자지 않았고 덩달아 기자키도 그를 따라하게 했다. 그러나 이 방법은 며칠도 가지 못했다. 집 구조상 사람들이 거실로 모이게 되어 있기 때문이다.

기자키를 탓할 거라면 야마기시도 비판받을 데가 한두 가지가 아니라고 료이치는 말했다.

"야마기시 씨가 말하는 그 '미국식'이 뭔지는 모르겠지만, 내가 보기에는 일본 문화가 뒤섞인 걸 자기 편한 대로 써먹는 것 같은데? 게다가 결혼도 안 한 사람이니 가족이라는 게 뭔지도 모르겠지. 기자키는 시골 출신이라서 모르는 거야. 직접 말로 전달하지 않으면 모르는 건 둘 다 마찬가지라고. 말하면 이쪽만 피곤해져. 그래서 난 잠이 안 온다고. 그래서 결국 아침 늦게까지 자버려. 그런데 자고 있으면 야마기시 씨가 기세등등하게 와서 우릴 깨워대더라. 야마기시 씨는 자기가 무슨 집주인이라도 된 줄 아나 봐. 게다가 그 사람이 자는 방도 아빠의 방이니까 더욱 그런 것 같아."

이런 식으로 누군가가 호소할 때, 슌스케는 잠자코 이들의 말을 들었다. 오히려 이들의 말을 들으면서 삶의 보람마저 느꼈다. 집안이란 원래 그렇게 돌아가는 것이다. 그걸 미리 맛보는 게 좋을 거야. 그리고 아버지는 말이다, 줄곧 그렇게 살아왔지.

"노리코는 어쩔 거야? 남자처럼 말하거나 행동하고, 정말로 그래도 되는 거야? 그리고 쟤도 나처럼 밤늦게까지 못 자고 아침 늦게 일어나잖아. 일어날 수 있는 건 아빠와 야마기시 씨에 기자키뿐이야. 기자키는 내가 자고 있으면 자기가 먼저 일어났다고 우쭐대면서 일어나. 그리고 신문을 읽거나 '미와, 일어나! 이미 야마기시 씨가 한번 깨워줬잖아, 언제까지 잘 거야?'라고 말한다고. 그 녀석은 야마기시 씨한테 점수 따려고 그러고 있단 말이야. 조지가 우리 집에서 지냈을 때는 엄마가 있으니까 괜찮았지만."

"갑자기 왜 조지랑 비교하는 거야?"

슌스케는 당황하면서 목소리를 낮췄다.

"내 말이 맞잖아?"

"왜?"

"그런 건 나도 모르지. 조지도 원래부터 아빠가 집에 재울 생각이 있어서 묵은 거잖아? 미국에 간 적이 있으니까 그랬겠지?"

"그건 아니야."

"아니라니?"

"반대하지 않았지. 그리고 엄마는 아빠가 기뻐할 것 같아서 그를 데려온 거야."

슌스케는 입을 다물었고, 료이치는 아버지의 표정을 살피면서 말했다.

"뭐 아무럼 어때."

"노리코도 이제 자기 방에서 자게 됐으니까, 괜찮아질 거야."

"그 녀석이 매일 몸이 휘청거리는 것 같고 무릎도 삐걱거린다고 말하는 거 못 들었어? 그건 키가 커서 그런 게 아니야. 나도 한창 자랄 때는 무릎이 삐걱거렸지만 그럴 때마다 키가 컸단 말이야. 아무래도 노리코도 친구를 집에 데려오는 게 좋을 것 같아."

"아니, 그건 안 돼."

"도련님, 집에 외부인이 들어오면 집안일을 하기 불편해요. 제가 참견할 일은 아니지만요."

부엌에 있던 미치요가 끼어들었다.

"난 노리코가 친구를 데려올 수밖에 없다고 생각해."

"그냥 미치요 씨에게 전부 다 맡겨놓자. 아침에 깨워주기도 하잖아. 혼내는 것도 눈감아주도록 하고. 정말로 집안일을 전부 맡기려면 우리 집에서 숙식하는 게 좋을 것 같아." 료이치가 말했다.

"가끔은 그럴 수 있어요, 도련님."

"가끔 말고 쭉 있는 건 안 되나요?"

"전 이 집 안주인이 아니라서 그건 힘들겠네요. 아니면 료이치 도련님이 빨리 결혼해서 색시를 들이는 것도 좋은 방법이겠고요. 저라도 신부로 맞으실래요? 실컷 귀여워해드릴 테니까요. 젊을 때 연상의 신부에게 사랑받는 것도 의외로 괜찮답니다, 료이치 도련님."

그 말에 료이치는 웃음을 터뜨렸다.

"차라리 야마기시 씨한테 시집가는 건 어때요?"

"그 사람은 자기 몫은 하는 분이시죠? 료이치 도련님, 선생님?"

"직접 물어보시오."

"어머어머, 아무리 제가 낯이 두꺼워도 그건 못 하겠네요. 안 그래요, 료이치 도련님?"

"아줌마, 프라이팬 기름이 타잖아요!"

때마침 2층에서 내려오던 노리코가 외쳤다.

료이치는 크리스마스와 정월에, 거실에서 댄스 파티를 열었다. 기자키와 야마기시를 동원해 방 안을 장식했고, 남녀 가리지 않고 친구를 불렀다. 미치요와 노리코는 샌드위치를 준비했다. 야마기시는 자신의 아파트에서 스테레오를 가져왔고, 료이치와 함께 아키하바라까지 가서 조명용 전등을 사 왔다.

미치요는 가벼운 식사 준비가 끝난 뒤 옷을 갈아입었는데, 호스티스 같은 차림새로 손님이 올 때마다 공손하게 인사를 했다. 그녀는 야마기시와 웃으면서 춤을 춘 다음, 내일은 일찍 오겠다면서 정리도 하지 않고 돌아갔다. 현관에서 사람들끼리 우렁차게 작별 인사를 나누는 소리가 2층까지 들렸다.

"노리코, 여긴 네 집이야. 오빠랑 야마기시랑 기자키가 다른 사람들이랑 잘 노는데 너만 혼자서 방에 틀어박혀 있는 건 보기 안 좋아. 너도 나와서 춤을 춰. 스트레스는 발산하는 게 최고야. 웃으면서 떠드는 게 좋다니까. 아빠도 춤을 출 테니까 나와봐."

슌스케는 노리코를 억지로 방 밖으로 내보내려 들었다.

"싫어!"

"고집 피우지 마. 왜 그렇게 엄마를 꼭 닮았니? 적어도 엄마는 나중에라도 춤을 추고 싶어 했는데."

"난 아빠를 닮은 거라고!"

"그 아빠도 지금 춤추려고 하잖아."

"춤추든 말든 아빠 마음이지만 난 아빠가 억지로 추는 게 싫단 말야. 잘 추든 못 추든 상관없이."

"그러냐? 그럼 차라리 울고 있지그러냐. 한번 울어봐."

노리코는 입을 꾹 다물었다. 그리고 천천히 흐느끼기 시작했다. 억지로 힘을 들여가면서 울고 있었지만, 슌스케는 이런 울음으로는 충분하지 않다고 생각했다. 오히려 역효과일 뿐이다.

"갈 거니까 먼저 내려가 있어."

"그래, 꼭 내려와라. 이것도 다 널 위한 거니까."

슌스케가 방 밖으로 나가자, 노리코는 문을 잠가버렸다. 놀란 슌스케는 다시 노리코에게 말을 걸었다.

"그래, 울기로 한 거야? 실컷 울거라."

그는 무심결에, 한때 미치요가 말한 것과 똑같은 말을 입에 올렸다. 노리코는 대답하지 않았다.

"이따가 꼭 내려와야 해. 알았지? 아빠한테서 물려받은 성격이라면 꼭 고쳐야 하니까."

"난 엄마 닮았어!"

노리코는 소리 지르더니 이번에는 목 놓아 울었다.

"곧 갈 거니까 신경 쓰지 마!"

딸아이는 울면서 띄엄띄엄 말했다.

"그래야지, 네가 춤추지 않으면 엄마가 화낼지도 모르니까."

"시끄러워! 빨리 가!"

"시끄럽다고? 그렇구나."

넌 정말로 엄마를 닮았구나, 라고 슌스케는 생각했다.

"아빠 정신 나갔어!"

"뭐? 아, 그래. 그렇구나."

슌스케는 자신의 방으로 돌아갔다. 그대로 침대 위로 쓰러진 채 거칠게 숨을 헐떡이며, 슌스케는 노리코가 뭘 하는지 귀를 기울였다.

30분이 지나자 문이 열리는 소리가 들리더니 이윽고 노리코가 슌스케의 방에 들어왔다.

"아빠, 아까 내가 손님들한테 홍차 내간 거 기억나?"

노리코는 고개를 숙인 채 말했다. 한편 슌스케는 옆을 보고 있었다.

"홍차?"

"내가 엎질렀잖아."

"아, 그거 말이구나."

아무도 쟁반을 받지 않는 바람에 벌어진 일이었다. 차가 엎질러진 순간 여자들이 약속이라도 한 듯 일제히 일어섰다.

이 아이는 도대체 무슨 생각을 하고 있는 걸까? 그의 딸은 생리가 시작하는 날짜뿐 아니라 그때 자신의 체취가 변한다고 했고, 몸이 뒤흔들릴 때마다 기운이 쭉 빠진다거나 자신도 엄마처럼 호르몬 불균형이 일어나는 거라 말하기도 했다. 엄마의 보살핌을 받지 못하게 된 이후로 벌써 1년 넘게 지났다. 나날이 딸아이는 변하고 있었고, 슌스케는 그런 딸에게 공포감마저 느꼈다.

"여자들 앞에서 차를 엎질렀을 때, 야마기시 씨는 '너무 차를 많이 넣어서 그렇다'고 말했잖아. 그런 일이 벌어지면 야마기시 씨는 여자 손님들 편을 들어. 아까 전 그 일도, 여자들이 좋아할 말을 하거나, 차를 엎질러도 '여러분은 신경 쓰지 않으셔도 돼요'라고 말하려고 했을 거야. 그렇지만 거기 있던 여자들도 그런 소리를 듣고 고맙다는 생각은 전혀 안 들었을걸. 그 사람은 여자에게 입에 발린 말만 하면 다 되는 줄 아나 봐. 진짜 서양인이라면 그런 소리는 안 해. 게다가 어떤 여자한테는 한 165센티미터 정도 되시나요, 하고 물어봤잖아. 그건 나 놀리려고 하는 소리였어. 내가 키가 작다는 걸 나보고 들으라고, 일부러 내 앞에서 그런 말을 꺼낸 거라니까! 미치요 아줌마까지 그 사람 편을 들고 있다고!"

"아니, 그 사람은 그냥 눈에 보이는 사실만 말한 것뿐이야. 그냥 상대방이 뭘 생각하고 있는지 전혀 신경 쓰지 않는 거야. 딱히 악의는 없고 말이지. 서양 사람들은 나름의 관습이 있는데, 그건 어릴 때부터 배우지 않으면 몸에 익지 않아. 그리고 그 관습을 일본에서 적용할 때에는 보통 일본어를 쓰지? 이미 그 단계에서 위화감이 생기는 거야. 당사자랑 주변 사람들 모두 다. 이건 외국인이 일본에 와도 마찬가지야."

노리코가 고개를 끄덕였지만, 이 아이가 자기 말을 듣고 있다는 확신이 들지 않았다.

"오빠가 불쌍하지 않아? 야마기시 씨가 '네가 데려온 사람들이니까 네가 주인처럼 책임감을 갖고 재미있게 놀도록 서비스도 해줘야지'라고 말하던데, 칵테일 만드느라 바쁜 오빠가 어떻게 거기까지 책임져? 자기 집에서 이런 부끄러운 꼴을 당하면 우리 집이 어떻게 되겠어?"

"그럼 너는 춤을 안 출 거냐?"

"다들 돌아간 다음에 출 거야. 난 혼자서 출래."

슌스케는 노리코를 내버려둔 채 아래로 내려갔다. 료이치와 기자키가 친구들을 배웅하러 나가고 야마기시가 2층으로 올라간 뒤에야, 노리코는 슌스케와 트위스트를 췄다. 그러다가 책상 앞에 앉아 있었을 야마기시가 다시 내려왔다. 야마기시는 덩달아 함께 추면서 "노리코는 잘 추는구나, 난 그렇게 잘 안 되더라"라고 말했다.

"야마기시 씨, 누구라도 할 수 있어요. 이렇게 해봐요. 부끄러워하지 말고, 이렇게."

노리코는 겸연쩍어하면서 작게 말하더니, 부끄럽다는 듯 슌스케를 바라보았다.

노리코는 자신의 방으로 돌아가려다가 아버지에게 말했다.

"아빠, 난 언젠가 아빠한테 독립해서 혼자서 살 수 있는 사람이 되어야겠어. 이대로는 내가 어떤 사람인지 영영 알지 못할 것 같아. 항상 아빠의 좋은 딸로만 살게 될 것 같아."

"네가 문을 잠근 것도 그 때문이냐?"

"응. 요즘 그게 불안했어. 엄마가 없어서 불안한 것도 있지만, 이제 그건 거의 괜찮아졌어. 하지만 아빠가 내 방을 보러 오는 게 익숙해지지 않아. 아빠도 '빨리 독립하라'고 말한 적 있었지? 그 말이 맞는 것 같아."

슌스케는 망연자실한 심정이 되었다.

"그렇구나."

"아빠가 나쁜 사람이라고는 생각 안 해. 그렇지만 이제는 엄마가 무슨 의도로 그런 말을 했는지 알 것 같아."

"뭐라고 말했는데?"

"아빠가 방을 엿보는 게 싫다고 말했어. 그렇지만 아빠가 나쁜 건 아냐. 그냥 아빠가 소심할 뿐일지도 몰라."

계단을 올라 2층의 어두운 복도에 도착한 다음에도, 부녀는 여전히 서로의 얼굴을 들여다보았다. 그는 딸과 '잡담'이라는 그 중요한 것을 할 수 없었다. 이대로 계속된다면 그의 딸은 과묵하고, 남들이 싫어하는 인간이 될 것이다. 그리고 먼 훗날 있을 결혼 생활 또한 망가뜨려버릴 것이다.

"노리코."

슌스케는 야마기시에게 들리지 않도록 작게 말했다.

"무슨 일이 있으면 전부 다 아빠한테 말해라. 엄마한테 말했던 것처럼 말이야. 뭘 입을지, 친구나 선생을 험담하는 거라든지, 뭐든지 다 말해."

말하면서도 슌스케는 초조한 기색을 감추지 못했다.

"뭐든지 말하라고 하셨죠? 죄송하지만, 그건 선생님께는 힘들 거예요."

다음 날, 뜻밖에도 미치요가 웃는 얼굴로 말을 걸었다.

"안 된다니. 그 아이는 나한테 뭐든 말할 수 있소."

"아니요, 하지만 그 아이는 여자인걸요."

"그야 그렇지. 난 엄마도, 주부도 아니니까."

"너무 주변에 신경 쓰지 마세요, 선생님. 건강에 좋지 않을 거예요."

슌스케는 목재 유골함을 끌어안은 채, 갈 곳 없는 분노를 토해냈다. 그리고는 자는 아이들을 내버려두고 야마기시와 함께 차를 타고 절로 향했다. 미치요는 따라가겠다고 하지 않았다. 그 절은 병원과 장례업자가 연결되어 있었다. 처음 방문한 절 앞에는 거대한 가스탱크가 있었고, 뒤편에는 게이오선 철로가 묘지를 가로지르는 형태로 깔려 있었다. 스님 한 명이 사설 건널목에서 차단기를 직접 올리면서 이들을 납골당까지 안내했다. 문 너머 납골당은 50~60개 정도의 목재 유골함으로 가득했다. 이들은 유골함들을 조금씩 밀어 빈 공간을 만든 뒤 도키코의 유골함을 안치했다. 하지만 계속 여기에 둘 수는 없었다. 그러려면 묘지를 구입해야 했다.

"선생님께서는 정말로 사모님께 많이 의존하셨던 모양이네요." 야마기시가 웃으면서 말했다.

"내가?"

"뭐라고 할까, 어쩐지 아까부터 안절부절못하시는 것처럼 보여서요."

"내가 남들보다 그런 편인가?"

'안절부절못하고 있다.' 그 말이 슌스케에게 동요를 불러일으켰다.

"그렇다고 해도, 그건 내가 도키코에게 의존해서 그랬던 건 아니야."

"아무렴 어떤가요. 신경 쓰실 필요 없어요. 아 참, 얼마 전에 K 박사가 시미즈 씨에게 전화를 했다고 하더라고요. 선생님을 아주 걱정하셨던 모양이길래, 잘 지내고 계신다고 제가 대신 말해놨죠."

야마기시의 시선이 슌스케에게로 향했다.

슌스케는 고개를 끄덕였다. 내 행동은 지극히 당연한 거야, 라고 말하고 싶었다. 한편 집안이 엉망이 될 거라는 불안감도 들었다. 이렇게 바깥일에 계속 휘둘렸다간 무너지고 말 것이다.

"사실 료이치 군이 선생님이 허둥거리고 있는 게 보여서 걱정된다고 말을 했어요. 그래서 허둥거리는 게 당연하다고 말했죠."

"그 녀석이? 아, 그렇구나. 그래서 자네는 내가 '허둥거리고 있다'고 말한 거지? 아, 그래, 그렇구나. 그걸로 됐어."

고작 이런 말이나 듣자고 야마기시라는 남자를 집에 부른 건가? 그렇지만 이 남자는 타인이니까, 라고 생각했다. 그렇지 않으면 그는 병에 걸릴지도 모를 판이다. 이제 그는 당장에라도 결혼을 해야겠다는 오기에 사로잡혀갔다. 점점 격렬해지는 이 충동을 어떻게 가라앉힐 수 있단 말인가?

항상 우거지상이던 료이치가 노리코에게 집을 나가고 싶다고 또 말한 모양이었다. 노리코한테서 그 말을 전해 듣고, 슌스케는 '정작 나한 테 직접 말하지 않는구나'라고 생각했다. 당장에라도 폭발할 것 같은 심정을 억누르면서, 당분간은 상황을 지켜보기로 했다.

어느 날 밤의 일이었다. 1층이 소란스러워서, 슌스케는 누운 채 귀를 기울이고 있었다. 료이치가 2층으로 올라왔다.

"노리코, 노리코! 엄마가 왔어!"

슌스케는 격분하면서 자리를 박차고 일어났다. 료이치가 층계참 한가운데에 멍하니 서 있었다.

"노리코를 깨우지 마! 네 동생에게 그런 소리를 하다니 제정신이야? 당장 여기로 와. 왜 날 깨우지 않은 거야?" 슌스케가 말했다. "왜?"

료이치는 몽롱한 표정으로 슌스케의 얼굴을 바라보았다. 그러고는 더듬거리며 입을 열었다.

"방 한가운데에 서 있었단 말이야. 밖에 나갔더니, 밖에도 있었어."

"기자키 군은?"

"걘 오늘 밤 친구 집에서 자고 올 거야."

"뭐? 이럴 때 대비하려고 개를 데려왔던 거 아니었어? 그건 그냥 꿈이야!"

"꿈 아니야."

료이치는 여전히 몽롱한 상태였다.

"그럼 내가 보고 오마. 정말로 엄마가 나타났다면 난 고마워서 절이라도 할 판이니까. 지금 모두가 다 힘든 상황인데 뭐가 그렇게 불만인 거야?"

슌스케는 씩씩대며 앞장서 내려갔다.

"없잖아! 하긴 있을 리가 없지!"

"있다니까! 있다고 말했잖아!"

"넌 꿈이랑 현실 구별도 못 하냐?"

슌스케는 불을 켜면서 소리 질렀다.

두 사람이 도로 2층으로 올라오자, 잠옷 차림의 야마기시가 복도까지 나와 있었다.

"그거 꿈 맞을 거예요. 저도 두 번인가 비슷한 경험이 있었거든요. 미국에 있었을 때 정신적으로 힘든 시기가 있었는데, 그때 어머니가 머리맡에서 관음보살에게 기도하는 모습을 본 적이 있었어요. 그래서 '엄마!'라고 불렀더니 절 보고 '이 녀석!' 하고 평소의 그 보기 싫은 표정을 짓는 거 있죠? 그 모습은 이미 한참 전에 잊은 줄 알았는데 설마 꿈속에 나올 줄 상상도 못 했어요. 어쨌든 의외로 흔한 일이에요."

"자네 어머니는 언제 돌아가셨나?"

"제가 중학교 2학년 때였어요."

"아버지는 어떠셨나?"

"히스테리를 일으키셨죠. 제가 어떻게 손을 쓸 수도 없었어요. 그래서 재혼했을 때 한시름 놨죠."

"어머니는 어떤 분이셨나?"

"제 어머니 말씀이세요? 아버지를 공처가로 만든 분이셨죠. 좋은 집안 출신이셨거든요. 심장 문제로 몇 달이나 누워 계셨는데, 그 와중에도 자로 가정부를 때려서 제가 학을 다 뗐다니까요. 입원하셨을 때 제가 기차를 타고 몇 달 만에 병문안을 간 적이 있었는데, 만나자마자 돌아가라는 소리를 들어서 엄청 슬펐던 게 아직도 기억납니다."

"그래서 아버지도 재혼했나?"

"석 달 만에 재혼하셨죠. 하지만 미와 씨와 제 아버지는 많이 다른 사람이에요."

대화가 이어지는 와중에 뜻밖에도 기자키가 귀가하여 2층으로 올라왔다.

"기자키의 어머니께서는 우리보다 여섯 달 먼저 돌아가셨어."

료이치가 기자키의 얼굴을 보며 말했다.

"자네 집에서는 누가 식사를 담당하나?"

이번에는 슌스케가 기자키에게 질문했다.

"예전에는 할머니가 부엌일을 맡기도 하셨지만 요즘은 아버지가 하시고요, 여동생도 도와요."

"자네 아버지는 어떤 분인가?"

슌스케는 말을 꺼내다 말고 머뭇거렸다.

"내 말은 그러니까, 기자키 군은 아버지를 어떻게 생각하나?"

"아버지는 존경스러운 분이라고 생각합니다."

얄미운 녀석. 불현듯 그런 생각이 슌스케의 머릿속을 헤집고 지나갔다.

"꿈이라고 해도 별일 없을 거예요. 게다가 지은 지 얼마 되지도 않은 이런 집에 유령이 나올 리도 없어요."

이번에는 2층으로 올라온 미치요가 말했다. 잠옷 위에 하오리*를 걸친 차림을 하고 있었다. 얼마 전 미치요는 아이들이 친척 집에 놀러 가서 혼자 자기 그렇다며 이 집에서 묵게 해달라고 청했고, 슌스케는 허락해주었다.

"꿈이라면 저도 요즘 자주 꿔요. 남편이 잘생기고 성격까지 좋은

---

* 羽織: 일본 전통 겉옷의 일종으로, 길이가 짧으며 방한이나 예절을 위해 기모노 위에 걸친다.

남자로 둔갑해서 등장하는데, 그게 얼마나 우스운지 보여드리고 싶을 정도예요. 진짜 남편은 화장실에서 쓰러져 반신불수가 되고도 3년이나 더 살아 있었던 사람이라서 더욱 그래요. 경마에 빠져서 흥청망청 써대더니 천벌을 받은 거죠, 뭐. 그렇지만 이제 겨우 100일 지났잖아요? 그럼 어쩔 수 없어요. 1년만 지나도 지금보다는 훨씬 나아지실 거예요. 저와 제 아이들은 3년 정도 지나서야, 영정 앞에서 남편 얘기를 하면서 웃고 떠들 수 있을 정도예요."

기묘할 정도로 분위기가 단란해졌다.

이튿날 밤, 료이치가 그의 방에 찾아왔다. 밖에 나가서 혼자 살 테니 3만 5,000엔을 달라는 것이었다. 나는 야마기시와 마주치기 싫어, 난 이 집에 아무 힘도 보탤 수 없고, 내가 있으면 가족도 힘들 거야. 게다가 기자키까지 민폐를 끼치고 있어. 주부가 없어서 그래, 라고 료이치가 말했다. 슌스케는 '3만 5,000엔'과 '주부'라는 단어에 그만 웃고 말았다.

그러나 료이치는 어차피 야마기시와 기자키가 있다면 그 정도의 돈은 현재진행형으로 낭비되고 있으니, 차라리 그 돈을 자신에게 달라며 고집을 피웠다.

"오빠 바보 아냐?"

노리코는 한숨을 쉬었다.

"나가봤자 다시 돌아올걸? 진짜로 나가서 살 거라면 스스로 일해서 돈을 번 다음 나갈 정도의 각오는 있어야 하지 않겠어? 아빠가 독립하라고 말한 것도 그런 의미잖아."

"그게 가능할 리 없잖아?"

"아마 오빠는 여자랑 동거하면서 그거 하나 갖고 어른 행세를 하려고 하겠지. 그러면 다른 사람들한테 민폐가 안 될 것 같아? 나도 나쁜 소문 때문에 결혼할 수 없게 될 거야."

"네가 뭘 안다고 그래."

료이치는 웃음을 터뜨렸다.

하지만 슌스케가 허락할 수 없다고 거절하자, 료이치는 다른 방법을 궁리했다.

"그렇다면 저 베란다 밑에 땅굴을 파서 벽돌로 방을 짓고, 거기서 기자키와 살고 싶어."

"그걸로 네 기분이 나아진다면 그렇게 해. 그 대신 행동으로 옮기기 전에 신중하게 잘 알아봐." 슌스케가 말했다.

그런 말을 하는 자신이 도키코와 붕어빵 같다고 느꼈다.

이튿날, 료이치는 기자키를 데리고 삽을 사러 가겠다고 했다. 아무 계획도 세우지 않고 일을 시작하면 안 된다고 걱정했지만 괜찮다는 대답만 돌아올 뿐이었다. 두 사람은 집에 돌아온 뒤 베란다 밑의 경사진 땅을 파헤치고 흙을 날랐다. 슌스케 또한 정원으로 내려가서, 2층의 야마기시에게 도와달라고 외쳤다. 야마기시는 그가 시키는 대로 이틀 동안이나 흙 나르는 일을 도와주었다. 그동안 야마기시의 표정이 썩 좋지 않았지만, 슌스케는 이를 못 본 체했다. 료이치는 이제 친구 셋을 데려와서 집에 머무르게 했다. 마침내 구멍 파기 작업이 끝났는데, 이번에는 집 토대가 바깥에 노출되는 바람에 집이 위험해질 지경에 이르렀다. 결국 전문가를 불러다가 토대를 메우고, 방을 정돈한 뒤 계단까지 만들었다. 그런데 작업이 끝나고 방을 건조시키는 사이에 료이치는 등불이 꺼진 것처럼 아무 말도 하지 않더니, 거실에 드러누워 자기 시작했다.

"미와 씨, 전 료이치 군이 뭘 생각하는지는 모르겠지만, 료이치 군은 정말로 미와 씨를 닮았어요." 야마기시는 감탄하며 말했다. "예전에 미와 씨는 이 집을 짓고 싶지 않았지만 어쩔 수 없이 지었다고 말씀하지 않으셨나요? 그렇지만 결과적으로 이 집을 세운 건 미와 씨였죠. 이번에 지은 저 방도, 내키지 않아 하셨어도 결과적으로는 미와 씨가 세운 게 아닌가요? 덕분에 수수께끼도 풀린 것 같네요. 미와 집안이라는 수수께끼 말이에요."

"이건 우리 집에서만 벌어지는 일이 아니야. 다른 가정도 마찬가지겠지. 그리고 이번 사건의 원인은 바로 야마기시 자네일세." 슌스케는 말했다.

"그럴 리가요."

"하지만 인정할 수밖에 없을 거야. 제대로 된 가정이라면 문제없겠지. 그런데 애초에 제대로 된 가정이라는 게 있기는 할까? 예를 들어서 아내가 외간 남자와 불륜을 저지르더라도 그래서는 안 된다는 근거는 어디에도 없어. 그냥 내 기분만 불쾌할 뿐이지. 그리고 그 불쾌함을 없앨 수 있다면 그대로 둬도 좋을지 몰라."

야마기시는 얼굴을 찌푸렸다.

"글쎄요? 그런 얘기를 꺼내시니 더더욱 영문을 모르겠어요."

슌스케는 후회했다. 이런 얘기를 꺼내는 게 아니었다. 게다가 자신이 한 말은 사실과 다르다는 느낌을 받았다.

료이치는 분명 말도 안 되는 언행을 반복하고 있었지만, 어쩐지 슌스케는 그의 기분을 뼈저리게 이해할 수 있었다. 그리고 그것을 이해한 순간, 물에 잉크가 번지는 것처럼 자신 또한 아들의 감정에 좀먹히고 있었다.

2~3일이 지난 후, 슌스케는 사람들을 불러 모았다. 미치요에 야마기시, 기자키에 이르기까지, 모두 집합시킬 필요가 있다고 생각했다. 그리고는 자신의 재혼에 대해 어떻게 생각하는지 물어보았다. 슌스케 자신은 결혼을 원하지 않는다고 분명히 밝혔다.

"나는." 료이치가 말했다. "난 주부가 없으면 모두들 집안일에 대한 책임을 지느라 혼란스러워할 것 같아. 그래서 재혼을 할 거면 최대한 빨리 했으면 좋겠어."

어젯밤에는 이런 일이 벌어졌다. 료이치의 빈둥거리는 모습을 보다 못해 노리코가 한소리 했고, 기자키와 노리코는 료이치에게 집안의 가계를 맡겨서 식단을 짜고 미치요에게 부탁하는 일을 맡기거나 난방 관련 업무를 맡긴다면 료이치의 불만거리였던 야마기시의 동거로 인한 돈 낭비를 해결할 수 있지 않을까, 게다가 료이치만의 일거리도 생기니 일석이조 아닌가, 라는 방법을 궁리해냈다. 처음에는 별생각 없이 그 이야기를 듣고 있었던 료이치도, 나중에는 제법 솔깃해하는 듯 보였다. 그러나 이튿날 아침이 되자 그는 한결 더 불쾌한 기색이 되었다.

"몇 번이나 말했지만, 집에 여자를 데려오지 않았으면 좋겠어."

"언제까지 네 고집에만 따르라는 거야? 이쪽 사정도 좀 생각해보란 말이야!"

노리코의 말에, 료이치가 소리를 질렀다.

"이 집을 위해서 여자를 데려오자는 거잖아? 그게 뭐가 문제야?"

노리코는 생각하던 끝에 말했다. "아빠가 원한다면 나는 반대하지는 않을 거야. 아빠가 힘들면 집안도 힘들어질 테니까."

"미와 씨, 제 개인적인 생각인데요, '주부'라는 말을 너무 강조하시는 것 같아요. 미치요 씨도 똑같이 생각하시는 것 같던데." 기자키가 말했다.

숀스케는 흠칫 놀라며 그에게 시선을 돌렸다.

"저도 그렇게 생각하지만, 어쨌든 제가 간섭할 일은 아니죠. 먼저 저는 일개 사용인일 뿐이니까요. 물론 지금도 선생님의 마음에 완벽하게 들어맞게 행동하지 못하지만, 앞으로도 그렇게 되지는 못할 거예요. 저는 사모님처럼 행동할 수 없으니까요."

아무도 미치요의 말에 대답하지 않았다. 노리코는 슬그머니 고개를 돌렸다.

"전 미와 씨가 앞으로도 결혼하지 않으실 거라고 생각하고 있었어요. 결혼하신다면 물론 저는 여기를 떠나야죠. 이 집이 마음에 들긴 하지만요." 야마기시가 말했다.

"내 말은 그러니까, 이편이 료이치나 노리코에게 더 유익하지 않을까 싶어서 그런 거지."

숀스케는 아이들 쪽을 돌아보며 말했다.

"어떤 사람과 재혼할지는 나도 모르지만, 너희의 마음에 드는 사람을 들이고 싶어. 그렇더라도 문제는 벌어지겠지만, 둘 중 하나를 선택해야 한다면, 재혼을 선택하고 고생하는 편이 모두에게 도움이 될 거라고 생각해."

"그럼요. 선택하지 않으면 더욱 힘들 거예요. 힘들고말고."

미치요가 맞장구쳤다.

"그렇지만 생각해보면 예상할 수 없는 일도 아니네요." 야마기시가 말했다.

"그렇게 하자. 그게 좋겠어. 아빠, 그렇게 하자, 어서!"

노리코가 호들갑을 떠는 바람에 모두가 그쪽을 쳐다보았다.

"남자란 참 편한 존재네요. 나이가 많아도 재혼을 할 수 있으니까요." 미치요가 말했다.

분명 슌스케는 다른 사람들에게 먼저 상담을 하자고 제안한 장본인이었다. 그럼에도 자신의 집이 이들의 판단에 맡겨졌다고 생각하니, 갑자기 참을 수 없었다.

"아니, 지금 당장 재혼하겠다는 소리는 아니고, 먼저 예고라도 해둬야겠다고 생각한 것뿐이야."

두고 보자, 어디 한번 두고 보자! 슌스케의 마치 벼르는 듯한 기묘한 태도는, 백화점 여직원이나 니시무라 간호사를 향한 것일까? 결혼하고 싶지만 막상 마땅한 상대를 찾지 못한 중년 여성이나 결혼할 기회도 없는 여성들이 이미 그의 아내라도 된 듯한 착각이 드는 이유는 어째서일까? 슌스케는 바깥으로 뛰쳐나가고 싶었다. 기쁨으로 가득 찬 것처럼, 아니면 사람들에게 호소라도 하려는 것처럼, 사람들에게 외치고 싶었다. 그래서 사람들을 불러 모은 것일지도 모른다.

슌스케는 자신의 방으로 돌아간 뒤, 이불에 얼굴을 묻고 흐느꼈다.

"저기, 실례합니다."

야마기시가 노크를 했다. 슌스케가 준 번역물에 대해 질문하기 위해 찾아온 모양이었다. 영어와 일본어의 과거형은 각각 뉘앙스가 다르기 때문에, 그것에 대한 조언을 구하려는 것이다. 초보 번역가들이 흔히 저지르는 실수였다. 이 문제를 해결하려면 동사의 시제만 보지 말고, 문장 전체에서 접근해야 한다고 슌스케는 말했다. 대화를 나누며 슌스케는 갑자기 기운을 얻었다.

"이 소설에서는 말이죠." 야마기시가 말했다. "대학교수가 자신의 부인을 위해서 새로운 차를 사려고 하더군요. 그래서 여름방학 동안 출장 강의를 하느라 집을 한 달 비우게 돼요. 그런데 집에 돌아와 보니 아내의 분위기가 달라져 있고, 교수의 자녀는 그 변화를 꽃향기라는 상징적인 형태로 감지한 뒤 교수한테 '냄새가 난다'고 알립니다."

야마기시는 혼자 있을 때 영어로 혼잣말을 하는 버릇이 있었지만, 슌스케와 있을 때에는 일본어를 사용했다.

"남편의 추궁에 아내는 바람을 인정합니다. 그 이후로 교수는 아내를 곁에 다가오지 못하게 해요. 심지어 침대에서 걷어차버리기도 하죠. 그 후에 아내는 자살을 해요. 그리고 교수도 불륜 상대를 살해하고 나서 스스로 목숨을 끊죠. 기가 막히게도 불륜한 상대는 교수의 친형이었는데, 그는 다음과 같이 말해요. '내가 나쁜 건 인정하마. 하지만 가장 큰 원인은 너였어.' 그리고 자기 동생에게 다시 말하죠. '넌 책을 선택할 거냐, 아니면 총을 선택할 거냐?'"

"이 경우 책이라면 성경을 가리키겠지."

슌스케는 일어나 앉으면서 말했다.

"네. 교수가 자살한 다음, 부부의 자식인 오빠와 여동생 두 남매가 남겨져요. 아이들은 이 사건의 진상을 알고 괴로워하지만, 그럼에도 희망을 품고 새로운 생활을 시작한다는 암시를 주면서 소설이 끝나요."

"그럴 리 없어. 내가 지난달에 이 소설을 처음 읽었을 때에는 그렇게 희망적인 방향으로 끝날 것 같지 않았다고."

"저는 이 소설이 논리적이라고 말하고 싶은 것뿐이에요. 이에 비하면 일본인은 감정적이거나 우유부단하고, 아니면 내린 결정조차도 그때뿐이죠."

"서양인이라고 해서 이 소설처럼 논리적인 사람만 있는 건 아냐."

"그렇지만 그런 모습조차도 나름대로 논리적이죠. 논리적이지 않으면 사람들과 통하지 않을 테니까요."

"우리가 외국에서 받아들인 것들은 모순을 일으켜. 그 여파는 가정에도 영향을 미치지. 자네도 결혼하면 알게 될 거야."

"전 적당한 시기가 올 때까지는 그럴 생각이 없습니다. 무엇보다 결혼을 하지 않는다고 해서 사람 구실을 제대로 못하는 것도 아니니까요. 그렇지 않나요?" 야마기시가 말했다. "그렇지만 성욕 처리가 쉽지 않다는 건 아쉽긴 해요. 요즘 일본은 그런 게 쉽지 않으니까요. 그 점에서는 프랑스가 부럽네요. 미국은 몰라도 프랑스에서는 유부녀도 자유분방하다고 들었거든요. 부러워요."

슌스케는 아무 말도 하지 않았다.

"선생님의 목적이 성욕을 위해서라고 생각하지는 않지만, 정말로 재혼하실 건가요?"

시끄러운 녀석. 그렇게 생각하면서 슌스케는 고개를 끄덕였다. 그러자 야마기시는 말했다. 그럼 제가 소개할 만한 사람이 있는데, 어떠세요? 선생님이 괜찮으셔도 일단 그 사람에게도 물어봐야 하지만요.

이튿날, 슌스케는 장례식에 온 옛 친구들과 아내의 친구를 포함해서 대여섯 군데에 전화를 걸어, 재혼을 염두에 두고 있으니 잘 부탁한다고 전했다. 점차 주변에 시비라도 거는 듯한 분위기가 되고 말았다. 처음에 건 전화 상대는 친구의 아내였다. 그의 말을 들은 상대방은 아무 대답도 하지 않았고, 잠시 후 남편에게 전하겠다고 답변했다. 또 다른 전화 역시 친구의 아내가 받았다. 아까와 마찬가지로 침묵이 계속된 뒤, 그녀는 "선생님은 둘째 치더라도 아이들이 있으니까 어지간히 괜찮은 사람이어야겠죠"라고 대답했다. 어떤 전화는 아내의 친구에게 건 것이었다. 결국 그렇게 되셨군요. 언젠가 그렇게 될 거라고 짐작은 하고 있었습니다. 아내의 친구는 그렇게 말했다. 너무 성급하거나 너무 늦지 않게 잘 생각하시길 바랍니다. 상대방 대답의 요지는 그러했다.

슌스케는 '아이들도 동의했기 때문에' '혼자서는 도무지 힘든 것 같아서' '아이들이 아니라면 없는 편이 좋겠지만' 따위의 사족을 붙였다. 그러면서도 친구 아내의 목소리에 일말의 분노가 담겨 있다는 것은 거의 눈치채지 못했다. 슌스케 자신이 반쯤 울음 섞인 목소리를 내고 있었기 때문이다.

'자기 집 사정만 중요해서 남의 집에 이렇게 무례하게 구는 건가? 애초에 우리 집은 그런 일에 대해서는 전화로 떠벌리지도 않는다. 게다가 부조를 병원 연구소에 기부했다는데 이 얼마나 무례한 짓인가?'

이런 말도 나왔는지, 시미즈는 아무쪼록 조심해달라는 의견을 완곡하게 전한 편지를 보냈다.

기자키가 고향으로 돌아간 후, 료이치는 '재혼은 어떡할 건가, 그 사람 정도면 괜찮지 않겠냐'며 슌스케를 닦달했다. 그러자 노리코는 '오빠가 결혼하는 게 아니니 참견하지 말라'고 받아쳤다. 료이치는 너도 함께 다녀오라며, 너도 야마기시 씨가 보여준 사진 속 여자를 마음에 들어 했으니 직접 확인해오라고 받아쳤다. 상대방은 올해 서른일곱이 될 삽화가인 모양이었다. 눈이 크고 이마가 넓었으며, 조금 통통한 여자였다.

"사람 좋아 보이네."

두 아이는 입을 모아 말했다.

그 여자는 야마기시와 함께 카페에서 기다리고 있기로 했는데, 그

카페는 신주쿠의 백화점에서 여자 점원을 만났던 바로 그 장소였다. 슌스케는 노리코와 청소년용 봄옷도 구입할 겸 함께 외출했다. 두 사람이 시간이 되어 카페로 들어서자, 가장 안쪽에서 겁에 질려 이쪽을 바라보는 여자가 보였다. 정말로 끔찍한 것이라도 보는 듯한 눈빛이었다. 두 사람이 야마기시의 간단한 소개를 받고 의자에 앉자 여자는 미소를 지었는데, 오히려 몸은 더욱 긴장하는 것 같았다. 노리코와 야마기시가 옆 테이블로 옮기자마자 슌스케는 떠들기 시작했다.

먼저 일이 바쁜 편인지 물어보았다. 그러자 그녀는 좋은 일감을 받을 정도의 능력은 없지만 바쁜 편이라고 대답했다. 일을 그만두면 생활비가 떨어지니, 그게 무서워서 바쁠 수밖에 없다고 덧붙였다. 그러고는 "전 남의 비위를 맞추는 버릇이 있어요, 항상 입에 발린 말을 늘어놓지만 마음속은 비뚤어져 있고요"라고 말한 뒤 원망스러운 눈빛으로 그를 바라보았다. 슌스케는 일을 그만둘 건지, 만약 계속할 거라면 어느 정도로 할 건지 물어보았다. 그건 자신도 알 수 없다고 여자는 대답했다. 슌스케는 기름에 불이라도 붙은 것처럼 맹렬하게 자기 얘기를 시작했다. 그러다 어느새 둘이 쓸 침실 얘기까지 하고 있었다.

"그래서요?"

여자가 말했다. 슌스케는 순식간에 주제를 바꿨다.

"당신이 제 집에 오게 된다면, 친정에 경제적인 문제가 생길 수 있나요?"

"오히려 다들 기뻐할 거예요. 남동생이나 어머니나, 입을 모아서 언제까지 집에 얹혀살 참이냐고 물어보는걸요."

그럼 당신은 어떻게 생각하는 거야? 슌스케는 생각했다.

"당신이라면 저희 집에 올 것 같군요. 그렇게 생각해도 괜찮겠죠?

제 아이들도 당신 사진을 보면서 마음에 들어 하더군요. 저도 지금 만나 뵈면서 무척 좋은 분이라는 생각이 드네요."

"선생님, 이분은 일을 그만두고 결혼하는 게 아직 걱정되시나 봐요."

옆에서 야마기시가 끼어들었다.

"그렇군요." 슌스케는 낙담해서 중얼거렸다. "저희 집 애들은 둘 다 까다로운 아이들이 아닙니다."

여자는 여전히 두려움으로 가득한 표정으로, 올려다보듯이 슌스케를 바라보았다. 그 눈 밑에는 짙은 그늘이 져 있었다. 홀로 사는 것에 지쳐 있는 것이리라고 슌스케는 짐작했다.

"그럼, 요시자와 씨."

그는 처음으로 여자의 성을 입에 올렸다.

"저희 집에서 일을 하게 된다면, 아침 몇 시에 일어나야 할지 고민하고 계신 거죠? 평소에는 몇 시에 일어나십니까?"

"11시요. 그다음에 대충 끼니를 해결해요. 밤에 집에 있을 때는 만들어 먹기도 하고요. 평소에는 밖에서 업무를 볼 일이 많아서 남들과 만나는 일이 많아요. 굳이 그렇게까지 할 필요는 없지만, 안 그러면 건방지다는 소리를 들을 수 있거든요."

슌스케는 잠시 생각했다.

"뭐, 경우에 따라서이긴 한데, 요시자와 씨가 그 시간에 일어나도 저희 집은 별로 상관없어요. 중요한 건……"

그는 강조하듯, 그리고 물고 늘어지듯이 말했다.

"집에 있어주신다는 거니까요."

슌스케는 여자의 목 언저리를 바라보면서, 그 여자를 안을 때 어떤 일이 벌어질지 열심히 상상했다. 자신의 체력이 혈기 왕성하게 되살아나줄까? 그럴지도 모른다. 이 여자의 심기를 거스르고 싶지 않았다. 이 여자는 11시에 일어났을 때 어떤 표정을 짓고 있을까. 그렇지만 이 여자가 무슨 표정을 하고 있든 간에 상관없다고 말해버렸잖아? 그건 그렇고, 이 여자 얼굴이 왜 이렇게 떨떠름하지? 혹시 나와 내 가족을 경멸하고 있는 건가? 안 돼, 그래서는. 이 여자를 위해서도 안 돼. 그렇다면 나는 이 여자를 미워하게 되고, 다른 사람들 또한 미워하게 될 거야.

순스케는 야마기시를 불러, 넷이서 밖으로 나갔다. 야마기시는 모두가 나갈 때까지 문을 잡고 기다렸다. 노리코와 요시자와는 하마터면 부딪칠 뻔했다. 요시자와는 노리코를 먼저 보내려고 했고, 반대로 노리코는 요시자와를 먼저 보내려고 했기 때문이다.

"제가 좀 덜렁이라 그래요." 요시자와가 말했다.

구두 가게 앞을 지나는데, 노리코가 구두를 사고 싶다고 했다. 순스케는 노리코와 요시자와에게 구두를 고르게 하고 그 광경을 지켜보았다. 노리코가 고른 구두에 요시자와가 슬쩍 자기 발을 넣어보았다.

"노리코는 발이 의외로 작네."

이제 남은 건 료이치뿐이라고 순스케는 생각했다. 그리고 앞을 지나가는 여자들을 바라보았다. 여자가 지나가고, 다시 여자가 지나간다. 그는 그렇게 생각했다.

야마기시와 함께 집에 돌아온 후, 순스케는 노리코에게 감상을 물어보았다.

"모르겠어. 일단 나는 그 사람 눈이 마음에 들었어. 정직한 사람 같더라. 그런데 자기 이야기만 하고 있었어."

"한창 좋은 나이를 넘겨서 그래. 그 나이가 될 때까지 혼자서 살

앞으니까. 좀처럼 용기가 나지 않는 거야. 그렇지만 그런 부분도 결혼하면 다 사라진단다. 그래서 결혼한 경험이 없다는 게 문제가 되는 거야."

야마기시가 말했다.

"이 집에 오면 다 해결될 일이죠."

그러나 슌스케와 단둘이 되자 야마기시가 말을 꺼냈다.

"저기요, 미와 선생님. 선생님께서는 도대체 뭘 하려고 가신 겁니까? 자각은 하셨던 건가요?"

슌스케는 '무슨 소리야, 네가 뭘 안다고 그러냐'라는 표정을 지었다.

"선생님은 결혼 상대를 만나러 간 거라고요."

"난 그 여자를 배려해서 양보했는데."

"그렇게 생각하고 계신 건 알고 있는데, 말씀하시는 게 이미 아내인 사람한테 말을 거는 것 같았어요. 그러면 안 되거든요."

슌스케는 놀랐다.

"그 사람이 그래서 뭐라고 하던가?"

"그 사람은 당장 결혼할 생각은 없다더군요."

"그럼 곤란한데. 도대체 무슨 꿍꿍이인 거야? 그건 곤란하다고."

"그 사람은 노리코가 무섭다고 말했습니다."

"말도 안 돼!"

슌스케는 그만 웃고 말았다.

"하긴 그 애가 그동안 고생깨나 했지. 그 아이를 이길 순 없을 거야."

그는 점차 초조한 기분에 사로잡혔다.

"그럼 내가 나중에 직접 전화해보지. 한 번 더 만나봐야겠어."

"그 사람도 깊게 생각할 시간을 주셔야죠. 그리고 선생님이 무슨 생각을 하시는지 전혀 종잡을 수 없다고 하더군요."

"내가? 그렇게 많이 얘기를 나눴는데? 내가 그렇게 말한 것도 그 사람이 좋은 사람이라고 판단했기 때문인데?"

건방진 여자 같으니라고. 슌스케가 여자에게 이런 생각을 한 것은 상대방이 다른 회사의 사무원이거나, 술집 여급일 때뿐이었다.

선본 여자가 당장 결혼할 생각이 없다고 전하자, 료이치는 힐난하는 눈길로 슌스케를 바라보았다.

"그래서 대체 언제 오겠다는 거야? 우리 집에도 일정이라는 게 있잖아? 야마기시 씨는 또 왜 그러는 건데?"

료이치는 절망한 듯 소파에 엎어져서 주간지를 아무렇게나 뒤적거렸다. 슌스케는 머리끝까지 화가 난 료이치를 노려보았지만, 아무 말도 하지 않았다.

그날 이후 슌스케는 요시자와 지카코에 대해서 잊어버린 것처럼 행동하면서도, 돌연 봉투에서 그 사진을 꺼내서 들여다보았다. 그리고는 갑자기 울컥 화가 치밀어 당장 목덜미를 잡아서 집으로 끌고 오고 싶다는 충동을 느꼈다. 요시자와는 일로 바빴기 때문에, 그녀와 다시 만나기까지 4~5일이나 기다려야 했다. '약속이 잡혀 있다'며 스케줄을 조정하려는 모습이 수화기 너머로 보여 짜증이 치솟았다. 그럼에도 슌스케는 끝까지 그녀에게 예의 바르게 대했다.

'이 사람 인사 하나는 공손하군.'

카페 의자에 앉으면서 그는 생각했다. 한편으로 그 태도가 자신들을 경계하는 자세처럼 느껴졌다. 이제 슌스케는 예전처럼 자기 얘기는 하지 않기로 했다.

"지금 불안해하시는 건 이해하는데, 너무 걱정하지 않으셔도 됩니다."

요시자와는 코를 킁킁거렸다. 담배를 너무 피웠기 때문이라고 슌스케는 짐작했다.

"저는 재미없는 여자예요. 집에서는 다들 저를 두고 이렇게 말해요. 항상 늦게까지 자고 어머니가 절 깨우려고 해도 일부러 일어나지 않기도 해요. 그 정도로 사람이 못됐답니다. 그런 점이 힘들지 않으시겠어요?"

"걱정할 필요 없다니까요. 당신의 눈을 보면 알 수 있습니다. 당신은 그냥 겁이 많은 것뿐이에요."

"맞아요. 저는 남들보다 소심한 구석이 있어요. 점점 뒤로 빼는 사람이죠."

"아니요, 그건 걱정하실 필요 없습니다. 제 아이들은 그것도 나름대로 괜찮다고 생각하니까요. 중요한 건 사람의 마음이에요."

"하지만 저 같은 사람은 쓸모없지 않겠어요?"

이 여자는 도대체 뭘 말하고 싶은 거야?

"잘 들으세요. 사람은 독신으로 살 수도 있습니다. 하지만 결혼 생활도 염두에 두고 계시다면 결혼을 선택하는 편이 더 득이 된다고 생각해요. 적어도 저는 그렇게 생각하며 살아왔습니다."

이 여자는 뭘 하러 이 자리에 나왔지?

"저기요, 결혼과는 상관없는 이야기이긴 한데요, 저는 쓸모없는 사람인가요?"

슌스케는 영수증을 들고 일어섰다.

신주쿠 역을 향해 걸어가면서 갑자기 그의 마음속이 부글부글 끓어올라 "걱정 마세요"라고 말하면서 손을 뻗었다. 그 손이 여자의 엉덩이 근처에 닿기 직전, 슌스케는 제정신을 차리고 손을 멈췄다. 지금까지 밖에서 여자 엉덩이를 만지려는 짓 따위는 한 번도 한 적이 없었기에, 슌스케는 경악할 수밖에 없었다.

마치 도망치려는 것처럼 역 계단을 뛰어 올라가는 여자를 배웅하면서, 슌스케는 분개했다.

그다음에 요시자와 지카코의 전화를 받았을 때, 슌스케는 술을 마시고 카페로 향했다. 인사를 나누고 지금까지의 무례를 사과하는 것 외에는 아무 얘기도 하지 않았다.

"제 어머니께서 미와 씨가 저에 대해서 어떻게 생각하는지 알아오라고 하시더라고요."

슌스케는 공격적이고 비틀린 표정을 지었다.

"전 말이죠, 당신이 아이들을 마음에 들어 해주신다면 당연히 당신에게 애정을 품을 겁니다."

"하지만 저기, 전 당신과 결혼하는 거니까……"

그 순간 슌스케의 마음에서 호감이 싹 사라졌다.

"처음 만났을 때, 전 당신의 눈이 생선 눈 같다고 생각했어요."

"생선 눈이라뇨? 그게 무슨 소리입니까."

슌스케는 화를 냈다.

"멍하니 있으셔서 그렇게 말했어요. 점점 괜찮아지셨지만."

둘은 밖으로 나왔다. 평소대로 역으로 향하고 있으니, 지카코는 슌스케의 가방을 들어주겠다고 나섰다. 사양하는데도 물러날 기미를 보이지 않았다. 슌스케가 계속해서 거절하자, 손잡이 한쪽이라도 잡아주겠다고 나섰다. 어쩔 수 없이 말한 대로 하니, 그녀는 "전 무거운 물건 나르는 데에는 익숙해요"라고 말했다.

"아직 미와 씨에게는 너무 이른 거예요. 게다가 더 좋은 사람을 얼마든지 만나실 수 있을 거예요."

그녀는 헤어지면서 말했다. 전차 안에서 지카코는 플랫폼을 향해 가볍게 인사를 했다. 슌스케의 시야에서 벗어난 뒤, 그녀는 여태껏 본 적 없는 어두운 표정이 되었다.

집으로 돌아온 슌스케는 2층의 자기 방으로 올라가, 한동안 방 안을 부산스럽게 돌아다녔다. 그리고 수화기를 들어 올리고 다이얼을 돌렸다.

"요시자와 씨이십니까? 지금 뭐 하고 계신가요?"

그렇게 말한 뒤, 슌스케는 귀를 기울였다. 그리고 덧붙였다.

"……미와입니다."

"어머니께 그동안 있었던 일을 말하던 참이었어요."

"이보세요, 당신은 지금 사람 구실을 할지 말지 그 경계선에 있다고요. 아시겠어요?"

슌스케는 거의 울부짖다시피 소리 질렀다.

"이번 일에 대해서는 조금 더 냉정하게 검토하고 싶어요."

"저희 집에 온다면 더는 그런 식으로 말할 필요가 없어요. 이대로라면 요시자와 씨는 영원히 지금처럼 살게 된단 말이에요. 그러니까 함께 고생해보자고요. 전 괜찮다니까요! '너무 이르다'는 말은 하지 마세요. 이것보다 늦으면 제 집이 엉망이 된단 말입니다. 지금 제 집이 엉망이 되면 이곳을 찾아오는 사람도 엉망이 된단 말이에요. 다른 사람들이 찾아오더라도 제대로 살 수 없게 된단 말이에요. 아니 그리고, 아까 제 짐을 도대체 왜 들어준 겁니까? 심지어 계산까지 하시던데, 자꾸 빚을 지지 않으려는 것처럼 행동하는 이유는 뭐예요? 요시자와 씨! 제가 생선 같은 눈을 하고 있었다고요? 저는 지금 신을 섬기는 심정으로 있단 말입니다!"

거기까지 말한 다음, 슌스케는 홧김에 수화기를 내려놓았다. 그리고 자기 말에 스스로 놀라 주변을 두리번거렸다. 1층으로 내려가니 상송 레코드가 돌아가고 있었다.

오늘도 집에서 묵을 예정인 미치요가 굳은 표정으로 나타났다. 그녀의 손에 들린 쟁반에는, 사람 수에 맞춘 홍차 잔이 올려져 있었다.

"재혼을 포기하셔도 상관없어요, 미와 선생님."

야마기시가 슌스케에게 말했다.

"하지만 누군가와 결혼하든 간에, 선생님은 그 사람을 괴롭히려고 결혼하시는 것처럼 느껴져요."

야마기시는 미국에서 옮아온 특이한 코감기 때문에 항상 코를 풀어대서 쓰레기통을 티슈 뭉치로 가득 채웠는데, 이번에도 다시 코를 풀려던 참이었다. 그는 개가 짖는 듯한 소리를 내며 재채기를 했다.

"그럴 리 없어! 설령 내가 그런 사람이었더라도 이제 그런 짓은 원하지 않아…… 아니, 잠깐! 혹시 그랬다면 내가 괴롭혔다는 거야? 도키코를? 그렇다 해도 나는 그저 남들과 교류하고 싶었을 뿐이야."

료이치와 노리코가 무언가 의논을 하고 있었다.

"재혼은 그만두기로 했어." 슌스케가 말했다.

"안 돼!"

두 아이가 일제히 얼굴을 들었다.

"주부를 좀 데려와달라고! 빨리!"

료이치가 소리 질렀다. 그러자 고개를 숙이고 홍차를 마시던 미치요가 말을 했다.

"그게 쉬운 일이 아니랍니다, 도련님."

그렇게 말하더니, 그녀는 싱크대 앞에서 춤을 추듯이 한 바퀴 돌았다.

무언가가 자기 얼굴을 만지고 있는 것 같았다. 슌스케는 눈을 뜨려고 했지만, 좀처럼 눈꺼풀이 움직이지 않았다. 그는 숨 쉬기 고통스러워하며 신음했다. 가슴이 답답해, 괴로워, 그렇게 외쳤던 도키코처럼, 도키코를 따라 하려는 것처럼 "가슴이, 가슴이!"라고 외쳤다.

"선생님, 선생님."

슌스케는 간신히 눈을 뜨고 일어났다. 미치요가 잠옷 차림으로 서 있었다.

"선생님!"

그는 침대에서 내려와 어둠 속 미치요를 바라보았다.

슌스케는 차라리 더러워지고 싶다고 생각했다. 그는 스위치가 있는 벽 쪽에 기댔다. 밝아진 방 한가운데에는 미치요가 뾰로통한 표정으로 침대 끝을 바라보고 있었는데, 가슴이 거칠게 오르내렸다.

"방으로 돌아가게." 슌스케가 말했다.

"제가 그렇게 부끄러운 짓을 할 것 같나요?"

한때 미치요가 했던 말이 슌스케의 머릿속에서 되살아났다. 어쩌면 자신은 이날이 오길 기다리고 있었던 것일지도 모른다.

"방으로 돌아가주게."

그는 방금 했던 말을 반복했다. 그러자 미치요는 의기양양해져서 고개를 들어 올렸다.

"전 사모님 같은 사람이 아니에요."

이런 일을 잊기 위해, 백지로 되돌리기 위해 미치요를 다시 이 집으로 끌어들였지만, 이런 말이 미치요의 입에서 나올 줄 알았다면 차라리 그녀를 침대로 끌어들이는 편이 나았을지도 모른다.

"선생님, 도련님께서 가출하셨어요."

"가출이라니?"

"현관에서 소리가 들리기에 방으로 가봤더니, 편지가 있었어요. 그렇지만 도련님은 밖에서 고생 좀 하시는 편이 나을 거예요."

슌스케는 미치요를 밀치고 료이치의 방으로 뛰어 들어갔다.

그리고 지금까지 거의 발을 들인 일이 없었던 창밖의 어둡고 널찍한 베란다를 바라보았다. 슌스케의 심장이 터질 것처럼 뛰었다. 그는 1층으로 내려갔다. 신발을 신고 밖으로 나가려다가 커다란 유리문에 부딪히고 말았다. 손님도 아닌 자신이 이런 실수를 저지른 건 처음이었다.

"이번에는 노리코가……!"

노리코는 가출할 리 없지만, 그 대신…… 슌스케는 밖으로 나가 비탈길을 뛰어 내려갔다. 그의 애견이 짖어댔다. 야마기시를 쫓아내야 해. 아니야, 그전에 미치요부터……

문학의 예언적 성격에 대해서

제가 이 소설을 발표한 후 20여 년이 지났습니다. 그 후 제가 이 소설을 다시 읽은 적이 거의 없었는데, 꼭 이 작품에 한해서 그런 건 아닙니다. 소설을 집필하면서 그 작품과 나의 관계는 끝났다고 생각해서입니다. 저는 과거에 집필한 작품을 다른 작품 속에 등장시키기도 하는데, 등장인물들이 작품을 소문으로 언급하는 이유는 제 자신이 '소문'이라는 소재에 관심이 있기 때문입니다.

운 좋게도 이 작품은 저의 대표작 중 하나가 되었습니다. 가끔 불쑥불쑥 화제에 오르기도 하며, 여러 번이나 논평 대상이 되기도 했습니다. 그 때문에 제 작품을 읽어보고 싶다는 사람들이 생기기도 합니다. 그런데 '책을 구하고 싶은데 입수하기 힘들다'는 불평이 저자인 제게까지 들리는 일도 있었습니다. 이럴 때 저는 "도서관에 가면 읽을 수 있을 거예요"라며 위로해주었습니다. 하지만 이런 조언이 여러 점에서 비현실적이라는 것 역시 자각하고 있습니다.

과거에 집필했던 소설을 시작으로 지금 쓰고 있는 소설에 이르기까지 '이 작품이 얼마만큼의 읽을 가치가 있는가?'라는 물음에 대해서는 제가 아무리 비판적으로 말해봐야 소용없을 것입니다. 그럼에도 저는 일반적으로는 다음과 같은 견해를 갖고 있습니다. 그것은 '문학은 예언적인 성격을 갖추고 있다'는 것입니다.

이는 곧, 그 작품은 시간이 지날수록 그 의미를 이해할 수 있게 된다는 것입니다. 풍습이나 관습이 시간에 따라 변화할지언정, 아니, 오히려 변화하기에 더더욱 그렇게 된다고 생각합니다. '시간이 지날수록 이해할 수 있게 된다'는 점을 작가가 염두에 두고 있었는지는 알 수 없습니다. 소설가야 당연히, 독자들이 현재진행형으로 이해할 수 있다는 전제하에서 글을 쓸 것입니다(심지어 독자에 대해서 신경 쓰지 않을지도 모릅니다. 소설가란 독자가 자신의 안에 있다고 막연하게 믿게 마련이니까요). 그러한 과정을 거쳐서 지금까지 무수한 작품이 만들어졌고, 앞으로도 끝없이 만들어질 것입니다. 한편으로 지금 쓰고 있는 작품은 제게는 발견이며 새로운 것이기에, 어떻게 써서 작품으로 탄생시킬 것인지 잘 알지 못하는 상태입니다. 그럼에도 이토록 신선하고 유의미한 것으로 느껴지니, 분명 그만큼의 값어치가 있으리라는 확신이 듭니다. 저는 바로 그 점에 흥분을 느낍니다. 작가들에게 있어, 이 흥분에 비한다면 나머지 일들은 보잘것없겠죠.

작품을 만들고 그것이 활자가 되었을 때, 비로소 독자는 반응을 보입니다. 만약 운이 좋다면 여기에 독자들 나름의 이해와 해석이 덧붙여질 것입니다. 그 경우에도 작품이라는 것은, 종종 시간이 흐른 뒤에야 더 깊은 이해가 가능해지기도 합니다. 바로 이것이야말로 문학의 '예언적 성격'인 것입니다. 그리고 이 명칭을 입에 올릴 때마다 저는 가슴이 뛰는 것을 느낍니다.

저는 70여 년 전에 만들어진 문학 작품들을 지금까지 몇 차례나 읽어왔는데, 최근에도 '내가 내용을 제대로 이해하지 못했던 건가?'라며 스스로를 의심하곤 했습니다. 그보다 옛날에 쓰인 작품들에 대해서도 같은 생각이 들었고, 국내 작품뿐 아니라 해외 작품에서도 마찬가지였습니다.

어쩌면 문학 작품을 접하는 우리의 자세는, 시대적 상황에 따라 다를지도 모릅니다. 이것은 저와 여러분이라는 개인의 차이가 아닌, 하나의 세대나 하나의 시대 자체가 동일한 해석법을 선택했기 때문이며, 그렇기에 그 차이는 누구의 책임도 아닌 '어쩔 수 없는 것'일지도 모릅니다.

한편 그런 일이 벌어지면 작가가 작품을 잘못 썼거나, 제대로 쓰지 못한 것이 아닌가 하는 의구심이 들기도 하겠죠. 하지만 저는 이 문제는 그처럼 간단한 것이 아니라고 생각합니다. 오히려 제대로 썼는데, 그 시대에는 그 내용을 잘 이해하기 힘들거나 오해나 다름없는 결과를 읽어낼지도 모릅니다. 그렇지만 '왜'라는 질문이 돌아온다 한들 지금의 저는 정확하게 대답할 수 없습니다. 꼭 구체적인 사례를 들어야 한다면 들 수야 있겠지만, 그것을 여기에서 드는 것은 참으로 힘든 일이기 때문에 굳이 들지는 않겠습니다.

저는 그저, 지금 한 말을 독자 여러분이 기억해준다면 그것으로 충분합니다. '내가 경솔했기 때문에,' 혹은 '나는 이해력이 떨어지는 사람이니까'와 같은 지나친 반성은 필요 없다고 생각합니다. 저희는 매사에 그렇게 살고 있으며 이것이야말로 인생이기 때문입니다.

어쨌든 문학 작품이란, 설령 예전에 읽은 적이 있는 작품이더라도 지금 다시 읽어보면 또 다른 감상을 갖게 마련입니다. 새로운 시대에 진입하면 그 작품은 만들어진 시대로부터 자유로워지고, 동시에 그 작품을 둘러싸고 있었던 잡음으로부터도 자유로워집니다. 그리고 그것이 저희의 눈이 확 뜨이는 경험을 제공한다면 그것만으로 충분히 가치를 다하게 됩니다. 그런 작품들은 발매되었을 때와 변함없는 모습으로 저희에게 전해지고, 저희의 눈은 그 활자를 확인해온 것입니다. 집필할 당시에는 작가 나름의 의미를 부여했을지도 모르나, 정확히 표현할 단어를 발견하지 못했을 뿐일지도 모릅니다. 작가마저도 이를 알아채지 못하기도 합니다. 그렇기에 일반적으로 문학 작품은 생물처럼 끊임없이 움직이며, 저희가 읽을 때마다 변화할지도 모릅니다.

제 『포옹가족』 역시 작품인 이상, 읽을 때마다 변화할 것입니다. 그렇지만 개인적인 욕심을 보태자면, 독자의 눈을 확 뜨게 하지는 못하더라도 지금 읽으니 재미있다고 받아들여지기를 바랄 따름입니다. 처음 읽는 분들 역시 '이것이 20여 년 전에 만들어진 작품이라고 생각하기 힘들다'고 느끼신다면 저로서는 그걸로 충분히 만족스러울 것입니다.

고지마 노부오

서구와 일본 사이에 놓인, 어떤 가족의 몸부림

1. 저자 고지마 노부오의 생애

지난 수십 년간 일본의 문학 작품이 활발하게 국내에 소개되면서, 한국 독자들은 일본 소설가들의 이름에 익숙해졌을 것이다. 나쓰메 소세키, 아쿠타가와 류노스케, 가와바타 야스나리, 히가시노 게이고, 미야베 미유키, 무라카미 하루키 등, 이들은 다양한 장르에서 굵직한 업적을 남겨왔으며 그 작품은 한국 독자의 많은 사랑을 받고 있다. 하지만 지금부터 소개할 고지마 노부오라는 인물에 대해서는 생소하게 느낄 사람이 많을 것이다.

고지마 노부오는 1915년 일본의 중부 지방인 기후현에서 태어났다. 1953년에 데뷔작 『소총(小銃)』을 발표하고, 1954년에 중편 『아메리칸 스쿨(アメリカン・スクール)』로 제32회 아쿠타가와상을 수상하며 본격적으로 소설가의 길로 들어섰다. 상당수의 소설가들이 20~30대에 데뷔한 것과 비교하면, 비교적 늦은 나이에 소설가로 입문한 셈이다. 그는 일

본 내 현대문학 계열로 '제3의 신인'이라고 일컬어지는 세대에 속하는 사람이다. 여기서 말하는 '제3의 신인'이란 1953년에서 1955년 사이에 문단에 등단한 신인 소설가들을 가리키며, 전쟁 전 문단의 대세였던 사소설과 단편소설로의 회귀를 목표로 하는 사람들이다. 이른바 선배 세대인 제1차 전후파 작가와 제2차 전후파 작가들의 경우, 정치와 문학에 대한 문제의식을 품고 실존주의적인 경향을 드러냈다. 제3의 신인은 이러한 관점 대신 개인의 경험을 중심으로 이야기를 풀어나가는 사소설적인 경향을 드러냈다(소설 『침묵』의 저자인 엔도 슈사쿠 역시 제3의 신인 계보에 속하나, 그는 기독교라는 테마를 꾸준히 다뤄왔기 때문에 제3의 신인에 속하지 않는다는 견해 또한 있다). 고지마 노부오의 소설 또한 사소설적인 경향을 드러내는데, 이는 특히 1970년대 이후부터 두드러진다. 그는 1970년대 이전에는 실존주의적 불안과 블랙 유머가 드러나는 소설을 썼는데, 1970년대 이후에는 자기 자신이나 친구 등 실존 인물을 모델로 한 인물을 등장시켜, 이들이 직접 겪은 사건을 다루는 사소설 계열의 작품을 집필했다.

고지마 노부오는 격동의 시대를 몸소 체험한 사람이기도 하다. 그가 대학생과 사회인 시절을 보낸 1930~1940년대는 제2차 세계대전과 태평양전쟁이 전 세계를 휩쓸고 지나간 시기였다. 전쟁 후기에 접어들면서 그 역시 징집되어 중국의 정보부대에 파견되었고, 패전 후에는 GHQ에 의한 통치와 일본 사회가 서구화되는 광경을 실시간으로 지켜보았다. 또한 1957년에는 록펠러 재단의 초청으로 1년 동안 미국에 거주하며, 서양의 실상을 구체적으로 체험할 수 있었다. 『포옹가족』에서 묘사된 일본의 급격한 사회적·정신적 변화, 이에 따른 혼란 상황이 풍자적이고도 섬세하게 묘사된 것은 작가 자신이 그 시대를 직접 경험하고 관찰했기에 가능한 것이었다.

그는 왕성한 집필욕으로 무장한 작가였다. 2006년에 세상을 떠나기까지 40여 편의 소설을 발표했고, 2편의 희곡과 18편의 수필과 평론집을 펴냈다. 그가 태어난 기후 현에서는 그의 업적을 기리기 위해 '고지마 노부오 문학상'을 만들어 재능 있는 작가를 발굴하는 데 힘쓰고 있다.

2. 『포옹가족』의 역사적 배경에 대해 : 작품에 드러난 일본의 근현대사 개괄

(1) 메이지유신에서 패전까지

『포옹가족』이라는 작품에 대해 알아보기 전에 먼저 시대적 배경이 되는 1960년대 이전에 벌어진 일에 대해 설명할 필요가 있다.

19세기 중후반에 일어난 메이지유신 이후로, 서양은 지속적으로 일본의 '롤 모델'이었다. 기존 열강이었던 유럽뿐 아니라 신흥 강대국으로 발돋움하고 있었던 미국 또한 일본이 본받아야 할 대상이었다. 서구 열강의 강대한 경제력과 풍성한 문화, 수백 년에 걸쳐 쌓아온 학술적 지식은 새로운 질서를 따라잡는 걸 목표로 한 일본에 있어서 분명 매력적이었을 것이다. 이 점을 뼈저리게 알고 있었던 일본 정부는 각국에 유학생을 파견하여 새로운 학문을 적극적으로 수용한다. 해외로 파견된 엘리트들은 외국 서적을 일본어로 번역, 번안함으로써 경제, 정치, 법률, 인문학, 과학, 기술을 전파하는 데 기여했다. 동시에 종교, 자본주의, 사회주의, 노동자 의식, 여성 운동처럼 에도시대와는 명백하게 다른 사상이 유입되었고, 지식인과 노동자 들은 이를 발 빠르게 흡수하였다. 일본의 근대화는 시작부터 서양과 밀접한 관계를 맺고 있었던 셈이다.

하지만 일본이 제국주의적 행보를 보여 서양과 갈등을 빚게 되면서 서구화의 흐름은 주춤하게 된다. 1931년의 만주사변, 1937년의 중일전쟁을 거치면서 전 세계의 비난이 거세지자, 일본은 국제연맹을 탈퇴하는 등 기존의 질서에서 이탈하려는 움직임을 보였다. 파시즘의 그림자가 일본을 지배하기 시작했고, 이는 곧 서양의 모든 것에 대한 반감으로 이어졌다. 이후 일본은 '탈아입구' 대신 '대동아공영권'을 꿈꾸었다. 태평양전쟁의 전조였다.

파시즘은 점차 적성국가(敵性國家), 즉 적대하는 국가의 문화에 대한 반감으로 표출되었다. 특히 일본을 비난했던 미국과 영국의 모국어 즉 영어에 대한 적개심이 강해졌으며, 이는 영어 배척이라는 형태로 표출되었다. 앞서 말했듯이 일본은 수십 년 동안 영어를 도입한 결과 일상에서 영어를 적극적으로 사용했고, 경제 분야, 광고 문구, 교명(校名)에 영단어를 도입하는 일도 빈번했다. 라디오 채널에서도 기초영어 방송이 송출되는 등 영어에 대한 일반인들의 관심도 높은 편이었다. 그러나 1940년 1월에 육군사관학교 특정 과 시험에서 아예 영어 과목이 폐지되었고, 3월에는 내무성의 지침에 따라 비즈니스 업계의 영어 사용이 금지되었다. 9월에는 철도성의 지침에 의해 편의 시설의 영어 표기(Exit, Entrance 등)가 일본어로 강제 수정되었고, 외국어에서 따온 기업명과 교명조차도 '자주적으로' 수정할 것을 권고했다. 기업명 변경의 사례로 음반 회사였던 '킹레코드사(キングレコード)'는 '후지음반(富士音盤)'으로 개명되었고, 교명의 경우 기독교 선교사가 설립한 '펠리스 화영여학교(フェリス和英女学校)'가 당국의 요청으로 '요코하마 야마테 여학원(横浜山手女学院)'으로 개명되기도 했다. 심지어 영국(英國)과 영어(英語)에 사용되는 '영(英)'이라는 한자조차도, 적성국가를 연상케 한다는 이유에서 사용이 제한되었다. 이러한 영어 사용 금지는 사회운동에 가까운 것이었으며, 실제로 정부가 법률로 사용을 금한 적은 없었다. 그러나 당시 일본에서 서구 국가에 대한 적개심이 얼마나 높았으며, 영어 사용을 지양함으로써 일본인의 단결력을 고취하고 전의(戰意)를 높이고자 했던 사회적 광기의 수준을 짐작할 수 있다.

(2) GHQ(General Headquarters) 시기와 미국화

1945년 8월, 일본이 연합군에 항복하면서 비로소 제2차 세계대전과 태평양전쟁은 막을 내렸다. 이때 연합군 최고사령부는 기존의 일본 정부를 대신하여 일본 본토를 통치했다. GHQ 혹은 SCAP(The Supreme Commander for the Allied Powers) 통치기로 불리는 이 시기는 10년도 되지 않은 짧은 기간 동안, 일본 사회에 무시할 수 없을 정도로 거대한 변화를 불러일으켰다.

제2차 세계대전에서 추축국과 벌인 전쟁으로 막대한 피해를 입고, 전례 없는 전쟁 범죄를 경험한 GHQ는 일본의 군사력 해체를 목표로 삼았다. 제2차 세계대전 당시 서양을 '귀축영미'라 부르며 서양과 관련된 모든 것을 배척하고, 식민지인과 포로를 상대로 고문과 학살을 자행했으며, 자국민조차 총알받이로 희생시켰던 군부의 야만스러운 광기를 몰아내기 위함이었다. 이를 위해 연합국 사령부는 군사 차원의 개혁을 넘어서, 일본 사회 자체를 개혁하기 위한 방안을 실행에 옮겼다. 일왕의 「인간선언」에서 알 수 있듯이, 왕실은 현인신(現人神)이 아닌 평범한 인간으로 격하되었다. 일왕에 대한 절대 복종 체제를 유지하는 기틀이었던 국가신토 역시 해체되었다. 사상의 자유를 배척하던 그 악명 높은 치안유지법과 특별고등경찰(특고)제도도 폐지되었다. 또 전시에는 기독교 신자들이 불경죄로 부당하게 체포되어 고초를 겪기도 했는데, 종교의 자유 또한 헌법으로 보장되었다. 그 외에도 지난 수십 년간 사회에 뿌리 깊게 박혀 있었던 전체주의와 군국주의 기조를 몰아낼 다양한 개혁이 추진되었다. 먼저 일본의 기존 헌법이었던 '대일본제국헌법'은 '일본국헌법'으로 변경되었는데, 이 헌법은 대일본제국헌법과 달리 개인의 존엄성(제13조)과 자유주의 및 평등주의를 보장했다. 기존의 언론 통제가 완화되었고, 노동조합의 설립이 자유로워졌다. 여성의 참정권 또한 보장되었으며, 군국주의적 교육제도도 개혁의 대상이었다.

한편, 다양한 국가의 군인이 일본 내에 주둔하면서 사회문화적으로도 변화가 일어났다. 당시 일본에는 미군뿐 아니라 영국군, 오스트레일리아군을 비롯한 다양한 국가의 연합군이 체류 중이었으며, 이들은 '진주군(進駐軍)'이라는 이름으로 불렸다. 공교롭게도 이들의 체류로 당대의 최신 서양 문화가 일본에도 전파되었다. 당시 연합군 군인들이 이용했던 '진주군 클럽'에서는 미국에서 유행하던 음악에 대한 수요가 높았는데, 재즈를 연주할 줄 아는 일본인 음악가들은 자연스럽게 진주군 클럽에 취업했고, 이들을 통해 일본 사회에도 재즈 문화가 확산되었다. 식문화 역시 급속도로 변화를 맞게 되었는데, 육류와 유제품처럼 일본인들이 그다지 소비하지 않았던 음식의 소비량은 1950년대 중반을 기점으로 크게 늘어났다.

1945년부터 시작한 GHQ의 통치는 1952년에 샌프란시스코 강화조약이 발효되면서 막을 내렸다. 그러나 미일안전보장조약으로 재일미군은 계속해서 일본에 주둔했고, 불과 10년 전까지만 해도 '귀축영미'로 배척의 대상이었던 서양의 문화는 자연스레 일본인들의 삶의 일부로 자리 잡았다. 뿐만 아니라 미국을 비롯한 서구 국가는 일본이 본받아야 할, 그리고 나아가야 할 일종의 목표이자 '롤 모델'이 되었다.

『포옹가족』의 시대적 배경은 존 F. 케네디가 암살당한 1963년 전후에 해당한다. 전후 약 20년이 지났고, GHQ 시기가 막을 내린 지 10년이 지난 시기이다. 서구 문화가 끊임없이 유입되고, 동시에 일본인도 이를 자연스럽게 받아들이는 시기가 되었다고 볼 수 있다. 그렇기에 영문학 번역가이자 대학 강사, 그리고 미국 유학 경험까지 있는 미와 슌스케는, 당대의 변화와 그 한계성을 상징하는 인물이라고 할 수 있다.

3.『포옹가족』, 혼란의 물결 속 가정의 붕괴

대학 강사인 남편은 가정부로부터, 자신의 집에 놀러 오는 미군 병사와 아내가 정사를 거듭하고 있다는 사실을 듣고 크게 동요한다. 그는 아내와의 관계를 어떻게든 회복하기 위해, 아이들과 갑자기 집을 걸레로 닦고, 미군 병사에게 위압적인 태도를 취한다. 그러나 어떤 것이든 우스꽝스럽고 자괴감만 느껴질 뿐이었다. 세타가야에 집을 신축하기로 결심한 뒤, 부부 관계가 회복되려던 그 순간, 남편은 애무하던 아내의 유방에서 딱딱한 것을 발견한다. 그것은 유방암이었다.

위의 내용은 1988년에 간행된 『포옹가족』의 책 소개문이다. 아내의 불륜이 발단이 되어 평범한 중산층 가정이 붕괴되어간다는 내용은 얼핏 흔한 치정소설로 오해받기 쉽다. 그러나 고지마 노부오는 소설의 시대적 배경인 1960년대 일본의 서구화와 기존 관습의 차이로 혼란에 빠진 일본인의 모습을 섬세하게 묘사하며 소설이 통속적인 구도에 빠지지 않게 했다.

『포옹가족』의 특징은 작품의 발단인 '도키코의 불륜'이 소설의 결말까지 관통하는 핵심 테마가 아니라는 데 있다. 분명 도키코의 불륜은 평화로워 보이던 가정에 균열을 일으켰다는 점에서 중요한 전환점으로 기능한다. 그러나 고지마 노부오는 불륜만으로 소설을 이끌고 나가지 않으며, 소설의 흐름 역시 간통한 조지와 도키코를 처벌하는 통속적인 방향으로 나아가지 않는다. 그 대신, 소설의 화살은 미와 집안의 뒤틀림을 예리하게 파헤친다.

정말로 조지가 모든 문제의 근원이었을까? 조지를, 낯선 이방인을 집에서 내쫓는다면 미와 가족에게 평온이 다시 찾아올까? 소설은 이 질문에 '예'라고 대답하지 않는다. 오히려 강박적으로 '단란한 가정'에 집착하는 슌스케야말로, 미와 일가를 파국으로 이끌고 나간 원인일 수 있다고 지적한다.

"그래서 오늘 밤은 뭘 먹겠다는 건데? 응?"
도키코는 애원하듯 말했다.
"난 아무거나 좋아. 중요한 건 우리 가족이 사이좋게 식사하는 거니까."
"아, 그래서 단란함을 먹고 싶다 이거지? 내가 단 한 번이라도 당신 식사를 소홀하게 준비한 적이 있었어? 그 똥 씹은 표정으로 식탁에 오는 주제에…… 당신이야말로 그놈의 단란인지 뭔지를 위한 노력조

차도 안 하잖아! 쓸데없는 짓이나 하고, 쓸데없는 얘기나 하면서 하루하루 보내고 있다고!"(p. 69)

도키코가 지적했듯이, 미와 슌스케는 단순하게 말하면 복잡한, 부정적으로 말하자면 '종잡을 수 없는' 면모를 보여준다. 외적인 부분만 살펴볼 때, 그는 성공적으로 살아온 엘리트 중년 남성이다(대졸자에 현직 대학 강사이며, 영어에 능하고, 도미(渡美) 경험이 있다는 점에서 고지마 노부오 본인의 행적에서 본뜬 인물임을 알 수 있다). 풍부한 학식과 교양, 주택을 소유할 정도의 유복함, 1남 1녀로 구성된 두 명의 자녀 등, 미와 슌스케는 당시 시대상에 비춰보자면 '성공한 일본인'에 해당한다.

그러나 남편이자 아버지로서의 미와 슌스케는 실상 '전형적인 일본인'이다. 가정 경제를 책임지는 가장 역할에 충실할지는 모르나, 그와 가족 사이에는 정서적인 교류가 결핍되어 있다. 도키코와 불륜을 저지른 조지의 전화에 무의식적으로 "저스트 파인"이라고 대답하는 우스꽝스러운 모습을 보이고(한때 한국의 영어 교과서에 'I'm fine, thank you'라는 문구가 단골처럼 실려 있었던 것을 떠올리게 한다), 자녀의 뒤치다꺼리는 도키코가 도맡는 것을 당연히 여긴다. 여기에 '여자들이 머리에 수건을 쓰고 이불에 솜을 넣거나, 정월 음식을 전날 밤 11시가 되도록 준비하는 광경'을 볼 때 행복감을 느끼는 이중적인 면모도 지니고 있으며, 가정을 원래대로 되돌리기 위해 집을 높은 담으로 둘러싸 아내를 가두어버리겠다는 심리도 드러낸다. 남들보다 개방적일 수 있는 사회적 위치에서, 정작 누구보다 가부장적이고 폐쇄적인 모습을 보이고 있는 것이다. 고지마 노부오는 대학 강사로서의 미와 슌스케를 간간이 언급함으로써, 슌스케의 모순된 모습을 더욱 강조한다. '외국의 가정 생활에 대해'라는 주제로 강연하며 서양 문화를 전파하는 대학 강사 순스케는 정작 가정에서는 자신의 치부와 아내의 불륜 사실로 갈등하고 있으며, 잡지에는 '요즘 아내를 만족시키려고 아내의 고민거리에도 귀를 기울이고 있다'는 글을 기고하지만 실제로는 자신의 상상이 진실일 것이라고 굳게 믿어 도키코의 비난을 듣고 만다.

이처럼 미와 순스케는 스스로 자각하지 못한 자기모순과 소통 부재로 갈등을 불러일으키고, 그 우스꽝스러운 모습이 반복되면서 가족뿐 아니라 자신마저 무너뜨리고 만다. 물질적으로는 하루가 다르게 급변하지만, 정작 종래의 관습과 개인의 정신은 이를 미처 따라잡지 못하던 당시 일본 사회를 상징하는 인물이라고 풀이할 수 있다.

한편 우리는 순스케의 아내, 도키코가 상징하는 바에 대해서도 주목할 필요가 있다. 도키코 또한 순스케와 마찬가지로 1960년대의 서구화된 일본의 모습을 보여주는 인물인데, 그녀가 생각하고 행동하는 양식은 순스케와는 사뭇 다르다. 문학 작품 속에서 일종의 장식품 역할을 맡았던 일본 근대소설 속 여성들과 달리, 그녀는 히스테릭하면서도 강인한 입체적인 면모를 보여주기 때문이다. 도키코가 조지와 관계를 맺은 이유가 자발적인 것인지, 강압적인 것인지는 작품 내에서 명시되지 않는다. 한편 독자는 도키코의 언행을 통해, 그녀가 여성으로서 바라던 것과 오랜 세월에 걸쳐 순스케가 보여준 문제점을 알 수 있게 된다. 메이지유신, GHQ 점령 등의 근대화를 거치며, 일본 여성의 지위는 지속적으로 변화해왔다. 교육과 훈련을 거친다면 여성 또한 남성만큼이나 뛰어난 역량을 보일 수 있다는 가치관이 생겨났지만, 여전히 여성은 남성을 내조해야 한다는 분위기가 팽배했으며 자신의 욕망을 노골적으로 드러내서는 안 된다는 분위기 또한 있었다. 그러나 서양에서 여성에 대한 인식이 변화하고, 일본의 여성들 또한 그런 흐름에 영향을 받아, 자유로운 연애관과 진실된 사랑, 자아를 지닌 개인으로서 존중받는 것 등을 의식하게 되었다.

"그런데 미치요 씨, 미국에서는 아내가 가정의 책임자라면서요?"
"그야 그렇죠. 그 대신 착실하게 일하면 분명히 남편이 귀여워해 줄 거예요." (p. 9)

"사모님, 서양 사람들은 있잖아요. 관계를 가질 때는 여자를 기쁘게 하려고 엄청나게 신경 쓴대요. 서양 사람에 비하면 일본인은 아무것도 아닐 정도래요. 다 끝난 다음에 서양인들이 무슨 대화를 나누는지 사모님은 알고 계시나요? 뭐, 일본인도 평소에 그런 얘기를 하는 사람이 없지는 않지만, 그걸 하고 난 다음에는 있을 수 없는 일이죠. 서양인들은 있죠, 요트를 타고 섬에 가서 둘이서 살자거나, 맛있는 식사를 하자고 한다거나, 그런 이야기를 잔뜩 한대요. 게다가 중년 남자만 그러는 게 아니래요. 젊은 애들도 꽤 그러나 봐요. 죄다 그런 이야기를 한다는 거 있죠?" (p. 93)

본 작품에서 여성들은 남녀 간의 사랑에 대해 빈번하게 언급하는데, 이는 남성들이 언급하는 사랑과 명백히 다른 형태를 취하고 있다. 슌스케가 유부녀와의 불륜에서 아무런 감정도 느끼지 못하고, 야마기시가 프랑스의 자유분방한 성문화를 언급하는 등 육체적인 사랑에 집착하는 것과 달리, 여성들은 정신적인 교류를 중시한다는 것을 알 수 있다.

"그 남자를 집에 데려온 거, 내가 당신을 외국에 데려가지 않아서 그랬던 거야?"

"뭐? 당신이 나를? 아, 그 얘기였어? ……그래, 그럴지도 모르겠네. 정말로 그래서였을지도 몰라. 아, 힘들어. 난 정말이지 당신이 힘들어. 매사에 그런 식으로 생각하더라. 당신이 그렇게 말하니까 정말로 그런 것 같잖아. 아…… 당신이랑 함께 있기만 하면 내가 평소에는 생각도 안 해본 것들이 진짜인 것처럼 느껴져. 이게 다 당신 때문이야. 당신이 '그렇게 생각해라' 하고 명령한 것 같아. '저 남자를 집 안으로 끌고 와라'라고 말한 것도 당신일 거야. 틀림없어." (p. 37)

도키코와 슌스케는 관계를 개선하기 위해 대화를 나누지만, 이 대화는 도키코의 거부로 번번이 단절된다. 슌스케는 아내의 간통이 어떠한 경위로 이루어졌는지 자기 나름대로 재구성해서 추궁한다. 그러나 그의 추궁이 진실을 규명하는 것이 아니라 자신이 믿고 싶은 사실을 강요하는 것임을 알기에, 도키코는 그와의 대화를 거부하게 되는 것이다. 도키코가 진실로 바라던 것은 배우자의 애정과 배려, 존중, 헌신적인 모습이었다. 그러나 어떤 방법으로도 그 욕구를 충족시킬 수 없자, 발작적으로 외도를 한 것이 아닐까? 그러나 정신적 교류보다 육체적 쾌락에만 집중한 것은 조지 역시 마찬가지였기에 도키코는 절망을 느끼게 된다.

위태로운 부부 관계를 개선하기 위해 슌스케와 도키코는 새로운 집으로 이사를 가게 된다. 도쿄 교외에 지은 2층짜리 서양식 주택, 정원에 심은 화초, 2층에 조성된 아름다운 화단, 토토사의 수세식 변기와 욕조,

냉방기, 고급 네글리제 등, 미와 집 안은 서양인의 생활 방식을 모방하며 이것이 새 출발의 계기가 되기를 기대한다. 그러나 도키코가 뒤늦게 유방암이라는 사실이 밝혀지고, 그녀의 투병과 죽음, 노리코의 독립 선언, 슌스케의 재혼 실패, 료이치의 가출이라는 일련의 사건이 잇따르면서 미와 집안은 붕괴되고 만다.

앞서 말했듯이, 이 소설은 외도를 저지른 아내를 처벌하려는 이야기가 아니다. 그 대신 서구화가 진행되며 야기되는 혼란을 보여주며, 이를 극복하기 위해 진정한 가족은 어떠해야 하는지 말하고 있다. 본능이 이끄는 대로 행동하고, 물질적 수단에 의존하여 얻는 쾌락은 공허하다. 슌스케는 아내를 잃은 상실감을 통해 비로소 그 사실을 깨닫는다. 아내는 가사를 수행하고 육아를 전담하는 일꾼이 아닌, 자신과 동등한 위치의 반려자였음을 깨닫는다. 노리코는 '어머니를 여읜 불쌍한 아이'라는 동정적인 시각과 부모에게 의존하는 나약한 인간에서 벗어나기 위해 슌스케에게 정신적 독립을 선언하고, 그 결과 료이치보다 성숙한 모습을 보인다. 그러나 료이치는 공허감을 메우기 위해 더욱 물질적 쾌락(가정부와의 정사, 독립하기 위한 자금 3만 5,000엔, 급조한 지하실)에 탐닉하려 들지만, 이 시도들은 번번이 좌절된다. 여기에 슌스케의 재혼마저 틀어지자, 가출을 감행하는 비극적인 결말을 맞는다.

『포옹가족』은 불편한 소설이다. 인물들의 갈등은 좀처럼 해결될 기미를 보이지 않고, 인물 간 관계 또한 오해와 오해가 겹치며 악화 일로를 걷는다. 이후 미와 집안이 어떻게 되었을지는 언급되지 않는다. 광기에 빠진 것처럼 묘사되는 슌스케가 다시 미와 집안을 이끌어나갈 수 있을지도 알 수 없다. 여기에 고지마 노부오 특유의 담담하고도 건조한 문체로 인해 소설은 더욱 어렵게 받아들여진다. 하지만 소설이 말하고

자 하는 바는 분명하다. 가족이란 무엇인가. 대부분의 사람들이 태어나서 소속되는 첫번째 사회적 집단은 가족이나, 이들은 결국 '나'가 아닌 '타인'의 집합이기에 여전히 이해하기 어렵다. 슌스케와 도키코가 서로를 미워하고 이해하지 못하면서도, 끝내 서로를 놓지 못하는 대목은 무척이나 현실적이다. 감정이란 흑과 백이 나뉘듯 깨끗하게 분리할 수 없는 것이기 때문이다.

　고지마 노부오라는 이름은 아직 국내 독자들에게 낯설게 느껴질 것이다. 일본 문단에서의 위치와는 달리 한국 독자들에게는 평가받을 기회조차 없었던 이 작가를 소개할 기회를 제공해준 대산문화재단과 그 관계자들에게 깊은 감사를 드린다.

작가 연보

1915	2월 28일, 기후현 이나바군 가노초에서 3남 4녀 중 여섯째로 태어남.
1932	기후중학교(지금의 기후현립기후고등학교)를 졸업.
1934	부친 고지마 스테지로 사망.
1935	제1고등학교에 입학.
1938	도쿄제국대학 문학부 영문학과에 입학. 같은 해에 오가타 기요와 결혼.
1939	우사미 에이지, 오카모토 겐지로, 가토 슈이치, 야나이하라 이사쿠 등과 함께 동인잡지 『절벽(崖)』을 창간. 해당 잡지에 「죽음이란 위대한 것이기에(死ぬと云ふことは偉大なことなので)」를 발표.
1941	12월에 도쿄제국대학을 졸업한 후, 사립일본중학교에서 교편을 잡음.
1942	기후현의 부대에 징병되어, 중국 동북부 지방에 파견된 다음 베이징 연경대학의 정보부대에 소속됨.
1945	일본의 패전. 당시 베이징에 있었던 고지마 노부오는 이듬해가 되어서야 병역이 해제되어 귀국. 당시 정보부대에서의 경험은 소설

『연경대학부대(燕京大学部隊)』의 소재가 됨. 제대 후에는 기후사범학교에서 근무.

1948   지바현립사하라여학교에서 교편을 잡음. 시라자키 히데오, 우사미 에이지, 오카모토 겐지로, 야나이하라 이사쿠 등과 함께 동인잡지 『동시대』를 창간했으며, 비슷한 시기에 패전 후 일본의 시대상과 풍속을 묘사한 『기차 안에서(汽車の中)』를 발표.

1949   어머니 고지마 하치요 사망. 도립고이시가와고등학교에서 교사로 근무.

1951   메이지대학 문학부의 강사로 일하기 시작.

1952   『동시대』에 『연경대학부대』가 게재됨. 또한 문예잡지 『신초(新潮)』에 데뷔작이기도 한 『소총』이 게재되었으며, 신초샤를 통해 1953년에 출판.

1954   『문학계』에 『아메리칸 스쿨』이 실림. 이후 『아메리칸 스쿨』로 아쿠타가와상을 수상.

1955   『미소(微笑)』 『잔혹일기(残酷日記)』 『채플이 있는 학교(チャペルのある学校)』 『돛(凧)』 출간.

1956   『섬(島)』 『재판(裁判)』 출간.

1957   록펠러 재단의 초대를 받아 미국에 감. 『사랑의 완결(愛の完結)』 출간.

1959   『실감 여성론(実感·女性論)』 집필. 『밤과 낮의 쇠사슬(夜と昼の鎖)』 출간.

1960   『묘비명(墓碑銘)』 출간.

1961   메이지대학 공학부 교수로 취임. 『여류(女流)』 출간.

1963   아내 오가타 기요 사망. 이듬해에 아사모리 아이코와 재혼. 『대학생 제군!(大学生諸君!)』 출간.

1965   『군상』에 『포옹가족』 발표. 해당 작품으로 같은 해에 제1회 다니자키 준이치로 상 수상. 『즐거운 가족』 출간.

1966   단편집 『연약한 결혼(弱い結婚)』 출간.

1967	『아메리칸 스쿨』출간.
1968	『군상』에서 『헤어질 이유(別れる理由)』연재 시작. 1981년까지 총 150회 연재. 『사랑의 발굴(愛の発掘)』출간.
1970	첫 희곡「어느 쪽이든 간에(どちらでも)」발표. 같은 해 남동생 사망. 『이방의 어릿광대(異郷の道化師)』『층계의 맨 위에서(階段のあがりはな)』출간.
1971	『고지마 노부오 전집』(전 6권) 출간.
1973	1972년에 출간했던『나의 작가 평전』1, 2편이 예술선장문부대신상 수상. 『슬픈 얼굴의 기사들(憂い顔の騎士たち)』『신발 이야기·눈(靴の話·眼)』출간. 희곡「한 치 앞이 어둠(一寸さきは闇)」발표.
1974	『공원·졸업식(公園·卒業式)』『해피니스(ハッピネス)』『성벽·별 전쟁 소설집(城壁·星 戦争小説集)』출간.
1980	『낚시터(釣堀池)』『남편이 없는 방(夫のいない部屋)』출간.
1981	『나의 작가 편력』으로 제13회 일본문학대상 수상. 『미농(美濃)』출간.
1982	『헤어지는 이유(別れる理由)』로 일본예술원상과 제36회 노마문학상 수상. 『여자들(女たち)』출간.
1983	『묘비명·연경대학부대』출간.
1984	『달빛(月光)』출간.
1985	메이지대학 정년 퇴임.
1986	『간노 미쓰코의 편지(菅野満子の手紙)』『평안(平安)』출간.
1987	『우화(寓話)』『정온한 나날(静温な日々)』출간.
1994	문부과학성의 문화공로자로 선출. 『묘판(暮坂)』출간.
1998	『아름다운 나날(うるわしき日々)』로 제36회 요미우리 문학상 수상. 『X 씨와의 대화(X氏との対話)』출간.
2000	『더할 나위 없이 사랑했네(こよなく愛した)』출간.

| 2006 | 10월 26일, 폐렴으로 사망. 향년 91세. |
| 2013 | 유고 단편집 『러브레터(ラヴ·レター)』 출간. |

'대산세계문학총서'를 펴내며

2010년 12월 대산세계문학총서는 100권의 발간 권수를 기록하게 되었습니다. 대산세계문학총서의 발간은 앞으로도 계속될 것이고, 따라서 100이라는 숫자는 완결이 아니라 연결의 의미를 지니는 것이지만, 그 상징성을 깊이 음미하면서 발전적 전환을 모색해야 하는 계기가 된 것은 분명합니다.

대산세계문학총서를 처음 시작할 때의 기본적인 정신과 목표는 종래의 세계문학전집의 낡은 틀을 깨고 우리의 주체적인 관점과 능력을 바탕으로 세계문학의 외연을 넓힌다는 것, 이를 통해 세계문학을 바라보는 우리의 시각을 전환하고 이해를 깊이 해나갈 수 있도록 한다는 것이었다고 간추려 말할 수 있습니다. 그리고 궁극적으로는 우리의 인문학을 지속적으로 발전시켜나갈 수 있는 동력이 될 수 있기를 희망하는 것이었습니다. 이러한 기본 정신은 앞으로도 조금도 흐트러지지 않고 지켜나갈 것입니다.

이 같은 정신을 토대로 대산세계문학총서는 새로운 변화의 물결 또한 외면하지 않고 적극 대응하고자 합니다. 세계화라는 바깥으로부터의 충격과 대한민국의 성장에 힘입은 주체적 위상 강화는 문화나 문학의 분야에서도 많은 성찰과 이를 바탕으로 한 발상의 전환을 요구하고 있습니다. 이제 세계문학이란 더 이상 일방적인 학습과 수용의 대상이 아니라 동등한 대화와 교류의 상대입니다. 이런 점에서 대산세계문학총서가 새롭게 표방하고자 하는 개방성과 대화성은 수동적 수용이 아니라 보다 높은 수준의 문화적 주체성 수립을 지향하는 것이며, 이것이 궁극적으로 한국문학과 문화의 세계화에 이바지하게 되리라고 믿습니다.

또한 안팎에서 밀려오는 변화의 물결에 감춰진 위험에 대해서도 우리는 주의를 게을리하지 말아야 할 것입니다. 표면적인 풍요와 번영의 이면에는 여전히, 아니 이제까지보다 더 위협적인 인간 정신의 황폐화라는 그늘이 짙게 드리워져 있는 것이 사실입니다. 대산세계문학총서는 이에 대항하는 정신의 마르지 않는 샘이 되고자 합니다.

'대산세계문학총서' 기획위원회